郝炜华 著
Hao weihua Works

古琴
guqin

河北出版传媒集团
花山文艺出版社

图书在版编目（CIP）数据

古琴/郝炜华著.—石家庄:花山文艺出版社，2015.11（2021.4重印）
ISBN 978-7-5511-2603-8

Ⅰ.①古… Ⅱ.①郝… Ⅲ.①长篇小说－中国－当代
Ⅳ.①I247.5

中国版本图书馆CIP数据核字(2015)第286977号

书　名	:	**古　琴**
著　者	:	郝炜华
责任编辑	:	刘燕军
责任校对	:	李　伟
美术编辑	:	胡彤亮
出版发行	:	花山文艺出版社（邮政编码：050061）
		（河北省石家庄市友谊北大街330号）
销售热线	:	0311-88643221/29/31/32/26
传　真	:	0311-88643225
印　刷	:	三河市华东印刷有限公司
经　销	:	新华书店
开　本	:	710×1000　1/16
印　张	:	17.75
字　数	:	260千字
版　次	:	2016年9月第1版
		2021年4月第2次印刷
书　号	:	ISBN 978-7-5511-2603-8
定　价	:	32.00元

（版权所有　翻印必究·印装有误　负责调换）

目录

第一章　村里流传着两种说法 / 001

第二章　无法向人诉说的故事 / 043

第三章　分明就是天上的仙子 / 081

第四章　古琴深处的一只凤凰 / 119

第五章　神思幽远的美妙琴曲 / 155

第六章　一场精彩绝伦的演出 / 193

第七章　美艳无比的京剧小生 / 235

第一章
村里流传着两种说法

1

关于陆飞鸣母子的到来,村里流传着两种说法。一种说法是:陆飞鸣跟着母亲从即墨讨饭讨到清水河村。他们在一个清亮亮的夜晚来到村子,趴在麦秸垛里过了一夜,第二天,被早起的妇人发现,妇人恰巧有一个讨不上媳妇的驼背哥哥,于是收留了陆飞鸣母子。陆飞鸣母亲嫁给了驼背男人。不承想,一个月后驼背男人掉进清水河淹死了。驼背男人的妹妹认为陆飞鸣的母亲克死了哥哥,决意将陆飞鸣母子从村里撵出去。陆飞鸣的母亲不知使了什么法儿,使族长——那个白面黑须,相貌俊美,会吟诗作画,威信极高,被全村人敬重的徐龙吟同意留在清水河村。陆飞鸣母子离开村民,在清水河边的柳树丛找了一个小院,安安稳稳地住了下来。另一种说法是:陆飞鸣的母亲是徐龙吟的相好,原本被徐龙吟偷偷养在潍县城的宅子里。这本不稀奇,有钱有权或有势的男人总会在某个宅子养个相好,抽时间欢爱一下,给平淡无奇的生活增添一点传奇。陆飞鸣母子本过着衣食无忧的生活,不承想徐龙吟的钱财出了问题,无法供应他们在城里的生活,万般无奈之下,将他们接到了村里。徐龙吟的妻子虽然贤淑,但是平生最不能接受的就是丈夫另置外室,因此日日吵闹,扬言陆飞鸣母子不走,她便跳井或者跳河。为了安抚夫人，徐龙吟叫驼背男人娶了她，然后又设计害死驼背男人。两种说法的真实性无法考证，唯一能确认的就是陆飞鸣的母亲嫁给了驼背男人，而且，驼背男人真的坠河身亡。陆飞鸣的母亲嫁给驼背男人，村里人觉得理所当然，驼背男人坠河身亡，村里人却难以接受。他们祖祖辈辈生活在清水河边，极少有人坠河身亡，更何况驼背男人的水性非常好。关于驼背男人还有一个传说：清水河里原本住着一个怪物，怪物每年过年都到河面游动，它从不伤人，却勾起村人强烈的好奇心，村人想看看怪物在河里的样子。很多男人潜进河里，说在河底看到一个深渊，黑乎乎的，似乎没有边、没有底，没人敢潜进渊里探个究竟。这时，驼背男人说："我敢进去。"他在河边燃起一炷香，嘱咐香燃到尽头他还没上来时，就杀一只公鸡，连鸡带血扔进河里。说完，驼背男人潜进河里。一炷香燃尽，男人果真没有上来。岸上的人慌忙杀了一只公鸡，鲜血淋漓地扔进了河里。这时，就见河水分成两半，平坦的河床露了出来，驼背男人从河中间走出来。村里人问他看到了什么。驼背男人说，潜进深渊后，他看到一座大宅子，一个长胡子男人坐在宅子门口抽烟，看到驼背男人也不言语。驼背男人走进宅子，看到两个年轻、美丽的姑娘坐在窗户底下纳鞋底。那姑娘美得呀，美得用语言无法形容。驼背男人看呆了，就不想出去了，就想在深渊里和姑娘过日子。这时，一道红光噼里啪啦闪过，驼背男人脑子一蒙，迷糊了过去，清醒过来后，就到了岸上。村里人纷纷称奇，虽然对驼背男人的话有些怀疑，可是男人胆子大、水性好，如同钉子钉进木板一般刻进村里人的心头，更何况，这年过年怪物没再出现。因此，村里人看来，驼背男人坠河身亡的唯一原因就是陆飞鸣的母亲"克夫"。为了坐实这种说法，陆飞鸣的母亲又凭空多了几位丈夫，他们无一例外地在新婚不久死去，死法有暴病、溺死、上吊等等。村里一位整天眼泪汪汪的老妇人也凭空成了陆飞鸣的奶奶，她因为儿子的死，日夜哭泣，导致两眼红肿，时时充满眼泪。

村里人津津乐道这件事情，全然忘记"陆飞鸣的母亲是徐龙吟的相好"，全然不顾徐龙吟的感受。

谣言传到徐龙吟耳里时，徐龙吟正坐在葡萄架下喝茶。茶是安徽产的太平猴魁，刚问世不久，市场少见，是徐龙吟在青岛的一位朋友送的。为了欣赏茶的形状与水的颜色，徐龙吟特意用了德国产的玻璃杯，玻璃杯也是那位朋友送的。自打德国人租借了"胶澳地区"，将"胶澳地区"改名为青岛后，一些德国、法国、英国产的东西就出现在市场、商店，流通进中国人的家庭。

徐龙吟一边品茶，一边手拍了膝盖，一句一句念道："食罢一觉睡，起来两碗茶；举头看日影，已复西南斜；乐人惜日促，忧人厌年赊；无忧无乐者，长短任生涯。"此时日影西斜、桂花飘香，天空传来清脆的鸟鸣。徐龙吟抬头，透过胖嘟嘟的葡萄串，透过墨绿色的葡萄叶子，看到湛蓝的天空，一层又一层雪样的云朵。这样的黄昏，这样的美景，这样的好茶，不吟点诗就给糟蹋了。这时，偏偏有人糟蹋了这良辰美景。来人是徐中兴，面庞白净，身材瘦长，穿着长衫站在树下，就是人们心中的书生。徐中兴的父亲是读书人，活着的时候，天天带着徐中兴读书写诗，徐中兴年龄稍长，又叫他上了几年私塾，因此徐中兴算是一个书生。可是徐中兴不认为自己是书生，他认为自己是村里最有学问、懂得最多、品德修养最高的人，每天道德文章挂在嘴上，评论评论这户人家，批评批评那户人家，恨不能取代徐龙吟管理村里事务。

这个傍晚，徐中兴踏进徐龙吟的家门，全然不顾徐龙吟散淡、舒适、惬意的心情，如同说书人一般，将陆飞鸣母亲"克夫"的事情告诉了徐龙吟，然后将所有关于陆飞鸣母亲的传言一并端给了徐龙吟。别的，徐龙吟没听进心里，"陆飞鸣的母亲是他的相好"这几个字像针一样扎进他的心头。徐龙吟虽然不反对男人纳妾，可是他讨厌偷鸡摸狗、贪婪女色、整日与女人厮混的男人。徐龙吟站起来，面庞涨红了，又变白了，冲徐中兴摆手，连说了三个字，"滚、滚、滚。"

正说得兴起的徐中兴一下子闭了口，他没想到徐龙吟会叫他"滚"。他这样一个读书人，这样一个有道德、有修养，自认为没有任何缺点的男人，竟然被这个传言与女人有染的男人连声呵斥，简直是人生中的奇耻大辱。徐中兴的嘴抿成一条缝，瞪大眼睛看着徐龙吟，整整衣衫，真的转身"滚"了。

徐龙吟的好心情完全破坏掉了，他无心喝茶，端起玻璃杯，"噗"的一声将茶水倒到葡萄架下，转身出了院子。

徐龙吟的家在村子东边，面前一个宽阔的广场，转过广场是出村的道路。日暮时分，村人都在家中歇息，广场与路上没有一个人影，倒有一只鸡在广场上踱步，一只狗趴在路中央。见徐龙吟出来，鸡与狗一齐跑了过来，跟在他的身后。

徐龙吟心头暗笑：这鸡、狗都知道他是族长，都知道要巴结与讨好他。心情立刻好了一些。

徐龙吟顺路出了村子，鸡和狗远远跟在后面，到村头，鸡与狗停住脚步，徐龙吟依旧前行，左拐，下一个坡，清亮亮的清水河出现在眼前。

清水河发源于深山的一个水库，它由北而来，弯曲着身子从清水河村的西边哗啦啦流过，如同给村子镶了一条漂亮的银带子。传说，潍县城的某任县太爷曾请地理勘察土地，地理说清水河村的土地分量最重，镇得住全潍县的百姓。县太爷就想将县衙门迁到清水河村。他坐着轿子到清水河村察看，一眼看到清水河，连道几声："不好，不好。"这河如同一根绳子捆住清水河村，使村子成为一个死村。当时的族长听到消息大为惊讶，请人查看风水后，在河上修了一座石桥，为清水河村提供了一个呼吸的通道。清水河村不再是个死村，只是祖祖辈辈不出当官的，只出读书人。

站在石桥上面，徐龙吟看到河西岸成排的柳树，柳枝飘扬，绿树成荫，水红色的夕阳缀在柳树上方，勾勒出工笔画中才有的美丽景象。在这美景当中，徐龙吟感觉自己都是画中人了。他长嘘一口气，目光看向远方。那里，一个女人蹲在青石上撩了河水洗头发。

如果能够预测后来的事情，徐龙吟决然不会走下石桥，走到女人身边。多年后，想起这一幕，徐龙吟只能用"命运"二字形容。

徐龙吟走下石桥，走进柳树林里。柳树种在沙土上面，沙土细、软、平整，走在上面，如同踩在松软的棉花堆上。有些沙土钻进徐龙吟的鞋里，徐龙吟的脚板被沙土揉搓得又酥又麻又痒，这酥、麻、痒极不老实，顺着徐龙吟的脚板向上，直达他的心窝，弄得徐龙吟的心窝也又酥又麻又痒起来。等到走到女人身边，徐龙吟竟像喝醉酒一般，晕沉沉、软绵绵的了。

女人蹲在青石上，头发泡在河水里，侧歪了头，两手捧起河水，举到头顶，手松开，水洒到头发上，汪汪地淌下来，如同珍珠跌进河里。女人的头发乌黑、密实、油亮，像浸了油的黑布。徐龙吟不由得想到"发如青丝，头堆乌黛"这样的词语，说了声："好一头秀发。"

女人是陆飞鸣的母亲，她没料到会有人来，吃了一惊，眼中掠过小鹿受惊一般的神色，这给她平添了一分与年龄不相符的可爱。

看清来人，陆飞鸣的母亲平静下来，移开目光，依旧清洗头发。

2

徐龙吟第一次遇到这样的事情。村里人对他向来恭敬，见他无不热情招呼，他第一次遇到如此冷淡之人。印象中，又是第一次见到陆飞鸣的母亲。这肯定不对，没有他的允许，陆飞鸣母子绝不可能在村中居住。可是，他什么时候答应她的呢？为什么，一直不知道她有一头如此好的头发？

陆飞鸣的母亲垂下头，头发全部浸进水里，如同黑色的锦缎铺展在水面上，随了水流的方向微微摆动。陆飞鸣母亲的手插进头发，细细地揉搓。她的手指白净、细长，仿佛小银鱼在头发里钻来钻去。徐龙吟的心又痒起来，这痒钻出了心尖尖，冲到了喉咙上。徐龙吟咳嗽出声。

陆飞鸣的母亲依旧揉搓头发。揉搓干净了，才抬头，瞄了徐龙吟一眼，嘴角牵动，一丝笑如同水珠滴进河里，倏忽不见。陆飞鸣的母亲转身，将头发拢进手里，双手转动，头发上的水随即落进河里。等到河水沥干，头发也盘在脑后，是乌油油、圆润润的，一个极好看的髻。

陆飞鸣的母亲冲徐龙吟弯了一下腰，说："族长，您好。"

徐龙吟嘴唇翕动，一个字说不出来。

陆飞鸣的母亲转身向前，穿过柳树林，走向一个院子，院里立着一栋青瓦粉墙的房子。还没来到房子跟前，徐龙吟就听到隐隐的琴声。琴声伴了细细的流水声、风吹柳条声，渐行渐远的鸟鸣声，说不出的曼妙，说不出的好听。徐龙吟抬头，看到夕阳落山后留下的满天粉霞，看到从天际呼啦啦掠过的鸟群，看到柳树枝上的层层碧绿，鼻子一紧，热热的东西流到脸上，一摸，是两行眼泪。

徐龙吟站在粉墙跟前，细细倾听，是《平沙落雁》。琴声中，徐龙吟看到粉墙下面一个花坛，坛内的金菊开得正艳，坛外几蓬野草，绿得仿佛要滴下汁水来。

徐龙吟长长地叹气，他从未发现自己的村子如此之美。他第一次发现自己的村子如此之美。它为何如此之美？是因为这金菊？因为这琴声？还是因为这个将头发盘在脑后的女人？

徐龙吟推门进入院内。一名少年正坐在院中抚琴。这个少年，徐龙吟看着他，怎么跟徐中兴有些像呢？

少年是陆飞鸣，琴艺是跟表舅学的。陆飞鸣总感觉表舅跟母亲有一种说不清道不明的关系。年龄稍长，他甚至认为表舅就是他的亲生父亲。

每天黄昏，表舅都到家里来。那个时候，陆飞鸣与母亲住在即墨城。即墨城是个拥有1400年历史的古城，地处山东半岛，紧靠渤海湾，浩瀚无边的大海将县城的空气弄得湿漉漉的，房子、街道、树木饱含了水分，脆生生、清亮亮，仿佛被人用布子擦过，干净得异乎寻常。因为靠海，城里一半人家的营生与海有关，打鱼、卖鱼、养珍珠……利用贝壳、珍珠做各种各样的工艺品。常有莱阳、海阳、栖霞等地的男人推着独轮车到城里买鱼。他们傍晚时分从当地出发，步行一夜，凌晨时分来到即墨城。他们推着独轮车轱辘轱辘从街道驶过，大声地吐痰、咳嗽、说话，走到一户人家门口，撩起水盆里的水哗啦啦洗脸。城里的居民就在这些声音里醒来，开门、洗漱、生火做饭、叫孩子起床，也有女人倚着门框，拿桃木梳子梳乌油油的头发。等居家女人提着菜篮子，到菜市买菜时，那些外地男人也推着装满活鱼活虾活螃蟹的独轮车轱辘轱辘走出县城。

菜市里的食物以海鲜为主，银灰色的眼睛清亮的鲅鱼，皮肤油滑光亮的偏口鱼，水红色的大拇指粗细的对虾，雪白的鼻管鱼，泡在水盆里的海肠子，密密麻麻堆放在一起的红色小虾米，扇贝、海螺、海蛎子，直接养在水盆里的活海鱼。买菜的女人一边走一边看，一样一样海鲜搁进菜篮子，走到卖新鲜蔬菜的地方，几把青菜搁进篮子，一家人的饭食便准备妥当。

陆飞鸣的家在一条胡同深处，一座石砌的二层小楼，缀满绿色的爬山虎。小楼总共四间房屋，一楼三间，分别是客厅、母亲的卧房、厨房，二楼一间，是陆飞鸣的卧房。房子宽大幽暗，摆着一张带帐子的红木双人床，床头一张书桌，床尾一个柜子，同样是红木材质，绘着精致的金色图案。房间唯一的窗户临街，镶着木质格子窗框，糊着粉白色的窗户纸。推开窗户，迎面是石砌的墙壁，映着斑斑点点的青苔，向左一米，是扇同样的窗户，同样的木质格子窗框，同样的粉白色窗户纸。不同的是，陆飞鸣家挂着白色的窗帘。对面人家，挂着淡粉色的窗纱，每天傍晚，那户人家都要打开窗户，淡粉色的窗纱一截一截飘出来，好像唱戏人的水袖，一截一截甩到空中。

陆飞鸣通常在这个时候学琴。古琴摆在窗户下面，琴桌同样是红木的，年代久远，仿佛老年人毫无生气的身体。古琴有年岁了，琴面乌黑，散发着说不清道不明的气味。琴底写着几个字，陆飞鸣辨识不出字的内容，隐隐约约感觉，是一个人的名字。

学琴之前，陆飞鸣都要推开窗子，探头向下看看。楼下是青石铺的窄路，长年湿漉漉的，仿佛刚刚落过雨滴。常有男人或女人提着东西慢腾腾走过。有时没有人，只有一块又一块形状不一的石头连在一起，绵长得似乎没有尽头。

天空应该有太阳，可是胡同太窄，墙面太高，路面上没有一点点阳光。陆飞鸣偏偏头，看到对面人家飘出的淡粉色窗纱，再偏头，看到胡同尽头，一个穿灰白长衫的男人一步一步走来。男人手里捏着一件东西。

陆飞鸣心头一紧，赶忙坐到琴凳上，手抚了琴弦，流水般的音乐立时淌满屋子，旋即飞到窗户外面。

3

穿灰白色长衫的男子是表舅。表舅身材修长，脸色净白，可是太白了，竟然透出隐隐的青色，这使他本该文气的面庞陡增一分肃杀之气。表舅带着这副面孔站在陆飞鸣的身旁，陆飞鸣只觉得一股凉气罩满全身，大热的天，冷得发抖。

一年四季，表舅都是一身长衫，只是随着季节不同，变化着颜色。表舅十指细长，手掌绵软，指甲盖修得方方正正，仿佛玉做的一般。他的手始终藏在长袖下面，一块黄花梨板子也藏在长袖下面。遇到陆飞鸣分神或是弹错曲子，这块板子会毫不犹豫地钻出来，一下敲到陆飞鸣手背上。起初，陆飞鸣会哭，眼泪一串串掉下来，痛极时，还会哭出声来。幽暗的屋子，因为陆飞鸣的哭泣显得格外静谧。表舅不劝他，只是瞪着眼看他，像只老鹰凶巴巴地看着一只小鸡。陆飞鸣哭得无聊，慢慢止住哭声。随着挨打次数的增多，陆飞鸣渐渐不哭了，因为他的不哭，表舅下手似乎更重了。陆飞鸣咬紧牙关，盯着板子落到手背上，"啪"的一声，手背上一道白，白色褪去，一道红鼓出来，然后，仿佛一捧水洒到手背上，红色也消失了。陆飞鸣有些迷恋这种色彩的变化，甚至迷恋这种变化带来的尖锐疼痛。随

着陆飞鸣琴艺的长进，挨打的次数越来越少，这种色彩的变化，这种尖锐的疼痛也越来越少，某一天突然全部消失了，陆飞鸣无限惶恐，无限不安，抬起头愣愣地看着表舅。

表舅神思恍惚。表面看来与往常没有任何不同，他还是端坐在靠背椅上，手中握着黄花梨板子，左腿架在右腿上，手指在膝盖上有节律地打着拍子，可是他的眼神飘忽不定，不像往常那样，聚精会神地盯着陆飞鸣练琴。他的眼神经常飘到窗外，停在某个地方，久久出神。

窗外有什么？陆飞鸣的目光移过去，只看到一线碧蓝的天空。

表舅叹了口气。陆飞鸣目光转过来，看到表舅低着头，一脸愁苦。长这么大，陆飞鸣第一次见到表舅如此愁苦，不，是第一次见到表舅脸上有如此丰富的表情。表舅向来平静，遇到天大的事，都是波澜不惊。今天的表舅，怎么了？

心、手分离，琴声立即晦涩起来。搁以往，表舅必定一板子打过来，但是，这次，他却没听见一般。

母亲端了木质托盘上来，托盘里搁着一只紫砂壶，三只小杯和一盘白皮瓜子。紫砂壶近似乌色。白皮瓜子盛在白底青花的瓷盘里，白蓝相衬，分外好看。

母亲将托盘放到书桌上，坐下身，斟茶。琴声中，陆飞鸣闻到武夷山红茶的味道。母亲喜茶，红茶、绿茶、黄茶、黑茶，诸般茶叶，都非常喜爱。很小的时候，母亲就要陆飞鸣陪她饮茶，红茶泡在紫砂壶内，碧螺春泡在白色盖杯里，黑茶用沸水冲在瓷碗里。据说黑茶是少数民族的最爱，专门清理肠胃的油腻。

陆飞鸣知道休息时间到了，舒手，起身，坐到书桌旁边，端起一杯茶。他闭了眼睛，将茶端到鼻下细闻，一口一口呷进肚里。每日浸淫在乐曲之中，陆飞鸣的行为举止一派儒雅。

母亲与表舅抬眼看他。一杯茶喝完，陆飞鸣又倒了一杯，端起来。母亲与表舅仍旧在看他，他们不说话，也不喝茶。母亲手里捏了几粒白瓜子，捏起又放下，放下又捏起。表舅握着黄花梨板子，手一紧一松，一副不知如何才好的样子。

陆飞鸣诧异，心想，他们莫不是有话要对自己讲？定了睛看母亲与表舅。母亲与表舅仍旧不说话。陆飞鸣又想：他们莫不是有话要背着自己讲？

陆飞鸣放下杯子，转身下楼。影影绰绰中，看到表舅的一只手握住母亲的手，没有声音的，黄花梨板子已经躺在他们脚下。

陆飞鸣心下委屈，踩着楼梯，一步一步下楼，打开房门，青白的日光泻进屋内。陆飞鸣跨出门去，坐到门槛上，眼泪流了出来。

对面楼上的窗户依旧敞开着，淡粉色的窗纱一截一截飘出来。陆飞鸣抬头望去，突然想知道楼上主人的模样。他不记得自己在这座楼住了多久，却清楚地知道，他从未见过对面楼房的主人。那人是水灵灵的少女还是曼妙的少妇？抑或是头发花白的老妇人？无论是谁，因为那截淡粉色的窗纱，陆飞鸣都对她充满了向往。

陆飞鸣抬头向窗户望去，只见一只手抓住窗纱一角，三拽两拽，将窗纱拽进屋内。这可是从未有过的事情。陆飞鸣心下愕然，又见两条胳膊伸出来，是粉白的，闪着瓷器一般白光的胳膊，它们在空气中胡乱挥舞，仿佛要抓什么东西。陆飞鸣一下站起来。这时候，令他更加诧异的事情出现了，一个女人的头与身子突然探出窗外，她咯咯笑着，头扭到左边又扭到右边，扭到右边时，女人看到了陆飞鸣。女人被吓了一跳，笑容瞬间消失，可是她又笑起来，身子上扬，试图站起来。一双手压在女人的胸上，这使她无法直起身子。她的头又扭来扭去。一张男人的脸压到女人的胸上，连同那双手，在女人的脸上、胸上忙碌着。女人的笑声尖细起来，仿佛刀片从玻璃板上"噌噌"划过。那双手连同脸一起离开女人。女人这才站起来，转身，看了陆飞鸣一眼，"叭"的一声将窗户关闭了。

陆飞鸣的心一阵狂跳，飞身跑进屋内。母亲与表舅依旧在楼上，细细碎碎的说话声顺着楼梯飘下来。陆飞鸣手捂了胸口，眼前浮现着女人胸前的手和脸，它们与他平常所见不同，它们分明来自另一个世界。

"德国人"。三个带着恐怖气息的字跃进陆飞鸣的脑海。是绿眼睛、金头发，专门吃小孩子的德国人。他何以出现在对面楼上？那个女人何以笑得那样开心？她不怕他吃了她？

陆飞鸣扒着门缝向对面望去，只看到石砌的墙壁，毛发一般生发在石头上的青苔，看不到对面的房屋，更看不到那扇紧闭了的窗户。

陆飞鸣侧过脸，将耳朵贴到门缝上，门外静悄悄的，没有一点声音。这太不正常了，难道德国人将女人吃掉了吗？

一双手搭到陆飞鸣的肩上，陆飞鸣一哆嗦，猛地一跳，那双手落到他的后背上，旋即弹开。

陆飞鸣回头，是表舅。表舅站在他的身后，净白的一张脸，手里握着那块黄花梨板子。

陆飞鸣掉头向楼上跑去，表舅一连串说道："跑什么跑，这吟诗、弹琴的好日子怕是到头了。"

4

想必母亲与表舅看到了对面的情景。是呀，两座楼挨得这样近，一伸胳膊就可以摸到对面的墙壁，肯定听得到、看得清那边的情景。那么，自己天天坐在窗户下弹琴，那边的女人也听得到与看得清的。

"呸、呸。"陆飞鸣"呸"了自己两声，都什么时候了，还在想这个。眼前又浮现出女人胸前的手和脸，那双手缀着金色的汗毛，头上覆盖着金色的卷曲的头发。

在学堂，陆飞鸣不止一次听同学讲过：即墨城住着很多绿眼睛、金头发，皮肤白得像剥了皮的老鼠，说话像鸟叫的德国人。他们拿着奇怪的仪器到处探测，试图挖出老祖宗藏在地里的宝贝。

那些宝贝，不说，陆飞鸣也知道，装在坛子里的金元宝，玉片缀成的衣服，死去女人含在口里的珠宝。富贵人家总喜欢将这些东西埋在逝去人的身旁，叫他们在阴间也过上锦衣玉食的生活。

女人的家里有宝贝吗？陆飞鸣敲敲地板，地板发出"嘭嘭"的响声，似乎再用力，便会敲出一个窟窿。

这样的地方怎会藏下宝贝？

陆飞鸣站在窗前，试图透过窗缝看清对面的情景。他的心跳得厉害，手心沁出细细的汗水。不知为什么，他盼望窗前重新出现女人的身影，一只手或是一段手臂，只那么一点点，便会满足他的愿望。

窗户关得太紧了，除了细细的光线，陆飞鸣什么也没看到。他后退几步，倒到床上，白色的床幔落到身上，盖到脸上。他突然又觉得委屈，眼泪一颗一颗掉下来。

楼下传来细细碎碎的声音，是母亲与表舅在说话。他们似乎在辩论一件事情，母亲的声音突然高起来，"不行就不行。"表舅的声音也高起来，"怎么就不行？难道天天守在这里，看这些……"门"哗"的一声打开了，青白的日光又泻进屋内，表舅的声音更大起来，"天天看这些，像对面的女人……"

是忙不迭地关门的声音，可是屋门又被重新打开，胡同里响起清脆的脚步声。陆飞鸣爬起来，打开窗户，探头向下望去。表舅大步向胡同外走去，他的身后，是两扇敞开的房门，一个穿黑西服的金发男子站在门外，他的身后是那个有着粉白胳膊的女人。

女人穿着金色绣白花的旗袍，倚在门框上，手里拿着粉红的手绢，脸上是牡丹花一般艳丽的笑容。

最初居住在即墨城的只有一个德国男人，他在县城东边修了一座天主教堂，天主教堂房顶尖尖，像把剑刺向天空。德国男人每天穿着黑色长袍，胸前挂着十字架出出进进，虽然也是金发碧眼，手上长着浓密的金毛，身上散发着羊身上才有的味道，可是他面色和善，看了叫人心生欢喜。德国男人有一个好玩的名字——保罗神父，据说"神父"是可以直接与上帝对话的人，也就是人与上帝之间的中介，只有通过他，人的心愿才能被上帝得知。"上帝、耶稣、圣母玛利亚""犯罪、救赎"这是保罗神父经常挂在嘴上的词语，他逢人便讲信奉上帝的好处，规劝人们将心灵交给上帝管理。

一开始，即墨城的人拒绝接受保罗神父，人们千百年来信奉菩萨、如来佛、玉皇大帝、千手观音、送子娘娘等等神仙，逢年过节烧香磕头敬拜他们。

遇到不生育、不发财、生病受灾等等情形都是彻夜祷告他们的帮助，突然来了一个金发碧眼，宣称每人生下来就有罪的洋人，奉劝他们信奉洋神仙，人们无论如何不肯接受。直至一天，保罗神父医好一个孩子的疾病，宣称"信奉上帝可以医治疾病，保佑平安"时，才有人半信半疑地走进教堂。

那是一个四周镶嵌着彩色玻璃的房屋，高大的房顶见不到一根房梁，雪白的墙壁上绘着颜色绚丽的图画，每幅画里都有一个金发男人，男人披着白色长袍，露出一只胳膊，神情万分忧郁。保罗神父说："他就是耶稣，为了救赎我们，代替人类被钉死在十字架上，用自己的死代替了我们的死，用自己的鲜血洗清我们身上的罪恶。这些图画讲述了耶稣出生、传道、受难、接受上帝的考验、被钉死在十字架，三日后重新复活的故事。只有信奉了上帝，我们才能得救，死的时候，才能够进入天堂，享受永生的幸福。"

进入教堂的人仔细观看这些图画。出生在马厩，被圣母玛丽利亚在怀里的小耶稣；赤脚走在传道路上的成年耶稣；给穷人医治疾病的耶稣；被钉在十字架上，身体流出鲜血的受苦受难的耶稣。胆小的人看到这儿禁不住捂住嘴巴，看到复活后的耶稣头顶光环站在人群当中时，又长舒一口气，露出欢喜的笑容。

图画中的耶稣使进入教堂的即墨城人倍感亲切，虽然这个外国神仙跟他们模样不同，但是他不像中国神仙那样高高在上。中国神仙全都住在天上，出行不是骑麒麟，就是驾白云，这个外国神仙住在百姓中间，普通得如同邻家大哥。他出行全靠步行，有时赤着脚。中国神仙虽然不食人间烟火，却个个白白胖胖。这个外国神仙瘦得吓人，他像所有穷人一样受过苦、挨过饿，遭遇谩骂、驱赶、诽谤，人类日常生活可能经受的苦难，他全部经受过，人类没有经历过的苦难，他也经受过。他身材瘦弱，没有一件完整的衣服，最后被残忍地钉死在十字架上。即墨城人向来同情弱者，同情无缘无故遭难的人，因此，他们很快从情感上认同了耶稣，连带着，对保罗神父也信任起来。

慢慢地，进入天主教堂的人越来越多，很多居民成为虔诚的天主教徒，即墨城到处流传着信教后得到的好处——生病不去医院也可以痊愈；打鱼时祷告上帝，每次都会满仓而归；不生育的女人与丈夫同床时默念几遍：我们在天上的父，人们都尊父的名为圣……就会怀孕。虽然保罗神父劝告人们生病时既要依靠上帝，又要依靠医生，人们还是只愿依靠上帝，不愿依靠医生。

5

睡梦中,陆飞鸣梦到保罗神父。保罗神父有一双细长绵软的手,他的手放在陆飞鸣的额头上,暖暖的、软软的,弄得陆飞鸣的心一片潮湿。陆飞鸣抽抽噎噎哭起来,像女孩子一样流着眼泪。他听到一个女人轻声笑道:"哭什么呀哭,你这个小男人,你这个小男生。"是那个穿金色绣白花旗袍的女人,她倚在门框上,粉白的脸一半在亮光里,一半在昏暗中。她的笑明明暗暗,仿佛烟火,恍然消失,又恍然璀璨。陆飞鸣坐起身子,诧异她何时来到房间。他想问她,可是看她笑得越发厉害,腰弯下去,旗袍下摆敞开,粉白的腿露了出来。陆飞鸣"呀"的一声,肚子一紧,一股清亮亮的东西泄出体外。

陆飞鸣大汗淋漓地醒来,看到帐顶一抹青白,才知道在梦中见到了那个女人。

陆飞鸣摸了摸短裤,沾到手上的东西令他羞愧,这种事已是第五次发生。第一次发生时,他以为自己得了重病,躺在床上,不吃不喝。第二日清晨,表舅来到家里,不是练琴时间,他仍然拿着那块黄花梨板子。表舅坐到床边,看着陆飞鸣,突然笑起来,说:"告诉你一件事。"

陆飞鸣两岁时得了一场重病,眼看就要死去。母亲要表舅抱他去看医生,嘱咐：如果有气就抱回来，没有气就找个地方扔了。表舅抱着陆飞鸣找到医生，医生给陆飞鸣喂了一碗汤药，开了几包草药，嘱咐熬了药汤每天三次喂给陆飞鸣吃。表舅抱着陆飞鸣离开诊所，一边走一边试他的鼻息。走到一条河边，表舅停住脚步。这条河直通大海，很多人将死猫、死狗、死孩子扔进河里，冲进大海。表舅又一次试陆飞鸣的鼻息，陆飞鸣在表舅怀里沉睡，一呼一吸，鼻息比离家时更加有力。表舅长舒一口气，捡起一块石头，扔进河里。他将陆飞鸣抱回家，每天喂下药汤，半个月后，陆飞鸣好了起来。

"病成那样都好了，这次肯定没事。"

陆飞鸣依稀记得生病时的情景，整日整夜躺在床上，身体热得像放在火炉子里面。床、被子、褥子、席子都是热的，唯独墙壁是凉的。陆飞鸣将头、身子、手脚贴到墙壁上，凉气一点一点沁入体内，身子稍微舒服了一些。印象中，母亲始终端着一碗糖水，一脸焦虑地看着他。

这样的母亲，怎会叫表舅扔掉他？

可是，表舅为何要撒谎？

也许记错了呢？两岁的孩子怎会有记忆？是的，两岁的孩子怎会有记忆！那么他记住的肯定是两岁之后的事了。那么母亲确实想将他扔掉的。陆飞鸣从床上爬起来，不是因为相信了自己"没事"，而是愤恨母亲对他曾经的漠视与冷淡，愤恨母亲准备像扔一件破衣服一样将他没有任何怜惜地扔掉。

陆飞鸣穿上衣裤，因为愤恨，一张脸涨得通红。他看到表舅脸上露出一丝诡异的笑容，心下诧异，眼角一斜，发现换下来的短裤搁在枕头上面。

那次的短裤是母亲清洗的。等到明白短裤上的东西是什么时，陆飞鸣再不叫母亲替他清洗。这次依然如此。陆飞鸣将短裤泡进脸盆，揉了沾满液体的那块，眼前浮现出对面楼上女人的脸孔。

母亲在楼下摆好了早餐。她穿了一件陆飞鸣从未见过的粗布长衫，头发胡乱挽成一个髻，脸灰蒙蒙的，仿佛没洗一般。饭菜像往常一样精致，白、红、黑交织的皮蛋瘦肉粥，为了这样的粥，母亲凌晨五时起床，在厨房忙活一个早上。被盐水泡了一个月的胡萝卜条与青豆。嫩绿色的小葱。与小葱相配的是白面薄饼,薄得举起来,可以看到对面的景致。陆飞鸣喜欢将两张饼叠在一起,中间夹上小葱吃。小葱需要蘸酱,黑乎乎却香极了的甜面酱。

以往母亲都是精心梳妆的。母亲素来清洁,头发总是整整齐齐地挽成一个髻,插一支白中透绿的簪子。乌黑的刘海儿从额头左边倾到右边。耳朵缀一对莲花状的白玉耳环。衣服不是紫色衣身镶银色绲边,就是月白色衣身镶水红色纽扣,颜色搭配精致,衬托出女人的温柔与风情。

今早晨的母亲与以往完全不同。

陆飞鸣心内惊讶,想问她为何这样,话到嘴边又咽了回去。

吃过早饭,母亲送他去学堂,这又令陆飞鸣惊讶。在母亲的护送下上学,已是七八年前的事情,今天为何又送他上学?难道他变小了不成?

时光一下子倒转,陆飞鸣万分恍惚。

走出胡同,是宽阔的街道,街道上店铺林立,行人多了起来。学堂在县城西边,从家到学堂必须穿过三条这样的街道。陆飞鸣四处张望,看到天主教堂尖尖的房顶,房顶上端,巨大的十字架在太阳的照耀下熠熠闪光。

母亲抓住陆飞鸣的手,说了声:"不要乱看,快走。"

陆飞鸣却偏偏乱看,头转来转去。他张大嘴巴:三个喝得醉醺醺的德国人,歪歪扭扭从远处走了过来。

6

学堂的孩子也在议论德国人。

这些德国人跟保罗神父不同。保罗神父住在教堂里面,独来独往,脸上始终挂着谦和的微笑。保罗神父说一口流利的中国话,带着稍微的即墨口音,闭上眼睛听保罗神父讲话,很难想到他是个金发碧眼的德国人。保罗神父雇了一个中国女人照料他的生活。那个女人身材胖大,没有文化,喜欢讲话,走到哪儿"响"到哪儿。保罗神父喝汤会发出声音,晚上睡觉说梦话,喜欢吃油炸的小黄花鱼,都是女人叽叽喳喳说出来的。这些充满烟火味的生活细节,拉近了保罗神父与即墨城人的距离。

这些德国人可不一样。县太爷专门在县衙门辟了一个院落供他们居住,雇用即墨城最好的厨师给他们做饭,每天早上有人将新鲜蔬菜、鱼肉送到院子里去。这些德国人戴着钢盔帽子,穿着统一的黑制服,佩带一种会冒火的武器,嘴里说着叽里咕噜、鸟叫一样的语言。每天吃饱了喝足了,就在街上转悠,遇到好吃好玩的,一把抓在手里,一点都不客气。

"咱们抢别人的东西,还不被打死。"一个男生大声说道,"可是看到他们,县衙里的人屁都不敢放一个。"

吵吵闹闹的时候，教书先生走了进来。他穿的长衫上有块油渍，辫子梳得歪歪斜斜的，一副心事重重的样子。教书先生带来的消息更加惊人：德国人在修铁路，准备从青岛修到胶州、潍县，再修到省城济南。

铁路？铁路是什么？陆飞鸣与同学丈二和尚摸不着头脑。他们第一次听到这个奇怪的名词，有男生仰脸问教书先生："铁路是铁做的路吗？这样的路怎么走人？"

教书先生拿起毛笔，蘸饱墨，在宣纸上画出两条笔直的线，线上趴着一个冒着浓烟的怪物，怪物拉着几节火柴盒子。

教书先生说："铁路就是两根长长的铁条用木头和铁钉连在一起，趴在上面的火柴盒子就是火车厢，这个冒浓烟的怪物是火车头。铁路与火车都是洋人的东西，洋人老早就想在中国修铁路，跑火车，可是皇帝与慈禧太后嫌它们跑起来动静太大，都不同意。有一天，一个洋人造了一套铁路、火车模型送到了皇宫里面，按动某个机关，火车'咣当咣当'地跑起来，太监、宫女都拍手叫好。皇帝与慈禧太后一看，也觉得挺好玩，于是就同意修建铁路，跑火车。第一条铁路修在北京。听说挖路基时破坏了风水，卧在地底下的三条长龙腾空而起，驾云而去。铁路修好后，慈禧太后坐在火车厢里逛了一圈。火车经过皇陵时，突然'呜'地大叫一声，吓得慈禧太后差点从座位上掉下来，慈禧太后心里马上老大不高兴，她将头伸到窗外，看到一辆四匹马拉的马车吧嗒吧嗒地跑在了火车前头。慈禧太后这下子生气了，这洋玩意儿既破坏了风水，又惊扰先人在地下的安宁，不如马车跑得快，模样还怪里怪气的，不是什么好东西，立刻叫人拆了铁路。拆下来的铁路没地方放，就放到皇宫里面，铺设在一个大湖旁边，火车厢也一同拉到皇宫里，安到铁路上面，火车头不知道扔到了什么地方。慈禧太后高兴的时候，就叫火车跑两圈，火车头没有了就用马拉，又怕马拉屎弄脏了铁路，于是叫太监们用绳子拉，那么粗的绳子，一头绑在火车上，一头拴在太监的身上，太监们'嗨哎、嗨哎'一齐用力，火车就开动了。"教书先生做了一个拉车的动作，学生们"哄"地笑了。有个学生说："太监拉火车时想拉屎怎么办?"另一个学生说:"如果放屁,臭了火车怎么办?"教书先生没理他们,继续说道:"虽然皇帝与慈禧太后拆了铁路,可是洋人不死心,未经中国批准,就在上海与吴淞之间修了一条淞沪铁路。通车当日,那个冒着浓烟的怪物,刚才说了,叫作火车头的,拉着车厢一路咆哮着从上海驶往吴淞,吓得沿途百姓东奔西跑,四处逃窜,以为来了吃人的怪兽。当天,这趟火车轧死了一个人,火车头进出的火花溅到铁路旁一户人家的房顶,引起大火,将房子烧得一干二净。有胆大的人,组织一帮强壮男人跑到铁路边上,一齐用力拉火车,想把火车拉住,不叫它跑,哪知这火车不但没拉住,还跑得更快了,差点将那帮人轧死。"

陆飞鸣与同学听得胆战心惊,一个男生突然捂着肚子,弯下腰。教书先生问他:"怎么了?吓成这个样子?"

男生说:"想撒尿,可是听先生说得热闹,又不舍得走。"

搁平常,这话会引起一屋子笑声,可是现在,火车带来的惊悚消弭了所有可能出现的欢笑。教书先生保证待会儿再讲火车的事情,男生才心急火燎地去上厕所。

陆飞鸣告诉教师先生,有个德国人去了他家……教书先生与同学瞪大了眼睛,陆飞鸣慌忙将剩下的话吐出来,"有个德国人去了我家对面的人家。"教书先生与同学都松了口气。突然,教书先生想起了什么似的,手伸出来,捂住陆飞鸣的嘴,"以后不要讲这件事情。"

上厕所的男生回来,教书先生又重新讲起火车,"淞沪铁路运营一个月,发生了几起大事,有一帮人挖开路基,弄了堆砂石堆到铁路上,意图颠翻火车,不承想,被火车司机发现,及时刹车,火车没被颠翻。有一个人看到火车跑过来,猛地扑到钢轨上,想被火车轧死,不承想,又被火车司机及时发现,立即刹车,想自杀的人不但没死成,还被当成犯罪分子押进车厢,运到上海被判了刑。可是,不久之后,又有一个人扑到钢轨上,这次火车司机没有发现,没有及时刹车,那人被轧死了。死者的家人不依不饶,非要火车司机以命抵命。事情闹到皇帝与慈禧太后那里,皇帝与慈禧太后拿出一大笔银子买下铁路，立马叫人拆了。"

"皇帝与太后那么不喜欢修铁路，干吗还要在咱这修铁路？"

"唉，朝廷有朝廷的难处。他们不想修铁路，可是这外国人想修铁路，他们也做不了主。德国人在山东修铁路，是因为他们在青岛组建了一支海军舰队，在大港修建了一个军港，海军舰队的军舰就停在大港，军舰需要燃料，最好的燃料就是煤炭，然而青岛不出产煤炭，山东的产煤区在坊子、博山、淄川等地，因此德国人就要修建铁路，将坊子、博山、淄川等地的煤炭运到青岛大港。铁路早就开工了，先修青岛至胶州这段，为了加快速度，他们分别从青岛、胶州两地开工，从两头向中间修。听说开工那天还在青岛举行了开工典礼，德国皇帝威廉二世的弟弟海因里希亲王参加了开工典礼。什么是开工典礼？开工典礼就是海因里希亲王拿着铁锹从地上铲起一铁锹土，然后再扔到地上。那德国人坏得很，虽说在中国修建铁路，但用的材料全是德国的，钢轨、道枕，就连以后在铁路上跑的火车厢跟火车头都是德国造的。这样子，德国人开的工厂就忙得不行，白天晚上地忙着造火车、造钢轨，白天晚上地忙着往中国运送，他们一下子就富得不得了。你现在到大港看看，一轮船一轮船的货物从海上运了过来，一轮船一轮船的白银从海上运了出去。对了，青岛就是德国人跟朝廷硬要来的那块地方，德国人给那个地方统一起了个名，叫作'青岛'，原来的小渔村等等村子都叫德国人拆了，地都叫德国人占了，他们在那里盖房子，修马路，建工厂，如今已是超过即墨城十倍、二十倍甚至一百倍的一个城市。"

"如果有机会到青岛，"教书先生说道，"绝对会认为那是德国人的地方。中国人都被赶到台东、台西等地方的穷人区了。"

"那里还有人弹琴吗？"陆飞鸣问道。

"弹琴？"教书先生瞅了陆飞鸣一眼，嘴里发出奇怪的声音，"这是德国人的音乐。德国人不喜欢中国音乐。"

陆飞鸣听表舅说过，小渔村住着一位古琴大师，瘦面长须，一副仙风道骨的模样，每天清晨，大师都抱着古琴来到海边，面对浩瀚的大海，面对初升的朝阳，面对满天的彩霞，弹奏一曲，宣告美好一天的开始。既然小渔村被拆了，古琴大师肯定不在村子了，他去哪儿了呢？陆飞鸣想听到古琴大师的消息，教书先生却只字不提，他告诉陆飞鸣与同学们，青岛的地下修了密密麻麻的地道，这些地道连通每座德国人居住的房子，如果发生意外，德国人通过地道直接到达港口，乘船离开中国。这倒没有什么，令人气愤的是，修建地道的全是从福建招来的劳工，德国人许诺：地道修好后，每人发放一份丰厚的酬金，用船将他们送回福建。地道修好之后，德国人却封闭了出口，将那帮人硬生生地饿死在里面。

陆飞鸣等人又是惊悚，教书先生似乎为了加重他们的恐惧，又说了一个更加惊人的消息：德国人已经在即墨城郊修建了工地，从德国运来的钢轨整整齐齐码放在工地上面。接下来，德国人要做两件事情，一件是招募中国劳工，一件是找一帮孩子学习铁路管理知识，找到孩子后，他们要剪掉孩子的舌头尖，先教他们学那种如鸟叫一般的德语。

7

从学堂出来，陆飞鸣没有回家，他拐了一个弯，出城，走了很长时间，来到一个巨大的土堆前面。土堆那边传来隐隐约约的机器轰鸣，机器轰鸣衬托了郊外的空旷与寂静。陆飞鸣抬头望天，天空高远，飘浮着丝丝白云，几只叫不出名的鸟"啁啁啾啾"飞过。风吹过来，没有房屋的阻挡，风力比城里凌厉了几分。陆飞鸣打了一个哆嗦，浑身的汗霎时消退。他往手心吐了口唾沫，撩起长衫下摆，向土堆的顶端爬去。

看起来，土堆在这儿很长时间了，陆飞鸣怀疑它不是德国人修铁路挖出来，而是天生就在这里的。土堆上东一撮西一撮地长着青草，陆飞鸣爬几步就要揪一下青草，想借助草的力量加快攀爬的速度，哪知他稍微用力，青草便被连根拔起，陆飞鸣身子一仰，一下摔到土堆下面。陆飞鸣头朝下，脚朝上，手里握着一把青草躺在地上，那个狼狈相，他自己想象了一下，忍不住笑出声来。陆飞鸣站起身，索性脱下长衫，又往手心吐了一口唾沫，重新攀爬土堆。土堆高大，土质松软，每一步都格外费力，等到爬到顶端，陆飞鸣又是一身汗水。

站在土堆上面，视野一下开阔起来。陆飞鸣看到连绵不绝的麦子连到天际，大地仿佛铺了金黄色的毛毯。毛毯尽头，天蓝如洗，白云堆叠。风从毛毯的尽头吹来，随着风的吹动，大片的麦子上下起伏，如同波涛涌动，金黄的颜色随时都会喷薄而出，将天空、将云彩、将陆飞鸣染成金灿灿的颜色。陆飞鸣的呼吸急促起来，他的心被一种情绪驱动，扭结成一团，紧张、酸楚和莫名其妙的兴奋一齐涌上心头。陆飞鸣突然感觉金黄色的麦子，像极了一件东西。什么东西？对面楼上女人的旗袍。陆飞鸣记得的，女人站在房门口，旗袍紧紧地裹在她的身上，女人圆滚滚的乳房，结实的小腹，两腿交叉处的三角清晰地显露出来。说不清道不明的风景从衣领、袖口、衣服的下摆和白花花的胳膊与腿上流淌出来……陆飞鸣的脸呼地热了，胸口"嘭"的一声，被一样硬物撞开一个口子，滚滚热浪打着滚地翻了出来。

陆飞鸣张开嘴，"啊"地大喊一声。随着他的叫喊，空旷的田野突然发出一声巨响。随即，一股白烟从麦子地里冒出来。陆飞鸣吓了一跳，冲冒烟的地方望去，一条正在修建的铁路从麦地中间穿过，仿佛一把刀子，将麦地劈成不规整的两半。

正在修建的铁路，确切地说是修建铁路的工地上堆满了东西。按照教书先生的描述，陆飞鸣认出长条状的钢铁做的东西是钢轨，它们蹲伏在地上，仿佛训练有素的怪兽。短条状的钢铁做的东西是钢枕，它们通过轮一根一根整齐地排列在地面上，仿佛怪兽的帮凶。一帮穿短衫的中国人扛起一根钢轨，喊着号子，艰难地挪着步子。一名穿黑衣服的德国人，手里拿着胳膊长短的棍子。陆飞鸣后来才知道，那根棍子名叫火枪，刚刚的白烟就是它放子弹后冒出来的。那些子弹打在人身上，会叫人当场毙命。那名德国人拿着火枪，冲着中国人大声吆喝着。还有一名德国人，令陆飞鸣大吃一惊。那名德国人正拿着火枪冲他瞄准，没等他反应过来，陆飞鸣身下的土就炸开了。陆飞鸣一个跟头从土堆上翻下来。

这一次，陆飞鸣来不及笑话自己。他爬起身，摸摸头、手、脚完整，撒腿就往麦子地跑去，没跑多远，一双大手从背后抓住了他。陆飞鸣回头，惊恐地发现，一名金发、蓝眼睛，手上长满细碎金毛的德国人站在他的身后。

德国人紧紧揪着陆飞鸣，大声说着德语。陆飞鸣不知道他在说什么，只知道落在他的手里，没有好下场，最好的结局也是被剪去舌头尖。陆飞鸣拼命挣扎身子，妄图从德国人手下逃脱。另一名德国人不知从什么地方钻了出来，手里拿着一根布满油污的绳子，将陆飞鸣的两只手绑在一起。这时，从工地上又跑来一名德国人，他手里拿着一个奇怪的仪器跟绑陆飞鸣的德国人说着什么，绑陆飞鸣的德国人也跟那个德国人说着什么。说完，他们一齐转头看陆飞鸣，手里拿着仪式的德国人呆了一下，他近前一步，伸手抬起陆飞鸣的下巴，仔细瞅着陆飞鸣。陆飞鸣抬起头来，看到德国人碧蓝的眼睛，那双眼睛犹如清澈的湖水，里面盛满水草一般温柔的目光。

绑陆飞鸣的德国人打掉那名德国人的手，又说了一通德语。拿仪器的德国人后退一步，咬着下嘴唇想着什么。另外两名德国人押着陆飞鸣穿过麦子地，沿着陆飞鸣出城的路，回到即墨城。

正是城里最热闹的时候。行人在街道上挤来挤去，商人在店铺里大声招呼客人，买菜的、买鱼的女人提着篮子急匆匆往家走。他们见到两名德国人押着陆飞鸣纷纷露出诧异的神情，不由自主为他们让出一条道路。陆飞鸣盼望有人向母亲通告消息，可是，他睁着一双泪眼四处张望，没看到一张熟悉的面孔。

两名德国人目不斜视，大跨步"嚓嚓"地前行。陆飞鸣被他们扯拉着，跟跟跄跄地向前奔跑，衣服撕破了，鞋子掉了一只，脸上布满眼泪、鼻涕和灰尘。

德国人将陆飞鸣押到县衙，将他扔进一间屋子，锁上门，走了。陆飞鸣躺在地上，脸、胳膊、腿疼得要命，他知道这些地方受了伤，特别是脸，肯定撕去一大块皮。可是他顾不上这些，他爬起身，脸趴在门缝，向外瞧去。房外是个院子，靠近围墙的地方，搭着一个架子，上面竖着七八个木头人。架子的一端是马厩，一个穿着短衫、扎着大辫子的中国男人拿着一把刷子给马梳理鬃毛。

陆飞鸣哭起来，边哭边喊："大叔，大爷，老爷，求求您，救救我吧，求求您，救救我吧。"

男人回头向关押陆飞鸣的屋子望了一眼，又四处张望，确认周围没人后，拿着刷子走了过来。

男人凑近门缝，说："哭有什么用。看你不是小孩子了，干吗跑修铁路的地方去。那地方，是一般人去的吗？你没听说，德国人正到处抓人吗？"

"抓人干什么？我力气小，修不了铁路。"

"什么抓人修铁路，是抓破坏铁路的人。白天修好的铁路，晚上就被人扒了。德国人拿火枪守着，拴狼狗看着都不管事。他们都快气死了。你去那儿，不是自寻死路吗？"

陆飞鸣听得糊涂，他知道再跟男人说下去，男人也不会放他出去。他止住哭声，央求男人给母亲送个信，叫母亲想办法救他。

男人问明陆飞鸣家的住址，长叹一口气，摇着头走了。陆飞鸣以为他会出院子找母亲，哪知男人拿着刷子继续给马梳理鬃毛。

院里响起踢踢踏踏的脚步声，五名穿黑制服的德国人扛着火枪，列队走进院子。一个德国人吆喝了一句，他们一齐停下脚步，双脚"啪"地一并，转身，一条腿跪到地上，两手端起火枪。那个德国人又吆喝了一声，只听"啪啪啪"数声巨响，火枪的顶端冒出股股白烟，绑在架子上的木头人摇晃起来，一个木头人的头掉了下来。

陆飞鸣"啊"地大叫一声。那些德国人转过头来，还在冒白烟的火枪一齐瞄向关押陆飞鸣的屋子。

正给马梳理鬃毛的中国男人跑过来，双手比画着跟其中一个德国人说着什么，很明显，他们语言不通，德国人瞪着疑惑的眼睛看着中国男人。突然，他推开中国男人，大步向屋子走过来。

陆飞鸣几乎要被吓死，跑到屋角，搂着膝盖，缩成一团。屋门打开，德国人出现在门口，似乎过了许久时间，他才适应屋子的黑暗，看到缩在屋角的陆飞鸣。

德国人走过来，踢了踢陆飞鸣，用德语说着什么。陆飞鸣听不懂，一个劲地摇头。德国人蹲下身，手托起陆飞鸣的下巴，又说了一通。陆飞鸣还是听不懂，他瞪大眼睛，惊恐地看着德国人。不知为什么，陆飞鸣觉得这个德国人眼熟。他立刻否定了这种感觉，他从没接触过德国人，怎会觉得他眼熟？他在说什么？这些话，就是教书先生说的鸟语吧？难道，他问自己：愿不愿意剪去舌头尖学说鸟语？

陆飞鸣拼命摇头，德国人似乎很生气，一掌将陆飞鸣推到地上，站起身，踢了陆飞鸣一脚，转身走出屋子，重新锁闭了屋门。

天完全黑下时，母亲才来到关押陆飞鸣的屋子。母亲穿着一件破旧、肥大的衣服，头发蓬乱，看上去老了十几岁。她给陆飞鸣带来了晚饭，埋怨陆飞鸣不该跑到修铁路的工地上。陆飞鸣本是满心惊惧与委屈，眼泪一直在眼里打转，听到母亲埋怨，眼泪一下子憋了回去。

母亲告诉陆飞鸣，即墨城人都讨厌德国人，可是县太爷跟德国人亲，听说皇帝与慈禧太后也跟他们亲，慈禧太后还跟德国官员的老婆认了姐妹，一箱子一箱子的礼物送给她们。老百姓讨厌又有什么用，只能躲着他们，敬着他们。可是偏偏有人不躲不敬，拿着刀、枪要杀他们，那些人是"大刀会"的，是"义和团"的。可是德国人拿着火枪，哪里能杀得了他们，所以德国人没杀成，中国人却死了不少。

8

陆飞鸣不明白母亲跟他说这些做什么。母亲的性情似乎随着服饰的改变发生了变化，她唠叨、俗气，像极了在天主教堂帮工的中国女人。

想到在天主教堂帮工的中国女人，陆飞鸣便想到保罗神父，一张金发碧眼的德国人的脸浮现在眼前。这张脸不是保罗神父的，是那个天黑之前，到屋子里说话，并且踢了他一脚的德国人的。

陆飞鸣闭上眼睛想了一会儿，大叫一声："母亲，救我。"

"我，你表舅都在想办法呢。这事只能求县太爷。"

"母亲，那个德国人，那个德国人，我认识的。"

"哪个德国人？"

"就是到对面女人家里的德国人。"

"啊……那个坏女人？"

"坏女人"三个字吓了陆飞鸣一跳，也吓了母亲一跳。母亲啐了一口唾沫，说："无论如何，不能求那个女人。"

看守走进屋子，催促母亲离开。母亲拿出一个小包塞进他的手里，看守立刻和气起来，保证好好看守，不要野猫、野狗吓了陆飞鸣，也不要德国人打陆飞鸣。

母亲叹一口气，脱下那件破旧、肥大的衣服披到陆飞鸣的身上，说："你呀，少语，倔强，受点苦，也是好的。"

第二日，不知是早晨、上午还是下午，看守给陆飞鸣送来了饭，一个破口大碗盛着半碗黄乎乎的稀饭，一个玉米面窝头，三块黑乎乎的咸菜。陆飞鸣一点食欲没有，披着母亲的衣服呜呜咽咽地哭起来。

没有人搭理陆飞鸣，屋里屋外静悄悄的，没有一个人，没有一个活物，没有一点声音，陆飞鸣仿佛来到无人的所在，是死是活是悲是喜，没有人理他。

陆飞鸣越发委屈，张大嘴哇哇哭起来。

屋门吱呀一声打开，看守迈着小步跑进来，说："好了，好了，别哭了，好事来了。"

"好事？哪来的好事？"

看守将陆飞鸣拉起来，端详一下，从怀里掏出一条毛巾，吐了两口唾沫，将陆飞鸣的脸擦了两下。他转到陆飞鸣身后，解开陆飞鸣的辫子，重新梳理了一遍，说："好了，怕是要出去了。"

"要我回家？真的吗？"

"这屋子也关过别的中国人，要杀的时候都是德国人将他们提溜出去，今天叫我喊你出去，并且去他们的宅子，保准是好事，保准放你出去。"

穿过院子，出了门，是条狭窄的胡同，地上铺着形状不一的石子，许是年岁久了，石子磨得油光水滑，有些像被玩久了的玉石，包着一层黄浆。这样的道路，这样的气息，陆飞鸣极其熟悉。他抬头看天，三只黑色的鸟在天空盘旋，一会儿两只在上面，一只在下面，一会儿一只在上面，两只在下面。这样的景致也是陆飞鸣非常熟悉的。这样的景致才离开一夜一天，陆飞鸣却感觉离开十年二十年了。陆飞鸣鼻子酸楚，眼泪又掉了下来。看守回头，说："你这孩子，也是个男人，怎么这样喜欢哭。"他停下脚步，一把抓去陆飞鸣披在身上的衣服，是母亲留下的那件衣服。他将它扔到墙角，说:"幸亏发现了,否则就误事了。"

走出胡同,左转,眼前一个极大的院子,院门紧紧关闭,只开着旁边的侧门。看守带陆飞鸣进门,一个女人候在院子里,看守将陆飞鸣交给女人,冲陆飞鸣挤挤眼,转身离开。

女人不说话,带着陆飞鸣转过一个院子,来到一间屋子。屋外亮,屋内暗,陆飞鸣一时看不清屋内的情景,等到适应了光线,抬眼望去,不禁吃了一惊。屋子当中摆着一张八仙桌,桌子两边分坐着三位德国男子,一位是昨天踢他的德国人,一位是保罗神父,另一位,是在修铁路的工地上,拿着奇怪仪器的德国男人。这个德国男人微笑着看着陆飞鸣,眼睛依然像湖水一般清澈,眼里依然盛满水草一样的温柔。他冲陆飞鸣点点头,用生硬的中国话,说:"你好,中国少年。"

"陆飞鸣,不要害怕。"是保罗神父,他说,"他们都是我的朋友,这位是蒙纳乐上校,这位是费力克斯先生,费力克斯是德国有名的铁路工程师。他们都喜欢中国文化,喜欢中国音乐,听说你会弹奏古琴,特意请你弹奏一曲。"

陆飞鸣这才发现,一把古琴静静搁在琴桌上面。他走了过去,手指一划,流水般的乐声溢满整间屋子。陆飞鸣知道遇到了一把好琴。他坐到琴凳上,像在家里那样,双目微闭,挺直身子,头一低,十指微动,奏了一曲《古怨》。

这是表舅最近教的曲子。表舅说曲里有一个女人,坐在窗户前看一院的落花败叶,感叹红颜老去,青春不在,美人迟暮。女人一边哀叹,一边吟唱,充满了叹息与忧伤。这种忧伤极合陆飞鸣此时的心情,他的忧伤甚至超过女人的忧伤。

陆飞鸣一边弹奏,一边唱道:"世事兮何据,手翻覆兮云雨。过金谷兮花谢,委尘土,悲佳人兮薄命,谁为主。岂不犹有春兮,妾自伤兮迟暮。"

曲子弹罢,陆飞鸣泪流满面。

屋里响起清脆的掌声,是费力克斯,他一边鼓掌一边跟保罗神父讲话。保罗神父一边听一边点头。费力克斯讲完,蒙纳乐猛地站起来,手指着陆飞鸣,说了一通德语。保罗神父转头对陆飞鸣说:"你弹的曲子叫作《古怨》,是中国宋代文学家姜夔创作的琴歌。这首琴歌借用女人哀叹红颜薄命,表达对国势危亡的担心。蒙纳乐上校问你,你是用这曲子抗议伟大的德国吗?"

9

陆飞鸣不知道《古怨》是宋代文学家姜夔创作的琴歌，他第一次听到"姜夔"这个名字，他也不知道这哀伤的琴曲竟然与"国势危亡"联系在一起。表舅教琴的时候，从未说过这些。那天，表舅拿着黄花梨板子一边打着拍子，一边轻声吟唱，眼里泪花闪烁。陆飞鸣以为表舅被曲中的女人打动，作为一名古琴大师，他经常沉浸在琴曲之中，分不出琴里琴外的世界。哪知他是为更深的寓意哀叹和悲伤。

"看你年纪尚小，肯定没有这么缜密的心思，兴许这曲子符合你的心意，所以将它弹奏了出来。我们不怪罪你。"保罗神父继续说道，"再奏一曲令人高兴的曲子，好吗？"

陆飞鸣想了一下，低头，抚琴弹了一曲《梅花三弄》。

弹罢，蒙纳乐、费力克斯一齐鼓起掌来。保罗神父似乎松了一口气。他们仨头凑到一起说话。说完，保罗神父站起身，"陆飞鸣，你回家吧。"

刚才领陆飞鸣进屋的女人站到陆飞鸣身后，她带陆飞鸣出屋，顺着来时的胡同来到宽阔的街道。街道上依然人来人往，商人依然大声招徕着客人，女人依然提着篮子急匆匆往家里走。陆飞鸣深深吸了一口气，这久违的风景与气息，弄得他热泪盈眶。

母亲将陆飞鸣揽进怀里。陆飞鸣闻到淡淡的桂花香气，抬头，看到母亲脸上施着薄粉，耳垂上一对玉坠，碧绿的、油汪汪的玉坠，仿佛晶莹剔透的水珠。

恢复了往常打扮的母亲才像自己的母亲。

"哎呀，回来就好，回来就是好的。"

说话的是另外的女人。陆飞鸣回过头来，看到对面楼上的女人。她穿着粉红色的旗袍，胸前挂一块碧玉，那玉压在女人的胸脯上，鼓鼓的一团，红绿相衬，煞是醒目。

陆飞鸣的脸红了。

女人咯咯笑起来，手伸过来，在陆飞鸣脸上拧了一把，"是个小孩子啊，还知道害羞。"

"知道是小孩，就不应该动他。"母亲脸色变了，"对了，飞鸣，过来，谢谢无衣姑姑。是姑姑跟蒙纳乐上校说情，才放了你的。"

无衣？陆飞鸣记得《诗经》里的一首诗名叫《无衣》，"岂曰无衣？与子无袍。王于兴师，修我戈矛。与子同仇！"

一个女人竟然起这样一个名字。

陆飞鸣冲无衣鞠躬，"谢谢姑姑。"

"谢什么啊。听你弹琴听了这么多年，那些曲子呀，天天听，我都快背过了。姑姑这样做，也是报答你啊。"

无衣说完，站起身，说："飞鸣既然回来了，我就回去吧。你们娘俩好好说说话。"

无衣出门，母亲端起桌上的茶杯，吩咐陆飞鸣将茶倒掉。陆飞鸣知道母亲嫌无衣脏。是呀，好端端的一个女人，青天白日地将个德国人领到家里，在阳台上搂搂抱抱，不是脏女人、坏女人，又是什么呢？

陆飞鸣端起茶杯，走进厨房。他将杯子放到鼻子下细闻，是碧螺春的味道，没有一点女人的脂粉气，杯沿上也没有胭脂之类的东西。

母亲将陆飞鸣喊到身前,告诉他,陆飞鸣被德国人关押后,她立即找表舅商量,表舅说跟德国人有关的事只有县太爷才能做主。母亲与表舅去找县太爷,路上遇到给保罗神父帮工的女人。女人听说了这件事,跟母亲说可以求保罗神父帮忙,保罗神父是个好人,不会眼睁睁地看着另一个好人受苦。

母亲不信,说:"保罗神父?一个拿十字架的人管得了拿火枪的人?"

"怎么管不了?"帮工的女人双手一拍,说,"咱即墨城的德国人保准相互认识。这离他们老家十万八千里,他们肯定亲得不得了,说不定还相互认了干亲了,干亲之间的事,不就是一句话吗?"

帮工女人的话将陆飞鸣母亲与表舅的心说活泛了,他们跟着帮工的女人来到教堂。保罗神父正在房内读《圣经》,桌子上燃着蜡烛,面前的墙上挂着耶稣受难的画像。瘦弱的耶稣用忧郁的眼神看着陆飞鸣母亲与表舅。

保罗神父早知道这件事情。他说他也反对德国人在即墨修铁路。修铁路都是德国商人的行为,那些人却只想着将中国的财产掠夺到德国,这是何等自私与低劣的行为呀,这样的行为是上帝不允许的,上帝一定会阻止他们。

保罗神父保证:尽力将陆飞鸣救出来。

母亲终究不放心。在她眼里,所有德国人都是一家人,像帮工女人说的那样,他们兴许就是干亲关系,既然是干亲关系,他们为何要在陆飞鸣这件事上保持两种意见?保罗神父兴许在敷衍她。当下最关键的还是找县太爷。

可是找县太爷何等艰难。县太爷都将县衙让出一半给德国人居住,谁又敢保证他不跟德国人一条心。

一筹莫展的时候,母亲想到了对面楼上的女人。陆飞鸣告诉过她,抓捕他的德国人是到那个女人家里去的德国人。那个德国人跟那个女人肯定有着无比亲密的关系。既然如此,为什么不去求她呢?

那样的女人……为了陆飞鸣,为了心爱的儿子,求她又如何呢?反正都是中国人,被她拒绝,丢人也是丢在自己家里。

令母亲没想到的是,女人一口答应下来。所以才有陆飞鸣到蒙纳乐家中弹奏古琴的一幕。

"所以——"母亲握着陆飞鸣的手,"不管她是做什么的,不管她是好人还是坏人,我们都应该感谢她。"

陆飞鸣站在窗户前面,对面,就是那个女人的房间。

他想着她的名字——无衣。"岂曰无衣?与子同袍。王于兴师,修我戈矛。与子同仇!岂曰无衣?与子同泽。王于兴师,修我矛戟。与子偕作……"无衣,这是一个多么特别的名字。她看上去比他大不了几岁的,母亲为了拉大他们的距离,硬生生地叫他喊她"姑姑"。

陆飞鸣推开窗户,不知为什么,他特别渴望看到无衣的面孔。

他记起无衣刚才的模样,粉红色的旗袍,高高胸脯上的碧玉,攥在手里的纱绢,说不清道不明的香气……

10

即墨城的治安明显不如以前,大家都说因为德国人修铁路的缘故,也有人抱怨是中国人在背后捣鬼,他们说:有一帮人总趁月黑风高到修铁路的工地上搞破坏,有些修铁路的劳工跟着一起破坏,他们白天铺设钢轨,晚上就将钢轨拆下来,因为熟悉情况,他们破坏得更为彻底。德国人非常气恼,抓住那帮人后,不是用灌了铅的鞭子、镶了钉子的木板抽打,就是押到闹市斩首,抓的人多时,排成一排,用火枪打死。

在这种传闻中,陆飞鸣的平安归来自然成为传奇,母亲很想将他平安归来的原因隐藏起来,甚至想办法叫人相信,陆飞鸣从没被德国人抓捕过,她穿着肥大、破旧的衣服,灰头灰脸地来到街道上,逢人就讲:"飞鸣哪儿也没去,飞鸣每天在家跟表舅学琴。那个被德国人抓去的孩子,不是飞鸣。"

起初,人们听到母亲的话感到诧异,青天白日的,说这样的谎话,不是把所有人都当成傻瓜吗?等到看到她的衣着举止与往日判若两人,人们又恍然大悟,纷纷用同情的目光看着她:必是陆飞鸣被捕,使她的精神受了刺激。别人被抓不是打个半死就是被火枪枪决,陆飞鸣倒是毫发无损地回来……他们上下打量着陆飞鸣的母亲,想到从前她修剪得整整齐齐的眉毛,整理得清清爽爽的面孔，看着她现在的样子，突然就明白了，这女人必是用了女人的看家本领，才使儿子平安归来，这个女人竟然跟德国人……人们纷纷朝陆飞鸣的母亲吐唾沫，像躲瘟疫、躲魔鬼一般从她身边快快逃走。

陆飞鸣的母亲非但没使人们忘记飞鸣平安回来这件事，还使自己清白的声誉受到玷污，这使她万分恼火。她垂头丧气地走在街道上，经过一口古井时，不由得停下脚步，探头向井内望去。清亮亮的井水映出了她的模样，那个精致、讲究的女人不见了，取而代之的是一个粗鄙、庸俗的女子。

陆飞鸣母亲叹了口气，她为何变成这个样子？还不是因为城里来了德国人？那些仿佛没见过女人的绿眼贼……她只有在家时才能按照自己的心意梳妆、打扮、穿衣服，如果像往日那样干干净净地出来……唉，陆飞鸣的母亲又叹了口气，她可不止一次听说德国人祸害中国女人了，那些人不管旁边有人没人，抓住中国女人撕下衣服就按倒在地上，周围的中国人没有敢吱声的。中国人，谁家做那事不背着人呢，偏偏这些德国人不背人，只有狗做那事才不背人啊。

陆飞鸣母亲回到家里，刚到门口就听到楼上传来古琴的声音，郁闷的心敞开一个小小的口子，看来陆飞鸣没受这件事情的影响，他依旧像往日那般刻苦练琴。这倒好，这孩子可以长成他表舅那样的琴艺大师，表舅对古琴的钻研与热爱，可以在他身上延续下来。

陆飞鸣母亲进屋，脱下那件肥大的衣服，泡了一杯碧螺春。屋内除了如泣如诉的琴声，没有别的声音。阳光透过窗户纸，洒进屋内。许是受了琴声影响，阳光失去往日的热烈，变得飘忽而又散淡。

陆飞鸣母亲手扶额头，感到万分伤心和疲倦。这伤心、疲倦来自何处？她想却想不明白，再想，就感觉万般的不安从心底里升腾上来。这不安笼罩了她的全身，眼看得要冲到体外，将眼前的生活以及所有的一切冲撞得粉粉碎碎。

琴声停了。

陆飞鸣母亲听到门口传来细碎的脚步声，不是陆飞鸣的表舅，陆飞鸣的表舅从不这个时候来家里。再听，脚步声停了。

"哪一位？"

没有人说话，门外传来清脆的笑声。陆飞鸣母亲心头一紧，站起身，打开门，无衣站在门前。她穿着一件葱绿色的旗袍，上面绣着大朵的菊花，有一朵菊花绣在左边胸脯上，随着无衣的呼吸，一起一伏，仿佛有了生命，花瓣颤动，分外妖艳。

"我知道你不喜欢我来。"这样说着，无衣跨进门来，坐到桌子旁边。桌子上放着一只青花瓷瓶，瓶里插着十二只孔雀羽毛。无衣往那儿一坐，瓷瓶与羽毛仿佛专为她准备的一般，万分般配，万分好看。

陆飞鸣母亲给无衣端上茶，随手抱走了青花瓷瓶。

无衣端起杯，喝了一口茶，行为举止是训练过的，娇媚却又不失优雅。端茶的那只手粉白细腻，不像皮肉生就，仿佛面粉揉成。陆飞鸣母亲又是心头一紧，嗓子"呃"了一声，涌上一口痰，守着无衣不好吐出来，又不能咽回去，只好不上不下地含在嘴里。

无衣将一切看在眼里，自然明白陆飞鸣母亲的心思。她说："大姐，我不敢将自己当作飞鸣的救命恩人。再说了，我说的话也许不起作用，起作用的可能是保罗神父。他们都是德国人，德国人信德国人，他们哪会信我们。在他们眼里……"无衣竖起小拇指，"他们瞧不起我们，所以他哪儿会听我的话。不过，德国人倒怪，瞧不起我们的人，偏偏喜欢我们的茶叶、瓷器、丝绸、字画……还有女人。"

无衣说了半天，陆飞鸣的母亲听得糊涂，站起身，走到屋角，将痰吐到草纸上。回身说："无衣妹子，有什么事，直说吧。"

无衣这才说明来意：晚上，请陆飞鸣到家中弹琴。蒙纳乐上校要到她家。

陆飞鸣的母亲变了脸色，"飞鸣弹得不好。飞鸣只是一个孩子。要他表舅去好不好？飞鸣的琴艺是跟表舅学的。"

"蒙纳乐的朋友点名要陆飞鸣去。他只喜欢听陆飞鸣弹曲。大姐，我也没有办法。去还是不去，你自己斟酌吧。"

第二章
无法向人诉说的故事

1

  陆飞鸣站在楼梯口,看到无衣出门,一屁股坐在楼梯上,摸摸额头,摸出一把细细的汗来。

  刚刚,陆飞鸣弹完曲子,探头窗外,看到无衣从楼里走出来。她穿着葱绿色的旗袍,汪汪的一片绿,仿佛一滴水立在胡同中间,太阳照了,风吹了或是行人碰了,反正一个不小心就会掉到地上,跌得粉粉碎碎。

  陆飞鸣为她揪着一颗心,眼瞅着她向左转一下,向右转一下,抬腿向他家走来。

  陆飞鸣知道母亲不喜欢无衣,碍于她救了自己,才和颜悦色地接待她。但是母亲毫不掩饰对无衣的鄙弃。无衣,明镜似的一个人,什么事情看不明白?她坚持坐到最后,将心意表达出来,必然有不得已的苦衷。

  陆飞鸣返身回屋,站到窗户前面,胡同里没有无衣的身影,无衣家的房门紧闭,门上对联起了一角,风吹着,发出"哗啦哗啦"的响声。

  母亲上楼,坐到琴凳上,手指滑过琴弦,说:"无衣来了。"

  陆飞鸣不说话。

  "她请你弹琴,晚上我不想叫你去的,可是……"

陆飞鸣两只手合在一起搓来搓去，"为什么不去？母亲，不是因为无衣，我就回不来了。"

"还知道说这个。"母亲恼怒起来，"叫你去学堂，好端端的跑修铁路的工地做什么？那地方，那地方，是小孩子去的地方吗？"

母亲一边说一边流下眼泪。这是陆飞鸣被抓以来，母亲第一次流泪。往日的害怕、担忧、焦虑使她无暇流泪。现在，陆飞鸣站在这里与她顶嘴，万分的生气、万分的委屈、万分的软弱一齐涌向心头，眼泪"哗"地流了出来。

陆飞鸣跪下来，抱住母亲的腿，呜呜咽咽哭起来。

吃过晚饭，母亲找出一件淡蓝色的长衫叫陆飞鸣穿上，解开陆飞鸣的辫子重新梳理了一遍，拿出两片沉香，布子包了，塞进陆飞鸣手里。

弹琴的时候，必要焚香。这个规矩，陆飞鸣懂的。

一切收拾妥当，陆飞鸣抱着古琴出门。

无衣家的房门虚掩着。一推，房门即开，浓烈的花香扑鼻而来。陆飞鸣看到满屋子鲜花，一盆盆、一朵朵开得艳丽。花丛中点着蜡烛，晕黄的烛光，给鲜花、桌椅镶上美丽的金边。

无衣家的结构与陆飞鸣家相同，也是两层小楼，楼下是会客厅，摆着桌椅、柜子，墙上一幅书法作品——"野旷天低树，江清月近人。"唐代诗人孟浩然《宿建德江》中的句子，"移舟泊烟渚，日暮客愁新。野旷天低树，江清月近人。"

楼上传来说话声，陆飞鸣抱着古琴上楼，眼前又是一个会客厅。厅中摆着长桌，桌旁六把椅子，椅子上放着大红色的锦缎坐垫，靠窗的位置搁着一张书桌，桌上摆着笔墨纸张和铺开的毛毡。两侧墙壁放着博古架，架上摆满瓷器。

一个女人、两个德国男人、一个中国男人站在博古架前欣赏瓷器。中国男人一会儿说中国话，一会儿说德语，应该是传说中的"翻译"。

陆飞鸣轻轻咳嗽两声。

博古架前的人回过头来，女人是无衣。两个德国男人，一个是蒙纳乐，一个是费力克斯。费力克斯一见陆飞鸣,眼睛亮了,右手大拇指摸了左手大拇指一下。

无衣"咯咯"笑起来,说:"我们的琴师来了。快快就座。"

陆飞鸣坐到桌子前。桌上摆着茶水。无衣端起一杯,递到陆飞鸣面前,淡绿色的清澈茶汤,数支茶叶卧在杯底。是上等的龙井。陆飞鸣喝了一口,清香泌入肺腑,他一时有些恍惚,分不出泌入肺腑的是茶香还是无衣身上的幽香。

陆飞鸣拿出沉香,无衣找出香炉,陆飞鸣将香焚上,馥郁的香气弥漫屋子。无衣端出琴桌、琴凳,陆飞鸣将古琴放到桌上,撩起长衫坐下,手腕舒展,十指微动,弹奏一曲《阳关三叠》。

屋里的人被琴声陶醉了,许久才响起掌声。陆飞鸣不抬头,接着弹奏一曲《高山流水》,一曲《平沙落雁》。弹罢,起身,长衫飘落,弯腰,深深鞠了一躬。

有人走到陆飞鸣身边,抓起陆飞鸣的一只手。陆飞鸣的手瘦、薄,十指细长。那人的手宽、厚,十指肥胖。陆飞鸣的手躺在那人的手上,像片狭长的树叶躺在被太阳晒热的石头上。那人的拇指轻轻抚摸着陆飞鸣的手心,另一只手覆盖上来。他的两只手将陆飞鸣的手紧紧包裹在里面,慢慢地,轻轻地揉搓着……

一股热气从陆飞鸣的掌心出发,沿着脉络向下,直达小腹,又通过小腹抵达脚心。陆飞鸣的身体热起来。一种说不清道不明的气息通过那人的手传达到陆飞鸣的内心,陆飞鸣恍惚和迷糊起来。

抬起头,陆飞鸣看着眼前的男子,是费力克斯。费力克斯也在看他。费力克斯的眼睛依然清澈,如同湖水,眼神中饱含爱恋、温柔与深情。

费力克斯的嘴微微张开,吐出生硬的中国话,"中国少年,画里走出来的中国少年。"

2

  屋里响起无衣的笑声。这笑声干爽、清脆,仿佛大热天洒下了一桶冰水,使人立时清醒。陆飞鸣打了一个寒噤,想将手从费力克斯的掌心抽出来,不承想费力克斯加大力度,陆飞鸣抽了两下没有抽动。蒙纳乐说了一番德语,中国翻译抿嘴一笑。费力克斯回头看无衣,也笑了,手一松,陆飞鸣的手挣脱出来,掌心一片潮湿。

  无衣将笔墨纸张搬到长桌上。陆飞鸣以为那名翻译要写字,不承想,无衣提笔,蘸饱墨,在宣纸上写下"昨夜雨疏风骤,浓睡不消残酒。试问卷帘人,却道海棠依旧。知否?知否?应是绿肥红瘦"。漂亮的小楷跃然纸上。蒙纳乐、费力克斯与中国翻译一齐鼓掌。陆飞鸣暗暗叫了一声"好"。

  接下来,无衣自个自打着拍子唱了几首小曲,翻译将唱词一句一句翻译出来,蒙纳乐、费力克斯一边听一边打着拍子。等到无衣唱完,蒙纳乐一把将她揽进怀里,一双手顺着无衣的双肩向下停在突起的臀部。

  费力克斯低下头,似乎替蒙纳乐感到不好意思。中国翻译使了一个眼色,陆飞鸣慌忙抱起古琴,下楼,出了无衣的家。

  站在胡同里,翻译抬头望着楼上的窗户,恶狠狠地吐了一口痰,看都不看陆飞鸣一眼，转身离开。

陆飞鸣眼前浮现出无衣趴在蒙纳乐怀里的样子，一颗心又酸又疼。他抬头向楼上看去，楼上灯光摇曳，似乎演绎无法向人诉说的故事。唉，唉，唉，陆飞鸣不知怎样才能表达内心的感情。他的身后响起生硬的中国话，"中国少年。"陆飞鸣回过头，是费力克斯，他站在月光里，微笑着，看着陆飞鸣。他说："中国少年，那个女人，我不做的。我不是那样的人……"

母亲坐在屋里等陆飞鸣。见他毫发无损地回来，松了一口气。母亲告诉陆飞鸣，他们要搬家。

"搬家？为什么搬家？"

母亲说，现在全即墨都在反抗德国人，"大刀会"公开竖旗聚众，提出"誓与洋人为仇"的口号，那些住在县衙的德国人都不敢单独出门，就连受中国人喜爱的保罗神父也不敢单独出门。给保罗神父帮工的中国女人今天在菜市场被人狠揍了一顿，教堂的门都不敢进了。

"因为你被德国人放了，城里到处是我们与德国人亲近的传言。真闹起来，'大刀会'不会饶了我们。"

陆飞鸣无法理解母亲的话，在他心里，他还是被德国人迫害的对象呢。他有一千一百个理由恨德国人，为何成为"与德国人亲近的人"？

陆飞鸣上楼，站到窗户前面，无衣家灭了灯光。一轮明月儿挂在天际，照得无衣家的窗户亮晶晶的。陆飞鸣扎到床上。唉，不知蒙纳乐走了没有，也许走了，也许没走。没走，他会做什么呢？陆飞鸣盼望自己快快睡去。睡梦中，他又见到了无衣……

第二日，母亲没有张罗搬家的事情，陆飞鸣暗暗庆幸，盼望母亲放弃搬家的念头。被德国人抓捕又放了之后，母亲不许他再上学。陆飞鸣赖在床上，书都不读，乱七八糟地想事情。傍晚，应该是表舅来的时候，可是表舅没有来。陆飞鸣听到楼下屋门响动，下床，走到楼梯口，看到母亲又穿着肥大、破旧的衣服，蓬乱着头发出门。

陆飞鸣也随即出门，他没有明确的方向，只是想到室外透透气。他抬了脚乱走，脚步停下时才发现来到无衣的家门口。陆飞鸣心下诧异，想抽身离去，却听房门"吱呀"一声开了，仿佛有人坐在门后，等着他来。

陆飞鸣走进屋子，屋里依旧摆满鲜花，无衣穿着长衫站在鲜花丛中，那长衫当胸绣着一朵牡丹，丰满、艳丽，胜过所有花朵。无衣从花丛中迈步过来，牵起陆飞鸣的手，她说："我等你一天了。我知道你会来。你知道吗？我为什么哀求蒙纳乐放你，不是因为你是我的邻居，不是因为你是中国人，是因为你的音乐，你的琴。在你的琴声里，我早就喜欢你了。"

卧房内，一张枣红色的木床摆在中间，床头雕着龙、凤、云彩、花朵……水红色的床幔，流水一般垂下来，罩出一床风景。

无衣撩起床幔坐到床上，抬眼看着陆飞鸣，她说："知道吗？你是中国的珍宝，像丝绸、字画、茶叶、瓷器、刺绣一般的珍宝。知道吗？我不把你拿到手里，不把你握到手心，你就成为德国人的了。像我这样，像我们的丝绸那样，成为德国人手里的宝物。"无衣的唇印到陆飞鸣的手上，"我要赶在德国人前头，将你拿到手里。"

陆飞鸣不知道无衣在说什么，他只看到无衣粉白的一张脸，娇艳欲滴的一张红唇，脖子上细碎的汗毛和脖子下方雪白的突起……曾经在梦中出现的情景，铺天盖地地涌到陆飞鸣眼前。陆飞鸣的脸红了，热了，他不由自主地俯下身子，紧紧地抱住无衣……

醒来时，已是夜幕时分，屋里的一切笼罩在黑暗之中，唯有无衣与陆飞鸣的身子露出淡淡的白色。

陆飞鸣俯在无衣的胸前，他的脸紧紧贴在无衣的乳房上，那样粉白柔软的一个凸起，那样芳香、温暖的一个所在。陆飞鸣揉着，闻着，突然觉得万分委屈，他含住无衣的乳头，一边吸，一边默默地流着眼泪。

无衣摸着他的头发，轻轻喊着："孩子，孩子，还是个孩子。"

3

房门"吱呀"一声被人推开了,无衣与陆飞鸣坐起身。无衣说:"这个时候,肯定是那个德国人。"她要陆飞鸣别出声,自己出屋应付蒙纳乐。

无衣抓起长衫披到身上,没待出门,就见蒙纳乐端着一支蜡烛,嘴里嘟囔着什么,走了进来。蒙纳乐撩开床幔,看到无衣,看到陆飞鸣,脸上的笑容僵住了。他仿佛被眼前的情景弄糊涂了,他把空着的手盖到脸上,摇了一下头,手拿下来,脸上的表情变了,笑容消失,取而代之的是无比的愤怒。

蒙纳乐一把抓起陆飞鸣,将他扔到地上。随即,骑到陆飞鸣身上,双手掐住陆飞鸣的脖子。起初,陆飞鸣还拼命挣扎,慢慢地,他失去力气,摊开手脚躺在地上,屎尿从身体里淌了出来。

迷迷糊糊中,陆飞鸣看到无衣站到蒙纳乐的身后。无衣的手里举着一只瓷瓶,狠命朝蒙纳乐的头上砸去。

血从蒙纳乐的头上流出来,他转头看着无衣,一脸迷惑。

"快跑。"无衣喊道,抓着手里的瓷瓶,又向蒙纳乐的头上砸去。蒙纳乐转身接过瓷瓶,一下丢到墙角,瓷瓶"哗啦啦"摔成碎片。

无衣扑到蒙纳乐的身上，搂住蒙纳乐，又冲陆飞鸣大喊："快跑。"蒙纳乐将无衣压到身下，双手掐住无衣的脖子。无衣的衣服破了，雪白的身子露了出来。她在蒙纳乐身下挣扎着，胸脯蹭着蒙纳乐的胸脯，两条腿在蒙纳乐的两腿之间踢来踢去。不知什么时候，蒙纳乐的手从无衣的脖子移到无衣的身上，他紧紧搂着无衣，嘴唇俯下来，恶狠狠地吻着无衣……

陆飞鸣穿上衣服，跑回家里。

母亲没在家。

陆飞鸣一口气跑到楼上，推开窗户向无衣家望去。无衣家一片黑暗，没有灯光，没有声音，似乎她家里什么没有发生。似乎刚刚发生的一切只是陆飞鸣的梦境。陆飞鸣掐了一下胳膊，钻心的疼痛袭满全身，这疼痛使他明白，刚刚发生的一切是真的。那么，现在，无衣怎么样了？

这时候，令陆飞鸣诧异的一幕出现了，十几名德国士兵出现在无衣家门口。不长时间，蒙纳乐从屋里出来，他们列队向胡同外走去。

母亲夜半时分才回来。表舅一脸紧张地跟在身后，两个人进门便收拾东西，吩咐陆飞鸣将古琴装进琴匣，背到身上。陆飞鸣背好古琴，母亲与表舅也收拾好了东西，他们领着陆飞鸣出门，踏着夜色，向即墨城外走去。

出城极其顺利。母亲用银子打点了守城的士兵。那人接银子时在母亲屁股上捏了一把，母亲没有声张，表舅也装作没有看到，倒是陆飞鸣满脸通红。

城门吱吱呀呀打开，广阔的田野出现在眼前，一条洒满月光的大路蜿蜿蜒蜒伸向远方。

母亲与表舅走在前面，陆飞鸣跟在后面，走了很久很久，一辆驴车出现在眼前。陆飞鸣、母亲与表舅上车坐好，驴车慢慢前行，驴子一边走一边打着响鼻。赶车的是个驼背男人，隔一段时间便发出惊天动地的咳嗽，像要将五脏六腑咳出来一般。在这咳嗽声里，陆飞鸣沉沉睡去。天亮时，他醒过来，车内消失了表舅的身影。

五天后，陆飞鸣与母亲到达清水河村。

站在清水河边，向清水河村望去，粉墙红瓦，绿树环绕，白雾漫漫，仿佛水墨画描绘的景致。

驼背男人将陆飞鸣与母亲带到河边的柳树丛，一座小院出现在眼前。驼背男人摸出一个包裹，塞进陆飞鸣母亲的怀里。陆飞鸣的母亲说了声"多谢"。驼背男人不说话，脸上也没有表情，他转身驾起驴车，慢慢走出柳树丛。应该走出很远了，突然传来猛烈的咳嗽声。

母亲从包裹里摸出一把钥匙，开了锁，带着陆飞鸣进了院子。

院内非常整洁，东侧种着梧桐树，宽大的叶子发出"哗啦哗啦"的响声。树下放着一只水缸，缸内浮着水莲。陆飞鸣捞起水莲，五六条金鱼在水里游来游去。

三间屋子，中间是堂屋，摆着一张枣红色八仙桌，桌子两边各摆一只粉彩瓷瓶，瓶内插着一只鸡毛掸子。墙壁上挂着一幅山水画，两侧一副对联，上联是：忠厚传家久；下联是：诗书存世长。东西两间卧房，东间的卧房有个梳妆台，西屋的卧房放着琴桌。陆飞鸣知道，东屋是母亲的卧房，西屋是自己的卧房。

虽说，屋子非常洁净，家具也不是新买的，但是四处弥漫着尘土的味道，空旷的感觉无处不在。

母亲推开窗户，一只麻雀扑棱棱飞进来。只有长时间无人居住的屋子，才会出现这种情形——缺少人气，鸟兽嚣张，花草旺盛。

陆飞鸣知道，这是一座空旷日久的房子，因为他与母亲的来临，被人收拾干净了，成为栖身的地方。

是谁替他们收拾的房屋。陆飞鸣望着母亲，盼望母亲说点什么。母亲什么不说，她从随身细软里掏出一包黄香，取出三支，点燃了，插到地上，命令陆飞鸣冲着即墨城的方向磕了三个响头。

4

很多年后，陆飞鸣才知道，他们离开即墨城的第二天，"大刀会"掀起一场抵抗德国人的运动。"大刀会"集合1000余人，攻占了即墨城，破坏了正在修建的铁路，冲进德军兵营，杀死了数名德国士兵，捣毁了天主教堂，揪掉了保罗神父的胡子和打掉了两颗牙齿，并且脱掉保罗神父的衣服，将他绑在闹市的木柱子上示众。"大刀会"的行动引来德国人的疯狂报复，他们从青岛调来全副武装的士兵，将"大刀会"成员抓得一干二净。就在保罗神父赤身示众的地方，"大刀会"成员一字排开，被德国士兵开枪打死。

令陆飞鸣难以接受的事情有三件，第一件：表舅是"大刀会"成员，这个看上去文质彬彬的男人是"大刀会"的军师，将陆飞鸣母子送出即墨城后，他参加了第二日的抗德运动，被德国人抓捕后，一并在闹市打死。他的尸体是不是被好心人拉走？偷偷埋进土里？不得而知。第二件事情：那个晚上，十几名德国人来到无衣家中，将蒙纳乐喊走，不是因为别的，是因为德国人获知了"大刀会"准备攻打即墨城的消息，蒙纳乐赶回军营密谋围剿"大刀会"。第三件事情："大刀会"被镇压后的一个早晨，无衣喝了一碗粥后，莫名其妙地死去。有人说是蒙纳乐害死了她，因为她再不肯陪蒙纳乐睡觉，给再多的银子也不肯，这违背了一名妓女的职业道德，死是她唯一的出路。也有人说是即墨城人害死了她，在所有人的眼里，无衣是与德国人无比亲近的垃圾与走狗，死还是她唯一的出路。

得知这个消息的陆飞鸣心情无比复杂。"大刀会"抗德似乎跟他毫无关系，可是却与他有着千丝万缕的联系。如果没有这个事件，蒙纳乐肯定会抓捕他，他必定死在蒙纳乐的刀下，从这个角度讲，是"大刀会"救了他。

陆飞鸣站在柳树丛中，此时，他已是十八岁的少年。像表舅当年那样，陆飞鸣身着灰色长衫，身材修长，脸庞净白，活脱脱的表舅的模样。这副模样，令陆飞鸣万分羞愧，因为他将母亲与表舅的亲密关系大白于天下。这本是无法示人的秘密，但是他以无法掩饰的方式将它呈现出来。母亲非常坦然，甚至高兴陆飞鸣长得像他表舅。有时候，看着陆飞鸣，母亲会满脸欢喜，说："真像呀，真像你表舅。"

徐龙吟的来访令陆飞鸣吃惊。这个留着黑色胡须的男人，从内到外透露着威严。陆飞鸣慌忙起身，想招呼一声，却不知道怎样称呼，只好垂下眼皮，双手贴在身体两侧，用余光看着徐龙吟。

母亲从屋内出来，手里端着红漆托盘，盘内一只紫砂壶、一只小杯、一碟炒熟了的黑瓜子。在清水河村住了如许日子，母亲的生活习惯不仅没改变，反而比在即墨城还要讲究。每日的蔬菜必是新摘的，毛豆绿得冒油，西红柿红得鲜艳。偶尔吃一次鱼，也是刚从河里捞出来的，鱼身上的河水还没沥干，就开膛破肚扔进锅里。黑瓜子是吃剩下的西瓜子，洗净、晒干，放到锅里，拌上沙子，搁进大粒盐，慢火炒熟。无事时坐在院子里，就一壶清茶，嗑上一盘，十分惬意。

母亲将托盘放在木桌上。木桌是她从山上刨回的树桩，洗干净了，埋在土里，当作桌子。木桌旁边放了四只矮脚小凳，夏天无雨的夜晚，母子二人就在这张桌上吃饭。

母亲回头看徐龙吟，示意徐龙吟坐下，眼里全然没有害怕与恭敬，仿佛徐龙吟不是族长，只是一个普通村民。

徐龙吟反倒不自在起来。这种不自在弄得他十分别扭，手脚不知道搁在什么地方。坐，觉得不对。站，更觉得不对，伸手端茶，竟把茶杯打翻，茶水洒了一身。

徐龙吟用手抹身上的茶水，陆飞鸣的母亲递过一条手巾，小拇指与徐龙吟的手心碰了一下。徐龙吟的脸红了，站起身，头也不回地出了陆飞鸣的家。

5

回到家，徐龙吟做的第一件事便是询问陆飞鸣母子的来历。

这个自然问得出来。村里人跟徐龙吟讲了很多情节，徐龙吟将这些情节贯穿到一起，剔除加工、想象的成分，陆飞鸣母子到清河村的来龙去脉，被他清晰地整理出来。

陆飞鸣母子是在某个清晨被村里的驼背男人用驴车拉来的。驼背男人将陆飞鸣母子安置到柳树丛一座无人居住的院落里。驼背男长年跑外，偶尔才回来一次，家早被妹妹霸占了。驼背男人没向妹妹解释为什么将陆飞鸣母子接到村子，被问急了，才说从外面娶回了一门亲。妹妹听了跳起来，她猜定驼背男人找了帮手来讨要家产。她拿了十个鸡蛋来找陆飞鸣的母亲，想跟陆飞鸣的母亲理论清楚。

陆飞鸣的母亲坐在镜子前画眉毛，清清爽爽的一张脸透出静穆的神情。驼背男人的妹妹呆住了，她没想到哥哥会娶回这样美丽、优雅的女人。她将鸡蛋放到桌子上，手捻了衣角，不知说什么才好。

陆飞鸣的母亲不知道进屋的是什么人，但是看得出来，此人不是来问候她，而是质问与审问她的。三言两语过后，陆飞鸣母亲弄明白驼背男人妹妹的身份，并且知道，她是为了哥哥的房子来与自己吵架的。陆飞鸣母亲讲明：自己对她家的财产没有丝毫兴趣，即使她有万贯家财也与自己没有一分一毫关系。驼背男人的妹妹面容舒展开来，将鸡蛋推到陆飞鸣母亲面前，说："家里穷，没什么见面礼，送几个鸡蛋表表心意吧。我倒不明白了，"她凑到陆飞鸣母亲跟前，一副说体己话的表情，"你这么漂亮的女人，怎么嫁给我这又老又丑又古怪的哥哥？"

很快，村里人知道驼背男人娶了一位漂亮的妻子，又很快，村里人知道驼背男人不与他的妻子和拖油瓶儿子一起生活。驼背男人住在自己家，也就是他妹妹的家里。驼背男人的妹妹在村口骂了几天，驼背男人不接茬，陆飞鸣的母亲也不接茬，她骂得没意思，索性将驼背男人从家里赶了出去。

驼背男人没像妹妹期望的那样，住进陆飞鸣家里。他在清水河边搭了一个窝棚，用石头垒了一个灶，独自生火做饭。不做饭的时候，坐在窝棚里对着清悠悠的河水发呆，有时候，折一片柳叶含在嘴里，"呜呜啾啾"吹出好听的声音。

起初，驼背男人的妹妹隔三岔五来看他一次，送一些吃食过来，骂他为什么不住进陆飞鸣家里，为什么不与陆飞鸣的母亲生下一男半女，仙女一样的女子白白搁在屋里，真是对不起老天爷。骂了几日，见驼背男人不为所动，陆飞鸣母子住在柳树林里，从不踏进村子半步，他们的存在，丝毫威胁不了她的财产与生活，驼背男人的妹妹失去兴趣，不再到清水河边来了。

日子不清不淡地过了一个月，村里人渐渐对驼背男人和陆飞鸣母子失去兴趣时，驼背男人溺死在清水河里。

这可是惊天动地的一件大事。驼背男人的妹妹跑到陆飞鸣家里大吵大闹，认定陆飞鸣的母亲设计害死了驼背男人。可是没有任何迹象表明驼背男人死于凶杀。清水河村的人再觉得蹊跷，也不能平白无故地冤枉一个好人，特别是刚刚死了丈夫的漂亮女人。他们不响应驼背男人的妹妹，默默地挖坑、填土、竖碑，将驼背男人埋进土里。

这时，令人意想不到的一幕发生了。陆飞鸣母亲带着披麻戴孝的陆飞鸣来到坟前，跪到地上，磕了三个响头。

这是徐龙吟了解到的全部情况。这些情况后面，还有徐龙吟无法了解到的细节：陆飞鸣曾经怀疑母亲真的嫁给了驼背男人。不是嫁给驼背男人，驼背男人何以将他们带到清水河村？何以对他们这样好？陆飞鸣问母亲，母亲说："这是个秘密，到了该你知道的时候，我会告诉你。"母亲至死没告诉陆飞鸣这个秘密。很多年后，陆飞鸣突然发现，驼背男人溺死那天正是"大刀会"成员被德国人用火枪打死的那天。

徐龙吟不可能知道这些细节。坐在院子里，他弄明白了一个问题：陆飞鸣的母亲因为嫁给驼背男人，搬到了清水河村，但是没与驼背男人过一天夫妻生活。

6

清水河村有两口封闭的深井，一口属于徐龙吟，一口属于徐中兴。井里封的不是水，而是黑石头，这种石头能够燃烧，村里人叫它"黑金子"，实际上它有个全世界统一的名字"煤炭"。老人说，这两口井是徐中兴的祖上凿的。徐祖兴的祖上凿井是受宁家沟村的刘鸿儒影响。刘鸿儒是个教书先生，接触了一些新文化、新思想，知道很多周围人不知道的事情。一天，他听说外村一户人家凿井没凿出水，反倒挖出大堆黑石头。没人认识这种黑石头，都以为怪异。刘鸿儒跑去看，发现石头不沉不硬，很像西洋书中描述的"煤炭"。他拿了几块回家，放在灶火里面，石头果然冒出火苗，这更坚定了刘鸿儒的判断。这时，村里来了一个铁匠，铁匠走乡串户，走南闯北，见多识广。刘鸿儒将黑石头拿给铁匠看。铁匠一拍大腿，说："这是好东西呀。它的火特别硬，耐烧，炼制的铁器坚硬无比，不知比烧木头、烧柴草强多少倍。"铁匠也说这种东西叫"煤炭"，告诉刘鸿儒：山西有不少采煤炭的煤矿，他还是第一次在山东这地儿看到这种东西。

刘鸿儒动了心思，变卖家产跑到山西学习开煤窑、挖煤井、采煤炭。几年后，回到宁家沟村，勘探了一块地方，建起一个小煤窑，挖了一口煤井。

哪知井挖下去，煤一点没挖出来，刘鸿儒的家财很快败得一干二净。他灰心丧气，断了挖煤的心思，重新做起教书先生。谁知，就在这时，他家的煤井发现了厚煤层，源源不断的煤炭被挖了出来。挖出来的煤不光在山东销售，还运到京城，给皇帝、皇太后烧炕取暖。刘鸿儒家的煤耐烧、无烟，非常讨皇帝、皇太后喜欢。皇帝、皇太后喜欢就等于给刘鸿儒家的煤做了广告，人们争相购买刘鸿儒家的煤，刘鸿儒家的煤名声远扬，冠以"潍县炭"的名号，销往全国各地，刘鸿儒以及他的子孙后代也成为方圆几十里的富裕人家。

徐中兴的祖上曾到刘鸿儒开办的煤矿做工，学了一些挖煤的手艺。徐中兴的祖上寻思，清水河村离宁家沟村不远，既然宁家沟村挖出了煤炭，清水河村肯定也能挖出煤炭。他回村，勘探了一块地方开挖，果然挖出煤炭。徐中兴的祖上四处借贷，挖了两口煤井，雇人往外挖煤。许是勘探的地方不对，他家的煤井产量极低。传给徐中兴父亲时，煤井的产煤量少得可怜。徐中兴的父亲恰巧做了读书人，对挖煤没有丝毫兴趣，他认为读书人与钱财连在一起，是件俗不可耐的事情，于是将一口井白白送给徐龙吟的父亲，另一口井封闭了，认认真真做他的读书人。

徐龙吟的父亲本身就反对挖煤，认为挖煤是件惊动山神土地和各路神仙、破坏风水、斩断龙脉的大逆不道之事，接手煤井当天，就将煤井封闭起来。

这天，徐中兴带回的消息改变了村里人对这两口井的看法。

徐中兴时常到潍县城行走。以往潍县城往来的都是中国人，这次，他看到了德国人。

德国人金发碧眼，模样怪异，超出了徐中兴的认知范畴。徐中兴连忙打听德国人的来历。潍县城人告诉他：德国人是被煤炭吸引来的，他们久闻潍县炭的大名，想勘探潍县到底存了多少煤。他们拿着奇怪的仪器这戳戳，那戳戳，发现潍县的地底下藏着大量的煤炭，这煤炭多得呀，超过十个宁家沟村、二十个宁家沟村甚至一百个宁家沟村了。这十里八乡的地底下都藏着煤炭。

徐中兴想到祖上留下的煤井，兴冲冲跑回清水河村，坐在封闭的煤井

旁笑出声来。既然十里八乡的地底下都藏着煤炭，他家的煤井肯定也藏着厚厚的煤炭，之所以没被祖上挖出来，是因为机缘不到啊。

村里人闻听消息，纷纷跑到徐中兴的煤井旁察看，说："这井里封的哪是煤，分明是白花花的银子。"

徐中兴没有下井采煤的经验，也不想让别人到他家的煤井采煤。徐中兴来找徐龙吟。徐龙吟也有一口煤井，徐龙吟家财丰厚，徐龙吟可以出钱到宁家沟村请人挖煤，两只煤井一起挖，卖煤的钱五五分成。

徐龙吟一口痰含在嘴里，差点喷到徐中兴的脸上。

徐龙吟将徐中兴骂了出去。徐龙吟说："就是穷得吃不上饭，也不能挖土开矿，惊动地下的先人。徐中兴，作为徐家第二代读书人，你为何连个贡生没考上，就是因为你家祖上随意动土，惊动先人，遭到了报复。"

平白无故受了一顿骂，徐中兴大为恼火，联想到前几日，因为告诉徐龙吟关于陆飞鸣母亲的传闻，遭受了三个"滚"字，徐中兴更加恼火。两个恼火加在一起，令他胆大包天，思维混乱。徐中兴跳起脚，指着徐龙吟说道："你，你，你，肯定受了那个女人的蛊惑。"

"女人？蛊惑？什么女人？什么蛊惑？"

"住在河边的女人。你以为我不知道吗？好端端的，跑到河边看女人。好端端的，为什么？"

徐龙吟不知徐中兴为何将煤井跟陆飞鸣的母亲联系在了一起。唯一行得通的解释是：徐中兴知道了他对陆飞鸣母亲的牵挂。这个男人……他与陆飞鸣母亲的事八字还没有一撇呢，他就如此张扬，分明是给他难堪呀！

徐龙吟又羞又气又怒，一时间找不到反驳的词语，脸红了，又白了，白了，又红了。为了维护面子，也跳起来，一拳捣到徐中兴胸口上。

徐龙吟不愿意挖煤，徐中兴决定自己到宁家沟村请人挖煤。

清水河村到宁家沟村必须经过潍县通往安丘的官道。宁家沟村挖出的煤都是经过这条官道运往潍县、诸城、安丘、济南、北京等地。官道上往来车辆、行人很多，一个名叫刘起有的男人在道边开了家客店，提供饮食、住宿。客店原本没有名字，因为距离潍县城正好三十里地，十里为一亭，二十里为一堡，三十里为一坊，人们就叫它"坊子店"，久而久之，刘起有就将它当作店子的正式名称，请人写了"坊子店"三个字，做成幌子，挂在店前的木杆上。

每次经过"坊子店"，徐中兴都进去歇歇脚，喝两碗茶，跟刘起有聊聊东西南北的事情。刘起有接触人多，手里掌握着大量信息，他像二道贩子一样，将这些信息倒来倒去，很快倒得四里八乡无人不知，无人不晓。

这次，刘起有告诉徐中兴一个惊人的消息：潍县城要修铁路。

对于铁路与火车，徐中兴一点不陌生。胶州铁路开工时，他还风尘仆仆地跑到胶州看热闹。浩大的施工场面令他难以忘怀。听说，那条铁路已经跑开火车。车头是从德国运来的庞然大物，躯体乌黑，头冒白烟，跑起来，震耳欲聋，胆子小的人，能被吓个半死。

刘起有说："潍县城不仅要修铁路，还要修火车站。听说，铁路是从青岛修过来的，青岛、大港、四方、沧口、城阳、蓝村，然后经过潍县，一路向西，直达省府济南。"

刘起有又告诉徐中兴：修铁路是德国人的主意，他们建了个"德华公司"，专门负责修铁路，铁路修到哪儿就雇用哪里的劳工。这铁路眼见得要修到潍县城了，需要大量的潍县劳工。做劳工管吃管住还有酬金，很多青壮男子都到工地上做劳工了。他瞅瞅徐中兴的身板，"你整天无事闲逛，不如去做劳工。"

徐中兴翻了一下白眼，"我好歹是个读书人，竟然叫我做力气活……再说，我家有煤井，我要找人挖煤。"

"挖煤是读书人做的事吗？挖煤的辛苦，你不知道，你根本做不来。我也是看你是读书人，才介绍你做劳工的。有专门叫读书人做的劳工。"

徐中兴没将刘起有的话放在心上。不承想，三日后，刘起有捎信要徐中兴去"坊子店"找他。徐中兴以为刘起有为他寻了挖煤的法子，买了一坛烧酒带给刘起有。刘起有一见烧酒，一脸喜色，说："一看，你就是有福气之人。"他要徐中兴去潍县城找刘二才。刘二才正帮德国人招募劳工。

徐中兴一听"德国人"三个字，跳了起来，"好好的，叫我给黄头发蓝眼睛的野人做事？"

"什么野人？现在看来，你我倒是野人了。县衙门、官府，就连慈禧太后都喜欢他们，你充什么硬骨头？你嫌弃他们？他们还嫌弃你呢！告诉你，人家手里有大把的银子，给他们做事，赚了银子，娶个水嫩嫩的小媳妇，不比光棍一根谈什么骨气强。"刘起有嘴凑到徐中兴耳旁，"那事怎么解决？一个人用手吗？赶明我给你找一个……"

徐中兴跳到一丈开外，连连吐唾沫，"这是什么话？仁义廉耻还记着吗？还有廉耻之心吗？"

刘起有摇摇头，"唉，读书人就是假正经。"

7

在潍县城，徐中兴找到了刘二才。

刘二才果真帮德国人做事，他已经招募了一批劳工，眼下需要一个会写字的人，记账、算账，帮助管理劳工。

徐中兴白白净净，一看就是读书人。为了保险起见，刘二才拿出笔墨纸张要徐中兴写字。徐中兴挥笔写道："天街小雨润如酥，草色遥看近却无。最是一年春好处，绝胜烟柳满皇都。"龙飞凤舞的两行楷书。

刘二才鼓掌，说："好，以后就用这好看的字给我记账了。"

晚上，徐中兴住在刘二才家，两人坐在院里喝酒。酒喝多了，刘二才骂起了德国人，说德国人鬼得很，招募劳工时特意嘱咐：不要有文化会技术的，只要四肢健全、有力气的。这样做，是防止中国人掌握修建铁路的技术。德国从国内派来铁路工程师，凡是精巧的有技术含量的工作都由德国人完成，挖沟、填土、搬运钢轨等等笨重工作则由中国劳工完成。

徐中兴心下高兴，正是因为这个要求，他才找到记账、算账这个文明活计，如果劳工全是读书人，哪轮到他来记账。抱着这样的念头，想想德国人的样子，徐中兴不觉得他们多么可憎了。

买了一包烤烧肉、一坛烧酒，徐中兴来答谢刘起有。远远地，看见几名中国人和两个德国人拿着亮闪闪的仪器在店子旁量来量去。徐中兴想近前，一个面色凶恶的中国人不知从什么地方冒出来，拿着一根棍子将徐中兴赶到一边。等那帮人走远了，徐中兴才走进店子。刘起有正坐在饭桌前生气，说："我才知道他们为什么修铁路、建火车站，他们相中了地下的宝贝。"

"宝贝？什么宝贝？"

"黑金子，我家老祖宗发现的煤炭。他们相中了这里的煤炭。"

徐中兴笑了，"这黑金子是你家的吗？你冲地上喊一声，看这黑金子答不答应。答应了就是你家的，不答应就不是你家的。"

刚进清水河村，徐中兴就被徐龙吟请进家里。徐龙吟家坐着两名穿短衫的男子，一看就是在官府做事的人。他们前来询问煤井的事。徐中兴心头暗喜：官府要买下煤井吗？自己没有能力开采，官府买下最好。不过，价钱一定得高。

徐中兴带男子去看他家的煤井。煤井在一座小山下面，井口堆满土块，长满野草。男子要徐中兴回村扛来两把锄头，他们拔去野草，扒掉土块，一个黑黝黝的井口露在眼前，井口上还挂着两条铁链。一名男子探头向里看看，另一名男子从随身带的篮子里掏出一样东西。东西圆圆的，顶部连着一根细线。男子打燃火石，点燃那根细线，丢进井里，说了声"趴下"，抱着头趴到地上。徐中兴跟另一名男子慌忙趴到地上。只听"轰"的一声，煤井的土层崩塌，将煤井淹没了。

两名男子如法炮制，徐龙吟家的煤井也被崩塌、淹没了。

"地下的煤炭都属于德华矿务公司的。任何人不得私自开采。所有私人开设的煤窑、挖掘的煤井都要废弃、销毁、填埋。"

留下这句话，两名男子扬长而去。

祖上留下的遗产，被自己亲自带人销毁得一干二净。徐中兴站在山底下，半天才反应过来。眼看着男子渐行渐远，眼看着他们的身影消失得无影无踪，徐中兴跳起来，指了他们离开的方向，大声骂道："读书人不叫说脏话，但是今天我要骂了。德华公司，× 你祖宗。"

因为带人销毁了自己的煤井，徐中兴成为清水河村的一个笑话。

徐中兴自觉颜面扫地，坐在家中胡思乱想，突然想明白了一个问题：官府的人是徐龙吟带来的，徐龙吟设了一个圈套，叫他自个毁掉了自家的煤井。

可是徐龙吟家的煤井也被毁掉了呀。徐龙吟家的煤井原本也是他家的，况且徐龙吟本身就不同意采煤。就是因为不同意采煤，徐龙吟的父亲使计霸占了煤井，反而造谣说：煤井是父亲白送给他的。

8

徐中兴想到一个词：银牙咬碎。他的牙虽然算不上银牙，但是他也气得想将牙齿咬碎。

徐中兴想找徐龙吟论个清楚，看看自己的身板，想想徐龙吟的势力，又将一口气咽回肚里。

君子报仇十年不晚，总有机会扳倒徐龙吟，挽回颜面。

徐中兴收拾行李，准备离开清水河村。他没有妻儿，甚少财产，离开是件容易的事情。床、柜子搬不了，徐中兴拣了几身衣服，裹进包袱。笔墨、纸张，装进布袋子，提到手上。

正是日暮时分，徐中兴关闭了自家大门。大门上贴着春节时写下的对联：向阳门第春常在，积善人家庆有余。父亲活着时，时常念叨这句话。父亲去世后，徐中兴将它写成对联，贴到门上，既是对父亲的怀念，又是对自己的约束。

来到清水河边，徐中兴停下脚步，回头向村子望去。村子沉浸在静谧之中，一排又一排房屋掩映绿树丛里，粉墙红瓦，绿色环绕，远远望去，煞是好看。

徐中兴心中升起隐隐不安，这清水河村，别一走就回不来了。

河水在徐中兴的脚下发出哗啦哗啦的响声。徐中兴顺着水流的方向望去，清水河如同白色缎带，飘向远方，河两岸茂密的柳树丛就是镶嵌在缎带上的流苏，一段墨绿，一段浅绿，又是一段墨绿，河水拐弯处是一片茫茫绿雾。几只大鸟从树丛里飞出来，在天空盘旋几圈，又落回树丛。

徐中兴的眼睛湿润了，他似乎第一次发现村子这样安静，第一次发现柳树丛这样美丽。他想起在村子里、在柳树丛中度过的时光。跟着父亲坐在葡萄架下读书，阳光从葡萄叶的缝隙透下来，照出斑斑驳驳的光影。坐在荷花缸前习字，缸内浮着碧绿的荷花叶，叶下藏着红色的金鱼。拿着洞箫到柳树丛中吹奏，吹的是《忆故人》，柳条一丛一丛拂到脸上、身上……

徐中兴的心软了、柔了、痛了，眼泪落了下来。他看到柳树丛中透出一个青色的身影，那么修长，那么挺拔，仿佛柳树的精灵，仿佛树精幻化出来的人形。徐中兴拭干眼泪，朝那个身影走去。

无论是谁，他都要跟他讲几句话，无论跟谁讲，都是向清水河村，向柳树丛告别。

走近那人时，徐中兴停下脚步。那是他最不想见与最不想说话的人——徐龙吟。

徐中兴转身就走，可是又停下脚步，转回身子。徐中兴看到徐龙吟痴痴地向柳树丛深处望去，那里，有个庭院，一个少年正坐在院中抚琴，一个穿粉色衣服的女人站在少年身旁，静静地看着少年。

琴音好像知晓徐中兴的心事，借着轻风，借着流水，借着柳枝，借着天上的云彩，飘进徐中兴的耳朵。这是多么美妙的音乐呀，这是多么好听的声音。它顺着徐中兴的耳朵钻进徐中兴的心里，顺着徐中兴的毛孔侵入徐中兴的血液，顺着徐中兴的血液流遍他的全身。徐中兴的心柔弱起来，酸楚起来，难过起来。徐中兴泪流满面。

这清水河村啊，这柳树林，这暮色，这琴音，怎么舍得离开？

本以为做工地点在潍县城，没想到刘二才将徐中兴带到了郊外。那里，原本庄稼密布，现今，成了修建铁路的工地，几百名劳工聚在工地上，开始了修建铁路的浩大工程。

徐中兴的活非常轻松，每天早、中、晚给劳工点名、登记，刘二才根据登记情况给劳工分配饭食和酬金。徐中兴做了一个账本，用小楷将劳工的名字整整齐齐写在上面。点一次名，就在名字后面画一道笔画，五次组成一个正字。刘二才根据正字多少计算劳工的出工情况。

一日，记完账，将账本锁进柜子，刘二才带着一名德国人走进屋来。德国人见到徐中兴，怔了一下，走近身，仔细瞅着徐中兴，用生硬的中国话说："是你？中国少年。"

徐中兴抬眼看他，看到男人湖水一样清澈的眼睛，那双眼睛闪现着热切、温柔的目光。男人手伸出来，抓住徐中兴的手。可是，他很快放开徐中兴的手，眼里的热切与温柔消失了，他说："不是中国少年，可是，真的很像。"

刘二才说："徐中兴，这是费力克斯大人，德国铁路工程师，负责潍县铁路修建工程。他要看你的账本。"

徐中兴没想到这个德国人会说中国话，更没有想到他认得中国字。徐中兴将账本拿出来，费力克斯一本一本仔细查看，翻完了，费力克斯点点头，一个字一个字念道："徐——中——兴。"他说，"你的中国字写得非常好。你愿意到我家做教书先生吗？"

费力克斯的家是个二重院落，院里种着各种各样的树与各种各样的花，龙爪槐、山茶树、紫薇、女贞、迎春、丁香、木槿、毛桃。墙头盘着层层叠叠的爬山虎，地上铺着黑色青砖，砖缝里布满绿色青苔。一道花墙月门将两个院子分隔开来。费力克斯与夫人住在前院。徐中兴住在后院，是靠东墙的一个厢房，两间屋子，一间卧室、一间客厅。卧室内摆着红木双人床，床上铺着锦缎被子，一床大红，一床葱绿，一床绘着菊花，一床绘着芍药。

客厅中央，放着一张红木书案，书案上摆着文房四宝，笔是上等的狼毫，"尖、齐、圆、德"，具备一支好笔应有的品质。纸是具有"千年寿纸"之称的泾县宣纸，韧而能润、光而不滑、洁白稠密、纹理纯净。砚台是产自广东肇庆的端砚，一条长龙盘踞砚身，龙头耸立在砚台最高处，威风凛凛，一股肃穆之气。

徐中兴环顾四壁，除了有门、窗的这面墙壁，其他墙壁全都挂着书法作品，每幅作品都称得上精品。徐中兴一幅一幅看过来，叫了一声："好！"

看来，费力克斯是懂中国文化的德国人。

9

  在费力克斯家,徐中兴不是读书就是写字。他将书案挪到窗户下面,写字的时候,推开窗户,满眼的绿树、鲜花。研好墨,馥郁的墨香飘到屋外,与花香、树香混在一起,组成世界上最好闻的味道。徐中兴闭上眼睛,深吸一口气,好闻的味道直抵肺腑,他几乎要醉了过去。

  费力克斯每天到徐中兴屋里,坐在书案旁边,看徐中兴写字。徐中兴写完一幅,他站起来,也写一幅。费力克斯似乎受过中国书法训练,写起字来很有样子,练上几年,会超过很多中国读书人。写完字,费力克斯将自己的字与徐中兴的字放在一起,要徐中兴说出两幅字的好坏。徐中兴说得婉转,费力克斯听着十分受用,咧嘴笑起来,眼睛里盛满温柔。

  每每看到那样的目光,徐中兴的心都会一动。费力克斯经常流露出那样的目光。坐在一旁,看徐中兴写字时,费力克斯的目光常常从徐中兴的手上移到他的脸上,呆呆地看着,眼睛里盛满温柔。有时候,费力克斯会轻轻念叨:"中国少年,中国少年。"

  中国少年?徐中兴想到第一次见到费力克斯的情景,费力克斯细细地瞅着他,用生硬的中国话说:"是你,中国少年。"费力克斯将他当成那个少年了。那个少年与他相像，在费力克斯心中占据着重要位置。

一日，费力克斯提了一盏灯笼进来，说："看，一件好东西。"

灯笼上画着一幅工笔画。画中，一位唐代装束的女子坐在青石上，捧了书卷细细研读。

徐中兴说："此画色泽饱满、线条流畅、用色均匀，肯定出自高人之手。"

"你们中国，有这么多美的东西，这么多好的东西。"费力克斯说，"生活其中，你们多么幸福啊。你不知道的，就是因为这些美的东西、好的东西，我才来到中国。"

"灯笼是中国朋友送给我的。我在中国也有朋友。他告诉我很多故事，老爷与仆人，书生与书童，每个有钱有文化的中国男人都有年轻貌美的少年伴侣。少年伴侣，中国少年。"费力克斯脸凑到徐中兴的脸前，一股酒气喷了过来。

费力克斯喝酒了，并且喝醉了。他的脸颊绯红，眼神迷乱，他说："中国少年，不是你，真的不是你。突然之间，他消失了。你不知道，我的心多痛。中国少年，他去哪儿了？"

费力克斯趴到书案上，双肩耸动，哭了起来。

徐中兴看着费力克斯，心中无数个念头转动。这个德国男人疯了吗？他喜爱那个少年喜爱到如此程度。他爱上那个少年了！

徐中兴又心疼又妒忌。可是，为什么要心疼要妒忌？难道喜欢上了费力克斯？不，不，不，这不可能。他是个正常男人，不可能喜欢费力克斯。他只是不希望费力克斯如此痛苦。

可是，为什么不希望费力克斯痛苦？是因为费力克斯给了他当下的生活吗？书法、绿树、鲜花、馥郁的香气，是书中描述的读书人的生活呀，是小时候，父亲曾经给予他的生活。因为这个，对费力克斯产生依赖与迷恋吗？

依赖与迷恋又如何？中国的老爷、书生都与少年男子有着无比亲密的关系。他们能够如此，他为何不能？费力克斯是德国工程师，潍县城多少人仰慕他、巴结他，如果能被费力克斯喜爱，又该有多少人仰慕自己，巴结自己。徐龙吟，那个对自己连说三个"滚"字，打了自己一拳，设计毁了自家煤井的族长，也该恭恭敬敬地叫自己"徐老爷"吧？

那么，就化身中国少年，牺牲自己，奉献自己，讨费力克斯的欢心吧。

徐中兴将手放到费力克斯的后背上，轻轻地抚摸着费力克斯，"我们练习书法好不好？我们在一个特别的地方练习书法。"

"不，不，不，现在，我不想写字。"

徐中兴掀起费力克斯的衣服，费力克斯如同大理石一般的后背袒露在徐中兴眼前。

费力克斯一惊，回过头来，"你要做什么？"

"我不会伤害你，我要给你惊喜。"

徐中兴拿起毛笔，蘸饱墨，笔尖悬在费力克斯的后背，落下时，费力克斯的身子一抖。他被这新鲜的感觉震惊，趴在书案上，一动不动。

"红酥手，黄縢酒，满城春色宫墙柳。东风恶，欢情薄。一怀愁绪，几年离索。错、错、错。春如旧，人空瘦，泪痕红浥鲛绡透。桃花落，闲池阁，山盟虽在，锦书难托。莫、莫、莫。"

徐中兴在费力克斯后背上写完最后一笔，端了镜子站到费力克斯身后。费力克斯扭头看镜中的自己，白得如同大理石一般的后背上，布满美得如同端庄女子的小楷。此时，费力克斯的身体不是一具肉体，而是呈现中国书法文化的艺术品。这件艺术品独一无二，仅费力克斯拥有。

费力克斯长长叹气，"美，太美了。"

徐中兴放下镜子，叫费力克斯闭上眼睛。许久许久，徐中兴轻声说道："睁开眼睛吧。"费力克斯睁开眼睛，看到徐中兴赤身裸体站在他的面前。徐中兴的身子纤细、瘦长，体毛稀少，皮肤光洁，像烤熟的瓷娃娃。

徐中兴双手交叉，挡在羞处，"现在，在我身上写字吧。"

费力克斯怔怔地看着徐中兴，眼神里充满怀疑。突然，他大叫一声，捂着脸，跑了出去。

徐中兴没想到事情会变成这个样子。没想到费力克斯会抽身而逃。他哪儿做错了？费力克斯为什么要跑掉？

徐中兴趴到书案上，想像费力克斯那样流下眼泪，可是他一滴眼泪也流不出来。为什么？他的心里没有忧伤。他的心里只有羞愧和挫败。

灯笼搁在徐中兴的脸前，不知为什么，灯笼上的女子忧郁起来。为什么忧郁？是因为看到了徐中兴的裸体？是因为徐中兴的行为使她感觉羞耻吗？

徐中兴抓过灯笼，一把扯碎了。

10

　　徐中兴不记得多久没看到费力克斯了。费力克斯肯定天天在家，可是他刻意避开徐中兴，刻意不见徐中兴。

　　徐中兴无心练字，站在窗户前面，呆呆地看着院里的树木、花草。树木、花草还是往日的模样，还是往日的芬芳，可是，徐中兴只看到一院子的颓败，一院子的失意。他的眼前浮现着费力克斯的模样。不知道为什么，他有些想念费力克斯，想念他清澈的眼睛，想念他眼中的温柔，想念他大理石一般的后背。费力克斯并不像其他德国人那样恶毒，那样令人痛恨。费力克斯疯狂地喜爱中国文化。他的喜爱，叫人喜欢。

　　从此以后，再也见不到费力克斯了吗？

　　费力克斯如此冷淡地对他，是叫他自行离开吗？

　　如果那样，还是收拾行李走吧。

　　走？去哪儿？回到清水河村吗？

　　不，不能回去。徐中兴摇摇头。如此狼狈地回去，必定惹来徐龙吟、惹来村里人的耻笑。他已颜面尽失，不能再给他们增加笑柄。只要费力克斯不亲口叫他走，他就住在这里不走。

一日，仆人告诉徐中兴，费力克斯要他准备笔墨纸张，参加晚上举办的"Party"。

"啪踢，什么啪踢？"

仆人说，"Party"是洋人举办的宴会，就像中国人家摆的酒席。费力克斯请了中国乐师在"Party"上弹奏音乐。要徐中兴进行书法表演。叫住在潍县城的外国人感受一下中国文化的魅力。

在徐中兴看来，费力克斯的"Party"太简单了，简单到不能与中国人家的酒席相提并论。中国人家的酒席都是雇了厨子，精心烹制菜肴，拿出珍藏十年、二十年甚至五十年的好酒，倒进精致的瓷器，招待客人。讲究的人家还会请戏子唱戏。徐中兴参加过一次宴请，那户人家的酒席从庭院一直摆到街上，戏子唱得嗓子都冒烟了。徐中兴喝到高兴处，举杯吟了一首李白的《将进酒》——"君不见黄河之水天上来，奔流到海不复回。君不见高堂明镜悲白发，朝如青丝暮成雪。……五花马，千金裘，呼儿将出换美酒，与尔同销万古愁。"吟毕，将手中的酒杯摔到地上。那番豪放，那番潇洒，赢得满堂喝彩。

费力克斯的"Party"没有数不清的瓷器，没有数不清的菜肴，没有珍藏的美酒，只有银光闪闪的大盘子，放在摆成一溜的桌子上，盘子里盛着切成小块的苹果，剥了皮的橘子，焦黄的面包、肉肠，拌了牛奶的蔬菜……饮品是盛在玻璃杯里的葡萄酒，红的、黄的、白的果汁。葡萄酒仿佛怕人喝多了，只倒了杯底一点。喝酒的外国人也觉得酒有点少，喝之前，先晃悠两下。

参加"Party"的是居住潍县城的外国人，既有军官，又有地质学家、铁路工程师、煤炭开采工程师等等，他们全都穿着黑色制服，带着打扮得花枝招展的夫人。夫人的衣着，徐中兴实在不敢恭维，好好的衣服，偏将后面的布挖去，露出白晃晃的后背。那后背，写行书，再合适不过。

叫徐中兴入眼的，是费力克斯夫人的打扮，费力克斯夫人小费力克斯近二十岁，看上去更像费力克斯的女儿。她穿一件裙摆垂到地面的白色礼服，

衣领上堆着一层又一层蕾丝，托着一张清爽、干净的脸，那般典雅，那般端庄，那般好看。

费力克斯辟了一个台子，几名乐师坐在台子上，依次进行琵琶、古筝、古琴、竹笛演奏。他们的斜对面，徐中兴坐在书案前写字，草书、行书、隶书、篆书，用各种字体写他熟悉的诗、词，"蒲萄四时芳醇，琉璃千钟旧宾。夜饮舞迟销烛，朝醒弦促催人。""东风夜放花千树。更吹落、星如雨。宝马雕车香满路。"……写一幅便有人拿走一幅，挂到院落的各个地方。外国人一边吃着东西，一边欣赏音乐，一边观赏书法，一边窃窃私语。

琵琶乐师演奏了一曲《十面埋伏》。古筝乐师演奏了一曲《高山流水》。轮到古琴乐师了，古琴乐师闭目，舒腕，手拂到琴弦上，琴音飘出来，是《梅花三弄》。

所有人听得入迷，突然"啪"的一声脆响，是玻璃杯摔在地上的声音。琴声一下子停了。只听费力克斯说道："琴音，不美。"

古琴乐师站起来，身子发着抖，半天才说："对不起。"

费力克斯走到他身前，"是不是，以为我们不懂，所以来糊弄我们。"

"对不起，今晚本该师傅来的，可是师傅有事，打发我来。我刚习琴两年，琴艺不精。原以为你们不懂，就想弹上几曲，挣了银子回家就成。"

费力克斯笑起来，"你倒诚实。我们怎会不懂？我们听过世上最美的古琴曲，美得能叫人的灵魂飞出身体。"他摆摆手，仆人拿着一包银子上来，塞进乐师手里，"今晚你遇到好人了，换了别的老爷，还不打死你。快走吧。"

乐师抱着古琴慌慌张张地走了。竹笛乐师随即吹奏一曲《紫竹调》，欢快的曲子令所有人高兴起来，费力克斯脸上的表情也舒缓开来。

徐中兴盼望费力克斯走到他身边。如果那样，意味着费力克斯原谅了他。可是，直到"Party"结束，费力克斯也没到他身边，甚至，费力克斯没看他一眼。

徐中兴满怀失落，回到房间，趴到床上，沉沉睡去。睡梦中，他回到了清水河村。清水河村依旧那样宁静，依旧那样美丽。男人上山做活，女人生火做饭,孩子从学堂归来。徐龙吟背着手从清水河边走过。清水河边的柳树依旧那样茂密,长长的柳条,细细的柳叶。穿着粉红衣服的女子蹲在河边洗菜……

徐中兴醒了过来。天色大亮,晨光透过窗户照进屋内,四处清煦煦、明亮亮的。徐中兴盘腿坐在床上,回想梦中的情景,禁不住眼睛湿润了。清水河村,他许久没有回去了。清水河村,他还回得去吗?徐中兴回味着梦中的情景,清水河、柳树、穿粉红衣服的女子……

徐中兴的脑子"嗡"地响了一声,他想起昨夜费力克斯对古琴乐师的失望,他想起一个人,那个人绝对不会叫费力克斯失望,费力克斯听到他的琴声,便会忘记中国少年,忘记心头的忧伤。

徐中兴起床穿衣、洗面、梳头,收拾停当,来到前院,敲响费力克斯的房门。

费力克斯正在喝茶,见到徐中兴,目光立刻移开。徐中兴站在门口,刻意与费力克斯保持着距离,他说:"我可以找到一个人。"

"什么人?"

"古琴乐师,他能叫你的灵魂飞出身体。"

第三章 分明就是天上的仙子

1

徐中兴出了潍县城。

他租了一辆马车来到刘二才的工地。工地已经消失了,取而代之的是笔直的铁路。铁路犹如一把钢刀将广阔的土地劈成两半,土地灰黄,铁路精白,在太阳光的照射下,发出刺眼的闪光。

徐中兴看得心惊,从马车上跌落下来,"这是什么怪物?这是什么怪物啊?"

赶车的人"扑哧"笑出声来,说:"你们读书人都说不出门便知天下事,这修铁路的事怎么就不知道了?铁路上要跑火车,没听说吗?胶州到青岛早通火车了。"

徐中兴爬起身,"我怎么不知道,我还在这里记过账、算过账。"

铁路旁边是条羊肠小道,路面光滑,一看就知经常有人往来。徐中兴坐上马车,要赶车的人顺路前行,走了三袋烟的工夫,眼前出现修建铁路的工地,工地上人头攒动,一派热火朝天的场面。

徐中兴跟管事的打听,得知包工头果然是刘二才。可是刘二才不在工地,去了宁家沟村。

"宁家沟村?"

"是呀,这里离宁家沟村不远。"

离宁家沟村不远,离清水河村自然也不远。徐中兴四下张望,眼前的景致十分陌生。这是他从小生活的地方,怎么陌生起来?

铁路,全因为这怪物一般突兀出现的铁路。

驶离工地,眼前的景致熟悉起来。徐中兴打发马车走掉,自己在田野里行走。穿过几条小径,来到潍县通往安丘的官道。这条官道,徐中兴无比熟悉,闭着眼睛,也走不到沟里。他心下高兴,大步前行,两袋烟的工夫,来到了"坊子店"。

与被挖得坑坑洼洼的修铁路的工地不同,"坊子店"门口依然是平整的土地与广阔的田野。不是吃饭时间,店里没有一个客人,刘起有坐在桌前喝茶,皱着眉头,一副心事重重的样子。见到徐中兴,刘起有一愣,慌忙起身,拿出一只碗,倒了一碗热茶。

在费力克斯家,喝茶用的都是景德镇产的茶杯、茶碗,再用这本地产的粗瓷大碗,徐中兴有些不习惯。但是拿着碗,喝进一口茶,徐中兴的心立刻活泛与热乎起来。

两人一边喝茶一边聊天,聊天的内容自然离不开铁路。这差不多是潍县人人关心的事情了。这铁路,是亘古未有的事物,呼啦啦,如同晴空霹雳被德国人带到这里。已经修好的铁路像把钢刀横放在地上,随时随地都要劈死人的样子。正在修建铁路的地方开膛破肚,一派狼藉,恨不得将地从底下翻个个儿上来。

"这德国人坏得很,"刘起有说,"修铁路时逢河过河,逢田过田,就是人家的祖坟也不放过,听说扒了几处墓地了,墓地的主人告到县太爷那儿,县太爷也不管,扔下几把银子,说是德国人给的补偿。老祖宗都被惊扰了,补偿有个屁用啊。"

徐中兴眯眼向店外看去,明晃晃的太阳照着,四下一片净白,按照铁路修建的方向,"坊子店"门口也要穿过一段铁路,到那时,"坊子店"

必然不保。刘起有是为此大发牢骚吗？

"徐中兴，拜托你一件事情。"刘起有说道。

"什么事？"

"宁家沟村要出事了。"

德国人要在宁家沟村南建一个火车站，地址正好选在宁家沟村刘氏家族的墓地上。消息传到宁家沟村，村里人立刻炸了窝，那可是老祖宗千年百年居住的地方啊，怎能叫一座火车站建在上面，怎能叫火车隆轰轰地在老祖宗身上轧来轧去？坏了墓地的风水，影响后人的命运不说，惊扰了老祖宗在地下的安宁，老祖宗还不得从地底钻出来，造反啊。为了这件事情，宁家沟村的刘氏族长三番五次找县太爷，可是县太爷说德国人定下来的事情，他做不了主，不仅他做不了主，山东巡抚也做不了主，皇帝跟慈禧太后也做不了主，火车站建在刘氏家族墓地上，已是铁板钉钉的事，谁也改变不了。

"既然如此，我有什么办法？"

"你有办法的。你给费力克斯做事，费力克斯是修建潍县铁路的总头头，县太爷都听他的……"

"我……"

刘起有起身，跪到地上，冲徐中兴磕了一个头，"我代表宁家村所有刘氏成员求你……"

徐中兴哪受得起这份大礼，慌忙扶起刘起有，"修火车站的事，谁做得了主啊。费力克斯也做不了主。"

"有个好办法，只要说服费力克斯答应就行。"

"什么办法？"

"偷梁换柱。"

刘起有附到徐中兴耳旁，窃窃私语，徐中兴一边听，一边点头。刘起有的话音落完，一个完整的计划在徐中兴心中勾画成功。他说："我答应你，但是你必须帮我一个忙……"

怀着一肚子心事，徐中兴回到了清水河村。他没有走进村子，他怕遇到村里人，怕他们问他在潍县城的营生；他怕遇到徐龙吟，怕他投来冰冷、鄙夷的目光。人人都知道他负气离开清水河村，人人都知道，他想在外头混出个人模狗样。没混出人模狗样之前，他不想见村里的任何人。

徐中兴站在桥头痴痴地向村里望去。清水河村沉浸在静谧之中，听不到人语，听不到犬吠，听不到鸡鸣、猪哼，也听不到鸟叫。看不到村里人走动，看不到猪狗走动，屋顶上没有炊烟升起，树上的叶子也是一动不动的。此时此刻的清水河村如同一幅静止的图画，美得如同梦里的情景。

可是……徐中兴突然打了一个寒战，瞪大了眼睛。难道是，难道是，清水村要消失吗？难道是，难道是，这是要消失的前兆吗？所有的生机消失，所有的生命消失，只剩下静止的、干巴巴的图像。这图像不是真实的，是画师画在宣纸上的。

徐中兴的眼前浮现出两条黑色的钢轨，它们齐刷刷从村子中间劈过，它们将村子活生生劈成两半。村子的宁静消失了，取而代之的是女人、孩子的惊恐尖叫，血红色的残肢断臂四处横飞，房屋倒塌，树木拔起。面目苍老、一脸惊惧的男人拿着铁器对着钢轨徒然挥舞……钢轨，犹如巨大的怪兽，匍匐在地面快速前行，所过之处，土地翻腾、血肉横飞。

徐中兴抱住头，大叫一声："啊，不，不。"

2

徐中兴来到修建铁路的工地。刘二才正在工地上，听完徐中兴的话，刘二才眉眼一扫，说："这事很难办，且不说德国人不会答应，仅凭宁家沟村的态度，我也不给他们操办。宁家沟村的人实在不讲理。前几日，我去通报修建火车站的事，几乎被他们打死。"刘二才撩了衣服给徐中兴看，"这，这，这，全是他们打的。"

徐中兴说："不会叫你白费力气。"他伸出五个指头，"宁家沟村准备了这些银子，白花花的，全是你的。"

"商人重利轻别离"。做生意的人注重利益。徐中兴知道刘二才是个正经的生意人，能够打动他的，唯有钱财，唯有利益。找刘二才之前，他先见了宁家沟村的刘氏族长，跟族长商讨办这件事情的费用。刘氏家族财大气粗，多少银子都拿得出来，族长要徐中兴报个数。徐中兴寻思数目不能太大，要既满足刘二才的胃口，又不能闹出太大动静，因此要了五百两银子。族长一口答应，并要多付一百两银子报答徐中兴，徐中兴连忙拒绝，"做这件事我不图钱，图您帮一个忙。"

刘二才看着徐中兴的五根手指，嘴角哆嗦了一下，徐中兴知道他已答应七八成，要他全部应承下来，还要再使一点手段。

徐中兴压低声音，"你知道的，我现在住在费力克斯家中，表面看，我是他家的教书先生，是主人与仆人的关系，实际上……"他的两个拇指碰在一起，做了一个动作，"费力克斯非常喜爱我。"

刘二才向后一仰，半晌才反应过来，"你，你，你……"

"这件事如果做好了，我万分感激你。做不好，"徐中兴指指工地，"这个工地就归别人管理了。"

做这件事情，徐中兴冒了点风险，他知道找费力克斯，费力克斯会断然拒绝，因此他来找刘二才。刘二才与德国铁路工程建设人员熟悉，由他贿赂德国铁路工程建设人员，将火车站地址偷偷挪到"坊子店"。"坊子店"店主刘起有本身就是宁家沟人，愿意毁掉店子，为家族做出牺牲。唯一可能出现的纰漏就是：被费力克斯发现。可是，即使被发现，木已成舟，他也奈何不得。

两个星期后，费力克斯家中举行了一个"Party"。与以往不同，这次参加"Party"的宾客连同主人都戴着一个面具。一个胖胖的女人戴着一个猫头鹰面具，她的丈夫则戴着一个轮船面具。一个身段苗条的女人戴着一个狐狸面具，和她同行的男子则戴了一个烟斗面具。费力克斯戴着一个海盗面具，费力克斯夫人戴了一个蝴蝶面具。就连服务的仆人也戴着奇形怪状的面具，他们弯着身子，幽灵一般跑来跑去。

在这面具构成的奇特海洋里，徐中兴一眼看到弹奏古琴的清瘦男子。他同样戴着一个面具，但是这个面具与众不同。那是一幅中国工笔画，画中一个瘦弱的、眉宇间透着忧郁的男子站在柳树下吹箫。男子的身前是条蜿蜒的河流，河流前方坐落着古老村庄，村庄沉浸在浓浓雾气之中……

清瘦男子低着头，坐在琴凳上。他的面前，那些戴着面具的德国人，有的在喝酒，有的在交谈，有的在随意走动，一对青年男女倚着大红色的木柱子接吻，风吹起女子裙角，男子将手伸进去，抚摸着女子的大腿。空气混浊而又黏稠，弥漫着令人昏昏欲睡的气息。

不知是谁冲清瘦男子做了一个手势，抑或是清瘦男子厌倦了这种闲坐，他动了一下身子，伸出双手，放到古琴上，没有看到手指划动，琴声已经流水一般泻满整座院子。

四周一下子安静下来，饮酒声、说话声、走动声、虫鸣声，蜡烛燃烧的"嗤嗤"声，风吹树叶的"唰啦啦"声，男女因为情欲发出的呻吟声，街道上车轮滑过石板路的"吱扭"声，夜市的吵闹声，一下子消失了，一下子静止了，一下子凝结了。四下里，田野中，天际间，只有这仿佛来自天籁的琴声，妙曼、悠长、婉转……所有美好的词汇在这琴声面前都显得苍白、单薄、无力。清瘦男子的身体随着曲子轻轻摇晃，整个身心沉浸在琴声里，幻化成曲子的一部分。

所有人都被这琴声陶醉，虽然大多数人听不懂曲子的内容，但是他们却感受到曲子传递出来的气息，这种气息越过了语言、国界、种族的界限，带给人无与伦比的美的享受。

一曲弹罢，清瘦男子起身，鞠了一个躬。过了许久许久，听琴的人才回过神来，报以热烈的掌声。

费力克斯走到清瘦男子的面前，他摘下了面具，一张脸因为激动泛出粉红的颜色，面颊上金色的汗毛一根根竖了起来。费力克斯伸出手，托起清瘦男子的下巴。所有的人都看到清瘦男子在瑟瑟发抖，他是害怕，还是紧张？所有的人，包括徐中兴不约而同地对他生出怜悯之心，可是所有的人都盼望费力克斯摘下他的面具，他们都想知道，弹出如此"天音"的男子，有着一张怎样的面孔。

费力克斯轻轻摘下清瘦男子的面具，一个俊秀的中国少年呈现在人们的面前。他低着头，一副害羞或是受了惊的模样。

费力克斯盯着少年，看着，看着，看着，他轻轻吐出一串话，因为惊讶，他说的是母语而不是中国话，那句话翻译成中国话是，"是你？"

3

徐龙吟坐在陆飞鸣家的院子里，看着陆飞鸣的母亲。这个不需要说一句话，只用一个眼神一个动作，就可以掏去他的肝他的肺的女人想必恨极了他。可是她一句话不说，只是低着头，不停地流着眼泪。

徐龙吟将陆飞鸣母亲的手握在手里。那双手每日操持家务，他每天看她担水、洗衣、做饭、收拾庭院，或是坐在院子里绣一朵荷花，那朵荷花似乎永远绣不完，永远是庞大的绿色叶子，粉中透白的娇嫩花瓣，他经常看她绣它，可是它一点没有进展。他甚至怀疑她手里的针没穿任何线。即使每天忙这些事情，她的手依旧粉嫩细滑，仿佛从未劳累过、劳作过。

他握着她的手，那双手不像往日温暖湿润，那双手仿佛被冷水泡了，凉冰冰、湿漉漉的。他握着它们，感觉到一种罪过。松开，却又感觉突兀。他慢慢地张开手指，看着它们静静地躺在手心里。

陆飞鸣母亲的身子动了一下，两只手缩回去，捂在脸上。

村里人都知道徐龙吟与陆飞鸣的母亲相好。在两人的关系中，徐龙吟确定，他占了主导位置。他一直被陆飞鸣的母亲吸引，想她，看她，向她靠近。他记不得自己多少天多少次躲在柳树后面，站在清水河边偷偷地看她，记不清自己在多少个夜晚，站在黑暗中向着陆飞鸣家的方向痴痴张望，记不清多少次与妻子欢爱时，将她想象成陆飞鸣的母亲。其实，妻子不丑的，算得上贤淑，闲暇时，也会应合他，读"常记溪亭日暮，沉醉不知归路。兴尽晚回舟，误入藕花深处。争渡，争渡，惊起一滩鸥鹭"。可是他就是忍不住喜欢陆飞鸣的母亲。他仿佛要坐实村里人对他们的传言，一定要与陆飞鸣的母亲欢好。是的，他一直这样做的，坐实村里人的传言——既然你们传说我们欢好，即使我们没有欢好，你们也认为我们欢好，那么，我们就欢好给你们看。

是在一个黄昏，陆飞鸣的母亲接受他的。她必定感受到了他对她的喜欢。她在他的面前总是低着头，脸颊微红，眼睫毛受了惊一样，一颤一颤的。有一次，她突然呼吸急促，胸脯急剧地起伏。他害怕她会晕倒，寻思着去不去扶她，还没待拿准主意，她就贴着他的身子，小兔子一般跑了过去。

那是少女才应该有的体态。她做起来，却是万分妥帖。

那天黄昏，在柳树林里，他看到她挎着一只菜篮子走过来。篮子里是洗过的，绿油油的蔬菜，菜叶子挂着亮晶晶的水珠，仿佛清晨洒下来的露水。他本来站在柳树后面的，不知道为什么，突然就从树后走了出来，背着手，痴痴地看着她。他看到她由平静到不平静的急剧变化，中间似乎没有任何过渡，她一下子就紧张起来，面色潮红，挎篮子的胳膊猛烈地发抖。这一次，他毫不犹豫地向她伸出了手，他本意是接过她的篮子，那样绿油油的菜如果掉到地上，被沙子沾染了，实在可惜。可是，她却整个人靠了过来……清醒过来时，她已经靠在他的怀里，他的唇紧紧地贴在她的唇上。

一切顺理成章地发生。他很细心地将长衫铺到沙地上，整个身体覆盖住了她。柳荫密布，百鸟鸣叫，水红色的夕阳挂在天际，泼洒下金子般的光线，远处的村庄，飘起的白色炊烟，与深蓝的天际连接在一起……一切仿佛梦境，美得令人窒息。他恍然明白了，为什么《聊斋志异》中的男女示爱之后，做的第一件事情就是相互欢好。因为这的确是件无比美好的事情，唯有如此，才能表达对对方深深的迷恋与爱意。

一切静止下来，徐龙吟与陆飞鸣的母亲相靠而坐。徐龙吟这才看清了，陆飞鸣的母亲穿着一件紫色绣银花的对襟大袄。这件衣服衬得陆飞鸣母亲的脸更加白净，一双唇因为他的吸吮，红艳欲滴。他忍不住低下头，又深深地吻了下去。

徐龙吟问陆飞鸣的母亲："为何突然接受了我？"

陆飞鸣的母亲说："你不知道的，你站在那里，那么高，那么瘦，那么直，你知道像什么吗？像一棵杨树，像一株绿竹。你的眼睛亮晶晶的，眼神像刚刚沏好的上等绿茶……"

有这么好？有这么好吗？徐龙吟低低地叹道："没有想到，我在你心中如同你在我心中那么美。"

可是，现在，一切都变了。他在陆飞鸣母亲的心中想必已经不美了，陆飞鸣的母亲已经恨死他了。

八天前，宁家沟村的刘氏族长来到他家，递给徐龙吟一个黄色包裹。打开，是两块黄灿灿的金条。

刘氏族长说明来意：请陆飞鸣到潍县城进行一场演出。金条是给徐龙吟的答谢金。如果陆飞鸣去演出，有丰厚的酬金。

这自然是一件好事。陆飞鸣天天习琴，应该有一个展示的机会。从古到今的习琴之人，没有一个是待在家里老死终生的。有才艺自然要扬名天下，广为人知。

徐龙吟一口答应下来，并且力辞金条，几次三番塞回到刘氏族长的手里，却又几次三番地被刘氏族长推了回来，最后，刘氏族长千恩万谢地告辞。徐龙吟拿着金条来到陆飞鸣家里。

陆飞鸣坐在院里习琴，这个少年仿佛为古琴而生。他习琴到了出神入化的地步，从他指下发出的每一声琴音，仿佛不是弹奏出来，而是自己飞出来的。陆飞鸣似乎不是肉身，已经成为琴音的一个部分。

见徐龙吟进门，陆飞鸣没有说话，站起身，古琴也不收，抬腿走到院外。很快，他的身影淹没在柳树丛里。徐龙吟微微叹息，想必陆飞鸣知道了他与母亲的关系，想必他已经接受了他。唉，谁知道呢，随着琴艺的长进，陆飞鸣越发地沉静，越发地沉默，整天不说一句话。他心里怎样想的，想了些什么，谁都不知道。

徐龙吟将金条交给陆飞鸣的母亲。陆飞鸣的母亲是个见过世面的女人，轻轻扫了金条一眼，抿嘴一笑，说："黄金进门，必有大事相求，这位客官是求茶水还是求美食？"

一句话说得徐龙吟心窗大开。他不说明来意，先拽着陆飞鸣的母亲来到卧室。那里床幔低垂，芳香弥漫，是个叫人迷恋、欲罢不能，稍稍离开便无尽思念的温柔所在。他将她拥在床上，欢爱依然无比畅美，仿佛第一次发生。

而后，徐龙吟将刘氏族长的请求告诉了陆飞鸣的母亲。

4

　　陆飞鸣的母亲一口拒绝。

　　她不是不想叫陆飞鸣扬名立万，而是陆飞鸣的状态实在叫她不放心。陆飞鸣愈来愈消瘦，愈来愈沉默。虽然他的个头越来越高，面孔清秀得叫人忍不住多看两眼，所有见过他的人都相信，他正朝一个美男子的方向顺利发展。可是，他的性情实在叫人捉摸不透，他可以长达七八天不说一句话，可以在清水河边呆呆站立两个时辰，可以眼睛一眨不眨地盯着一个地方。陆飞鸣的母亲怀疑自己与徐龙吟的欢好刺激了陆飞鸣，使陆飞鸣的精神出了问题。她甚至为此拒绝徐龙吟，克制徐龙吟款款深情带给她的诱惑。可是某个深夜，她突然意识到，搬进清水河村之前，陆飞鸣就很沉默，在即墨城里，他就是一个沉默寡言的少年。

　　陆飞鸣的母亲迅速起身，走出屋子。如她所想，徐龙吟站在院子外边，她只拒绝了他三天，他看上去就憔悴与消瘦了许多。她打开门，清亮亮的月光下，徐龙吟一把将她拥进怀里，嘴唇贴到了她的脸上……

　　徐龙吟跟随陆飞鸣的母亲进了卧房，他们特意在陆飞鸣的屋子前停留了一会儿，仔细倾听屋内的声音。那里一片寂静，就连轻微的呼吸都听不到。

真的是一个安静至极的少年，似乎要将自己隐匿在世界之外。

徐龙吟温暖的拥抱消解了陆飞鸣母亲的不安。他告诉她：陆飞鸣没有任何问题，她也没有任何过错，陆飞鸣只是那样的性格。世上有这样的男子，非常敏感，内心明镜般地知晓一切，却不愿意也不想表达。

这一次，徐龙吟也用这个理由说服陆飞鸣的母亲。他讲了自己的经历，说明离开家门、离开母亲，对一个男人的成长多么重要。"兴许外出一次，陆飞鸣的性格就会改变，兴许会变成一个开朗的男子。况且这一次走得并不远，那个邀请飞鸣去弹琴的人是宁家沟村的刘氏族长，是我的朋友。有什么放心不下的呢？"徐龙吟一边说，一边抚摸着陆飞鸣的母亲，他感觉陆飞鸣的母亲在他的手里化成一捧水、一朵花、一缕柔软的长发。这个女人真的叫他无比喜爱，难以自拔。

不知他的话打动了陆飞鸣的母亲，还是他的抚摸打动了陆飞鸣的母亲，她终于点头，同意陆飞鸣去弹奏古琴，要求是：陆飞鸣只在潍县城待一天。

可是整整七天过去了，陆飞鸣仍然没有回来。

这期间，那个供行人吃饭、喝茶、闲聊的"坊子店"拆除了，一块大石头立在店子原来的地方，上面用黑油漆写了四个大字——张路院站，日后，这里将建一座大型火车站。听说，火车站的地址老早就写在设计图纸上了，那些德国人不愿意动脑筋起名字，索性用了附近村庄的名字——张路院，起名叫"张路院站"。

徐龙吟站起身，望着陆飞鸣的母亲。陆飞鸣的母亲侧着身子，无声地流着眼泪。这个女人呀，这个女人呀。想到日后可能会失去她，徐龙吟心如刀绞，忍不住流下泪来。

他退后一步，一字一句说道："是我叫飞鸣去潍县城的，我去将他找回来。"

徐龙吟找到宁家沟村的刘氏族长，那人一见徐龙吟便做了个长揖，"恭喜恭喜。"

徐龙吟诧异："喜从何来？"

"你难道不知,你们村的陆飞鸣,那个弹奏古琴的年少男子,被德国人相中,留在他家了。"

"不,这不可能?"

"为什么不可能?那个德国人跟别的德国人不同,他喜欢中国,喜欢中国文化,唐诗宋词、绸缎陶瓷、书法绘画、古琴古筝,凡是与中国文化沾边的东西他都喜欢。尤其喜欢古琴,寻了无数的琴师都不满意。唯独陆飞鸣令他满意。他见到陆飞鸣,如获至宝,当即留在家里。没想到,没想到……啧啧……"刘氏族长边说边摇头,腮上的肉一晃一晃的,"没想到,你们清水河村,那样小的村庄竟有这样的奇才。"

徐龙吟忘记了斯文,冲着刘氏族长大声吼道:"我们说好了,只留一天的。"他的手伸进衣服里面,摸半天,摸出一个金黄色包裹,他将它拍到桌子上,"说好了的,只是一天,凭什么将人留在了那里?这是你家的金子,还给你,把陆飞鸣交回来。"

刘氏族长满脸堆笑,将包裹硬塞回徐龙吟的手中,"你给我帮了大忙,这个酬金一定要收下。陆飞鸣去了又不是坐牢,必是因为弹琴弹得好,被德国人留在家里多弹几天。用不了多久,就会送回来。对了,你们村子有人在德国人家里做教书先生,他会照顾陆飞鸣的。"

"我们村里?在德国人家做教书先生?哪个德国人?"

"费力克斯。弄半天你不知陆飞鸣去了哪里。费力克斯是修建潍县铁路的工程师。那做教书先生的是你们村的徐中兴。不过,听说他与费力克斯……"刘氏族长两个大拇指碰到一起,做了一个动作,暧昧地笑了。

徐龙吟的脑子"嗡"地响了一声。徐中兴离开村子如许日子了,听到要在外边闯荡成体面人才回清水河。他就是如此闯荡的?一个落魄的读书人,一个自视甚高的狂妄分子,一个满嘴仁义道德的伪君子,竟然与德国人做了这种事情。真是辱没了祖宗。

徐龙吟跌跌撞撞离开宁家沟村。他的手里还拿着那个金黄色的包裹。包裹在他手里甩来甩去,远远望去,好像他长了一只金黄色的尾巴。

走到一棵树下，徐龙吟坐下来，打开包裹。包裹里不是黄灿灿的金条，是父亲传给他的两只玉扳指。据说，玉扳指是从宫里出来的，不仅有来历，还有年头，价钱不亚于两块金条。徐龙吟摸着玉扳指，长叹一口气，不知应该庆幸还是应该难过。唉！金条已经送给陆飞鸣母亲了，无论如何不能要回来，只能包了玉扳指代替。如果，刘氏族长当着他的面将包裹打开，他都不知道应该说什么。

徐龙吟摸摸额头，摸到一掌心汗水。这汗水是走路累的？还是被事情急得？徐龙吟又叹了一口气。一只黑色的鸟从天空呼啦啦飞过去，又一只黑色的鸟呼啦啦飞过去，它们仿佛嫌徐龙吟的叹息不够响亮，一齐扯开嗓子，长鸣一声。徐龙吟吓了一跳，捡起石头冲鸟扔过去，没想到，鸟没有打着，石头落到他的头上，将他的头砸了一个洞。

5

顶着一脸血迹，徐龙吟回到清水河村。他可以在清水河边将脸洗干净的，可是他偏不，他就顶着一脸乌黑的干巴巴的血迹往家走。唯有如此狼狈，才能表达内心的挫败。

村人诧异地看着他，奇怪仪表堂堂、风度翩翩，衣着干净的族长弄成如此模样。有人想跟徐龙吟搭话，看到徐龙吟的眼神立刻收了声。几个扎着小辫的孩童跟在徐龙吟的身后，他们手里拿着泥巴做的老虎，老虎张着雪白的大嘴，嘴唇上涂着鲜红的胭脂，身子分成两截，用厚牛皮纸连在一起。孩童捏着老虎的头和屁股向中间一挤，气流从老虎的嘴里冲出，发出"嘎"的一声怪响。孩童齐声诵道："太室为我宅，孟门为我邻。百兽为我膳，五龙为我宾。蒙马一何威，浮江亦以仁。"一个大人冲过去，拍了个头最高的孩童一下。孩童吓得全部噤声，但是没有散去，仍然排着队静悄悄地跟在徐龙吟的身后。

徐龙吟回头，发现孩童的身后跟上了一只狗和两只鸡，它们形成一支排列整齐的队伍，慢腾腾地挪着步子。见到徐龙吟回头，孩子连同狗、鸡一齐停下脚步，一个孩子撞到另一个孩子身上，大概撞疼了，嘴咧咧，没敢哭出来。

徐龙吟笑了，拍拍手，说："散去吧。"

孩童"哄"的一声散去，鸡和狗也跑掉了。村人看徐龙吟面色缓和下来，立马围拢过来，询问出了什么事情。徐龙吟说："以前只见过讨饭的身后跟着顽童，没想到我的身后也跟了顽童，难道我成了讨饭的？难道清水河村要败了？"

一番话说得村人变了脸色。徐龙吟也变了脸色，拍了自己嘴巴一下，"青天白日的，说什么疯话。这清水河村怎么会败？清水河村兴旺着呢。"说完，耷拉下头，歪歪斜斜地回家了。

夫人懂得一点医术，取了水，为徐龙吟洗净脸，扒拉开头发，看到伤口已经干结。为了防止感染，她拿来剪刀剪去伤口周边的头发，洒上药粉，用布包扎了起来。

徐龙吟一直闭着眼睛，感受夫人的手指在头顶上忙来忙去，细长的、带着一点温度的、有弹性的女人的手指。徐龙吟突然感觉那双手是陆飞鸣的母亲的，细长、白净的、皮肤细腻的陆飞鸣母亲的手。他的心跳得厉害，他一下子抓住那双手，将它们握在手心里，细细地揉搓。徐龙吟睁开眼，他渴望看到陆飞鸣母亲的脸，她的眼睛，她的嘴唇……可是，他看到的是夫人平静的面孔。夫人的面孔太平静了，自他进门，就没露出一点点惊慌、害怕或是伤怀。

徐龙吟将夫人的手放开。夫人端着水盆离开。厨房里响起窸窸窣窣的声音。一会儿，夫人端着一只茶碗出来，里面是沏好的金骏眉。徐龙吟将茶碗接在手里，喝了一口，香气从喉间直沁肺腑。徐龙吟长长舒了一口气，精气神慢慢回到身体里面。

"她必定是知道的。"看着夫人进屋的背影，徐龙吟心想，"她必定知道自己与陆飞鸣母亲欢好，村里人都知道自己与陆飞鸣母亲欢好……他们从未想过瞒任何人……既然村里人都知道，夫人肯定知道。"

徐龙吟闭上眼睛，回想与陆飞鸣母亲交往的过程。事到如今，他的主要心思还在陆飞鸣的母亲身上，可见他是一个多么儿女情长的人。徐龙吟一边批评自己，一边想着陆飞鸣的母亲。陆飞鸣的母亲……徐龙吟猛然坐直了身子。他第一次意识到，陆飞鸣的母亲进入他心中，完全因为徐中兴。他想起来了，某个黄昏，徐中兴站在他面前，一字一句地告诉他：村人都认为他与陆飞鸣的母亲欢好。他记得自己当时正在喝茶，一听这话，茶水差点呛了嗓子，他气急败坏地冲徐中兴连说了三个"滚"字。三个"滚"字……就是从那时起，徐中兴对他不恭敬起来。

徐龙吟细细琢磨：徐中兴告诉他"村人认为他与陆飞鸣的母亲欢好"、他冲徐中兴连说了三个"滚"字、他真的喜欢上了陆飞鸣的母亲、徐中兴离开清水河村、徐中兴在费力克斯家做教书先生、陆飞鸣到费力克斯家中弹琴至今未归……看似没有关系的事件有着千丝万缕的联系。那么，陆飞鸣到费力克斯家弹琴是徐中兴的主意？

费力克斯为何要将陆飞鸣"扣押"在家里？这也是徐中兴的主意？

徐中兴是用"扣押"陆飞鸣报复他对他的训斥吗？

徐龙吟绝不相信，费力克斯是为了听琴将陆飞鸣留在家里的。在徐龙吟的认知里，德国人极瞧不起中国人，他们认为中国人落后、贫穷、愚昧。在他们眼里，中国人是低德国人一等的种族，他们到中国修铁路、盖房子不是侵略，而是对中国人恩赐。这样的德国人怎么会喜欢中国的琴曲？怎么会善待陆飞鸣？

第二日清晨，徐龙吟坐马车去潍县城找徐中兴。车过清水河时，他下车驻足向柳树丛望去。正是深秋季节，柳叶拼了命似的，绿得发狂，仿佛再不绿，就来不及了。陆飞鸣的家在柳树丛的深处，小小的庭院，青瓦粉墙的房屋。他心爱的女人就坐在屋子里面。她在干什么？穿着那件雪青绣金花的锦缎上衣吗？徐龙吟的心热起来，他多么盼望陆飞鸣的母亲从柳树丛的深处走出来，黑黑的发髻，净白的脸，即使脸上挂满冰霜，即使瞅都不瞅他一眼，他都心满意足。

6

来到费力克斯家门口，徐龙吟才明白自己做错了一件事情。这样独自、唐突的到来，是不可能看到徐中兴的。虽然，他是清水河村的族长，但是在费力克斯的家中，在费力克斯的眼里，却微同蝼蚁。他没有胆量贸然敲门，只能等待机会。

徐龙吟站在费力克斯家的街角，等了半天，终于看到一名男子从费力克斯家中出来，徐龙吟慌忙过去，摸出两块碎银塞进男子手里，说："老哥，麻烦您件事情。"

男子诧异地看着徐龙吟，"我一个用人，能帮什么忙？"

"小事，一件极小的事。想见一个人。"

听说徐龙吟想见徐中兴，中年男子的眼睛眯起来，上上下下打量着徐龙吟，问："你是他什么人。"

"同乡，同乡。"

男子嘴角牵动，露出暧昧的笑容。他将碎银塞进口袋，返身回到费力克斯家。待了足足一袋烟的工夫，徐中兴才跟在男子身后走了出来。

徐龙吟急忙迎过去，拱手作揖。不承想，徐中兴冷着一张脸，两手袖在一起，眼睛看着天空，说："这位大人，找我何事？"

"大人？我什么时候成了大人？"徐龙吟环顾左右，身旁没有其他人，刚才的男子早没有了踪影，徐龙吟确定徐中兴是在喊他"大人"，心里头诧异。徐中兴为何变成了如此模样？粗俗无礼、趾高气扬、目中无人，仿佛不是在费力克斯家中做教书先生，而是在衙门做太师爷。

徐中兴抬脚往前走，徐龙吟急忙跟上去。两人穿过巷子，来到一处酒店。徐中兴挑了靠窗户的桌子坐下，店小二过来，说："这位爷，您要点什么？"

徐中兴说："上等的好酒，菜嘛，爆炒腰花、溜肥肠、四喜丸子外加一个鱼肚参汤。"有荤有素，吃得十分讲究，徐龙吟看着徐中兴的做派，心中十分不快，恨不得当即拂袖而去。可是想想陆飞鸣，想想陆飞鸣母亲的一脸哀怨，又将一口气咽回肚里，在徐中兴的对面坐下。

徐中兴并不看他，只盯着窗外的街道出神。街道上人来人往，男人、女人、老人、孩童、卖水果的、卖布匹的、卖浆水的、耍杂耍的，一派繁忙景象。看到热闹处，徐中兴呵呵笑出声来，徐龙吟以为他是跟自己笑，急忙说："中兴，你现在的气色比在村里好多了。"

徐中兴立马冷了脸，瞅都不瞅徐龙吟一眼。徐龙吟只觉得一记耳光打在脸上，脸颊又麻又疼。

酒菜上来，徐中兴不让徐龙吟，自个拿着筷子，端着杯子，吃得痛快。徐龙吟说话，他一句不搭腔，眼前仿佛不存在徐龙吟这个人。徐龙吟脸变成猪肝色，终于按捺不住，"啪"地一拍桌子，"徐中兴，我到底哪儿得罪了你？不是为了陆飞鸣，我也不会来看你的脸色。"

"陆飞鸣？"徐中兴停下筷子，"陆飞鸣？他是你的什么人？噢，我知道了。"徐中兴脸上露出笑容，"你与他那美艳无比的娘……"他的两根食指竖起来，"啪"地一碰，"想不到族长也做苟且之事。"

"苟且之事？"徐龙吟大怒，"我们如何苟且，回村我就纳她为妾。徐中兴，好歹你也是读书人……"

"读书人？"徐中兴往地上啐了一口唾沫，"在你面前我哪敢称读书人。"

徐龙吟更加生气，站起身，指着徐中兴，口不择言，"作为族长，我今儿要教训你一番，你跟那个德国人，那个德国人，你竟然跟德国人鸡奸，真是辱没了祖宗。"

徐中兴的脸当时变得青紫，嘴巴张开闭上，闭上张开，张开又闭上，闭上又张开，好半天才挤出一句话，"徐龙吟，你要为你的所作所为付出代价。"说完，抓起桌上的酒壶，一下扔到地上，酒壶跌得粉碎。徐中兴站起身，账也不结，掉头出门。

徐龙吟追到门口，徐中兴已经走到十步开外。徐龙吟心中的愤恨无法形容，回身，结了账，走出酒店。

街道上的人更多了，仿佛整个潍县城的人都跑到了这条街道上。可是这么多的人里面没有他要找的陆飞鸣。徐龙吟心中越发恼恨，走到一个僻静处所，坐了下来。唉，此行的主要目的是将陆飞鸣带回家，即使带不回家，也要打听出陆飞鸣在费力克斯家做什么。可是因为恼恨徐中兴，不仅没将陆飞鸣带回家，连陆飞鸣一丝一毫的消息都没打听出来。小不忍则乱大谋，孔老夫子的话真是千真万确。

留在潍县城已无意义，徐龙吟租了马车，回清水河村。

快出潍县城时，迎面走来一辆马车，车上坐着一位金发碧眼的外国人。眼见得马车近了，外国人的鼻子、眉眼异常清楚起来。徐龙吟头一遭离外国人这样近，忍不住定睛瞅他。那外国人也定了睛瞅徐龙吟，冲徐龙吟点头，微笑，张嘴，是流利的中国话，"神爱世人。"

神爱世人？外国人是传教士？

徐龙吟知道有外国人在中国传天主教，听说青岛、即墨、胶县都修建了天主教堂。顺着潍县城往西，过了省城，进入河北境内，还有一座大得吓人的天主教堂。这天主教堂不烧纸，不烧香、不摆供品、不磕头，只隔一段时间，召集众人研读《圣经》。

徐龙吟不信洋教，他只相信老祖宗留下的东西，比如朱子家训，比如儒家学说，他连从印度传进来的，在中国生根发芽一千多年的佛教都不相信。

外国人在胸前画了一个十字，两辆马车错身而过的时候，又说了一句"神爱世人"。

徐龙吟打了一个激灵，这潍县城的外国人屈指可数，他们肯定彼此认识，也就是说这个外国人肯定认识费力克斯，那么通过他，可以进入费力克斯家，可以看到陆飞鸣。

徐龙吟脸上堆笑，大声说道："神爱世人。"

7

神父名叫保罗。他非常健谈,中国话里带着即墨口音。保罗神父向徐龙吟介绍天主教的发展历程以及传入中国的过程。讲了青岛、即墨的天主教堂。那里,每个星期天都有信教的中国男女去做弥撒。他们非常虔诚,祷告的时候常常泪流满面。

保罗神父告诉徐龙吟:"每个天主教堂都有一个忏悔室,人犯了错误,可以跪在忏悔室前忏悔,请求上帝赦免。"

"上帝坐在忏悔室里吗?"

"不是,不是。"保罗神父摇头说道,"忏悔室里坐的是神父,他将你的话带给上帝,请求上帝的原谅。"

"噢,我明白了。神父是人与上帝之间的担保人。这好比我们中国人做生意,买卖双方有个担保人。"

"担保人?保人?"这个词超出保罗神父的理解范畴,他念叨了几遍,一下子笑了,"就算是保人吧。中国文字真有意思。"

临别,保罗神父送给徐龙吟一个十字架,说他此行潍县是奉了上帝的旨意,前来传道,与徐龙吟的此番交谈完全是上帝的安排,但愿徐龙吟能够经受上帝的考验，通过上帝的鉴选，成为全心全意信奉上帝的人。

徐龙吟听得晕头转向，但他没忘记讨要保罗神父在潍县城的居住地址。保罗神父将地址写在一张纸上，塞进徐龙吟的口袋。为了表示对保罗神父的感谢，徐龙吟将十字架端端正正捧在手心，坐上马车，离开了潍县城。

回清水河村，必须经过"坊子店"。自然，"坊子店"已经不存在，店址成为繁忙的工地。听说，张路院火车站要建成日耳曼式风格。"日耳曼式风格"是什么风格，没有人说得清楚，能够说得清楚的是，跟中国的建筑完全不同，是堆乱七八糟的东西。

过了三日，徐龙吟坐了马车重新去潍县城。这一次，他做了充分准备，不仅带了打发费力克斯家中仆人的银两，还带了那两只玉扳指，一只唐三彩和一只青花瓷鱼盘。

进了潍县城，转过几条街道，徐龙吟看到几名小叫花子拿着石头掷一顶绿呢顶轿子，一边掷一边喊："打死德国狗，打死德国狗。"

徐龙吟担心那人是保罗神父，急忙驱赶小叫花子。小叫花子倒是害怕，手里的石头一扔，"哄"的一声散去。轿帘打开，一个人钻出来，手在胸前画了一个十字，冲徐龙吟说了声："多谢。"

果真就是保罗神父，徐龙吟慌忙过去，说："我就是来找神父的。"

两人来到保罗神父的家。是中国人居住的院子，进大门一个照壁，转过照壁是个小院，院当中种着一株蝴蝶树。院子北面是三间房屋，中间是客厅，东西两间各为卧房。房子不大，收拾得非常干净。

进客厅，墙上挂着一个大十字架，十字架上绑着一个瘦弱的男人。男人只披了一块白色布子，低垂着头，一脸愁苦。徐龙吟吓了一跳，"噔噔"后退两步。保罗神父笑道："这就是上帝之子，耶稣基督。他化成肉身，代替人类钉死在十字架上，替我们洗刷掉了身上的罪恶。"

徐龙吟不明白保罗神父说的什么，什么化成肉身，什么人类的罪恶？若论有罪，这德国人的罪最大，跑来侵占中国的地方，在中国的土地上修铁路。难不成，耶稣替德国人洗刷了这些罪恶？

徐龙吟端详十字架上的男人，他发现了一个问题：这外国神仙跟中国的神仙不一样，外国神仙一副吃不饱、穿不暖、受苦受难的样子，中国神仙个个体肥腰圆，无比幸福舒适的模样。中国人信奉中国神仙就是渴望有一天过上幸福舒适的生活。外国人信奉外国神仙是为了什么呢？是为了受苦受难吗？

徐龙吟不敢将疑问说出来，他非常恭敬地告诉保罗神父：他在家里思考了三日，认为天主教是世上最好的教义，他有心信奉，如果允许，便皈依天主教。

保罗神父连连摇头，"信奉天主教不能叫'皈依'，'皈依'是佛教的说法。如果信奉的话，经过一段时间的学习，可以受洗，成为正式的天主教徒。受洗，就是用耶稣基督的鲜血洗涮掉身上的罪恶，成为一个崭新的人。"

说完，保罗神父走进卧房，出来时，手里多了一本厚厚的黑皮书，他将书递到徐龙吟的手里，"这是《圣经》，世上流传最广、读者最多的书。上帝的所有教义都写在书里面。"

徐龙吟将书接到手里。书沉甸甸的，抱在手里像抱了两块砖头。徐龙吟突然感到茫然，不知道再说什么。他对天主教一无所知，他只想讨保罗神父的欢心，送上礼品，让保罗神父带自己去找陆飞鸣。可是，徐龙吟抬头看十字架，十字架上的男人用悲悯的目光看着他。在这个男人的注视下，他感觉自己的想法就是一种罪恶。

可是，徐龙吟想到了陆飞鸣的母亲。陆飞鸣母亲饱含着泪水的双眼浮现在他的眼前。他怎能为了一个虚无缥缈的神仙，背弃对心爱女人的承诺呢？

徐龙吟将《圣经》放到桌上，打开随身带的箱子，将玉扳指、唐三彩和鱼盘一起端到桌子上。

他说："神父大人，求您一件事情，如果您答应，我便信奉天主教。"

8

　　窗前有棵梧桐树。陆飞鸣坐在床上，转头可以看到梧桐树笔直的树干，走到窗前，仰起头，可以看到茂密的宽大的梧桐叶子。风吹过来吹过去，梧桐叶子发出哗啦啦的响声，好像许多人一起鼓掌欢呼。有些叶子随着风落下来，落到地面上，落到花池边，落在房顶上，一副任人宰割的颓败模样。这模样，像极了此时的陆飞鸣。

　　陆飞鸣不记得自己在费力克斯家待了几天了。五天，六天，抑或十天？一开始他还掰着指头数日子，数着数着，便糊涂了。将一个人丢在世界的尽头也就如此吧。孤独、焦虑、寂寞、绝望直至最后的麻木和顺从。经历了睡觉、失眠、困兽一般在屋子里走来走去之后，现在，陆飞鸣只盼望见到费力克斯。

　　费力克斯，这个德国男人，摘下面具的一刹那间，他就认出了陆飞鸣。而陆飞鸣，也认出了他。他们彼此注视着。陆飞鸣又一次看到费力克斯清澈的眼睛，只是那双眼睛里没有温柔，有的是激动、酸楚、疼痛与热切。

　　即墨城的生活一下涌进陆飞鸣的脑海。那个喜欢黄色的、绿色的、红色的、粉红色的旗袍的女人，洁白的玉一般的肉体，纱帐之内的欢爱，令人无限怀念的，恨不得时光就此停止，恨不得就此死去的欢爱……

陆飞鸣的心纠结在一起，嘴角哆嗦起来。他看到费力克斯的嘴角也在哆嗦。这个异国的男子，他想到了什么，他紧张时的生理反应竟然跟他一样。

费力克斯的双手举起来，合在一起，发出清脆的掌声。费力克斯用生硬的中国话说："这就是我想听到的琴声。"

陆飞鸣坐到琴凳上，闭了眼睛。他的身体轻轻晃动，似乎在想什么，又似乎什么都没有想。只是那么一会儿的工夫，十指抚过琴弦，仙乐一般的琴音流水一般淌了出来。

又是一曲弹罢，所有人都沉浸在琴曲中，久久回不过神来。费力克斯招了一下手。一个中国男子过来牵住陆飞鸣的手。他像领一个不懂事的孩子，领着陆飞鸣穿过戴着面具的异国男女，来到后院的一间屋子里。

这个时候，那些对中国音乐不是十分精通，有些甚至一窍不通的异国男女才回过神来，纷纷摘下面具，寻找这个仙人一般的白净、瘦弱的中国少年。可是屋里没有了少年的身影。他们问费力克斯，少年到哪儿去了？他何以弹出如此曼妙的曲子？

费力克斯微微点头，一个字不肯说。

此后，陆飞鸣被禁闭在了屋子里面。

每天都有面无表情的、不说一句话的中国人给陆飞鸣送来饭菜，提走马桶，此后再无人来。到了夜间，屋内没有灯火。唯一光亮就是从窗棂、门缝洒进来的月光。没有月亮的时候，是浓得化不开的黑暗。这间屋子，听不到任何人声，说话声、咳嗽声、走动声、吵架声，任何与人有关的声音全都消失不见，听到的唯有风声、鸟鸣声，说不清道不明的莫名其妙的声音，这些声音衬托出四下的空旷与寂寥，令陆飞鸣感到无比烦闷，无比忧伤。

他知道，这一切都是费力克斯给他的，能够使这一切消失，使他的生活恢复正常的也只有费力克斯。

终于，有一天，他对那个送饭、提马桶的人说："我想见那个德国人。"

那个德国人……他以为当天就可以见到的，可是，一直到晚上也没有见到费力克斯。第二日，又是一天的等待，第三日，也是。等见到费力克斯时，已是两周之后。

那日上午,屋门"吱呀"一声打开了,强烈的日光水银一般泻进屋内,照得四处亮晶晶、明晃晃的。陆飞鸣眯了眼睛,看到费力克斯站在门口。阳光从费力克斯身后射过来,给费力克斯镀上一层金光。费力克斯金光闪闪,看上去,那样高大,那样伟岸。他张开双臂朝陆飞鸣走过来,仿佛不是囚禁陆飞鸣的人,仿佛是解救陆飞鸣的英雄。

眼泪从陆飞鸣的眼里流出来。他应该恨费力克斯的,可是,现在,他却万分感谢费力克斯。

费力克斯来到陆飞鸣身边。费力克斯的手放在陆飞鸣后背上。费力克斯轻轻地抚摸着陆飞鸣的手宽厚、温热,充满了千言万语。费力克斯用生硬的中国话说:"你这个孩子,你这个孩子……你知道你的离开给我带来多大伤痛吗?不惩罚你,消弭不了我心头的伤痛。"

费力克斯带陆飞鸣出了屋子,他们在院子里走动。院子里种着高大的树木,繁复的花朵,树的叶子绿得滴油,花朵红得、黄得、紫得有些过分。一棵纤细的小花长在墙角,枝叶细得如同拧在一起的头发,黄色的花朵小得如同玉米粒,它们在阳光下摇晃着身体,仿佛第一次出门的娃娃。陆飞鸣看着,内心充满欢喜。

似乎有人喊他的名字。陆飞鸣抬起头来,脸上还带着发自内心的微笑。他恍然看到一个女子,穿着白色的束腰长裙,越过丛丛鲜花,出现在花墙月门的另一端。女子的脸映在阳光里面,无比的明艳,无比的恬静,无比的端庄。

陆飞鸣"呀"的一声,心跳得厉害。这是人间的女子,还是天上的仙子?不,她不是人间的女子,她分明就是天上的仙子。

9

再见到金发女子已是一个月之后。费力克斯要陆飞鸣与他一起吃饭，不仅是现在，而是以后以及永远，因为陆飞鸣不是别人，是他的"家人"。

陆飞鸣、费力克斯还有那位穿束腰长裙的金发女子坐在小客厅里。饭菜分为中式与西式。陆飞鸣的是中式，宫保鸡丁、乳鸽汤、清炒芥蓝、米饭。费力克斯和金发女子的是西式，牛奶、沙拉、酸焖牛肉、烤面包。显然，金发女子一句中文不会讲，她沉默地吃着饭，偶尔看陆飞鸣一眼。每一眼，陆飞鸣都觉得万道金光闪过，心跳得无比厉害。

费力克斯一边吃饭一边用生硬的中国话抱怨厨师做的西餐不地道，后悔没带一个德国厨师过来，他说："等到火车站建成，叫所有坐火车的中国人都吃西餐。那样的话，德国的厨师就会跑到潍县，就不愁吃不到正宗西餐了。"说完，他自己笑起来。

陆飞鸣并不感觉好笑，抿着嘴，脸上没有任何表情。金发女子因为没听懂费力克斯的话，脸上也没有任何表情。现在，他俩成了同盟者。陆飞鸣偷偷看金发女子，恰巧女子也在看他。两人仿佛看透了对方的心思，相视一笑。陆飞鸣的脸，红了。

费力克斯没有看到这些，他转换话题，说起了中国的古琴，从古琴的发展一直讲到了鉴定古琴好坏的方法，有些知识陆飞鸣都没有听说。费力克斯说，古琴又名瑶琴、玉琴、七弦琴。一张好的古琴必须具备"奇、古、秀、静、润、圆、清、匀、芳"九个特点，也就是中国人所说的"九德齐备"。古琴的音色与材质有很大的关系，材质越久则音色越好，一把古琴经过长期使用后琴音才能臻于佳境。所以中国人讲究古琴的世代传承。

"可惜我现在没好琴送你。"费力克斯的手放到陆飞鸣的手上。陆飞鸣抬头看女子。女子的神色紧张起来了。费力克斯手上用劲，将陆飞鸣的手紧紧攥在手心。

金发女子站起身，脸涨得通红，用陆飞鸣听不懂的话冲费力克斯说着什么。费力克斯松了手，冲女子大吼一声。女子的脸变得雪白，眼泪慢慢蓄满眼眶，可是它们没有流出来。女子用这一双泪眼瞪了陆飞鸣一眼，转身跑出客厅。

陆飞鸣来到院子。穿着短衫的中国仆人低着头忙来忙去，没有人和陆飞鸣说话，也没有人约束他的行动。陆飞鸣在院子里走来走去，看看树，看看花，看看阳光，大口大口呼吸着空气。

走到一间屋子门口，陆飞鸣看到一把古琴搁在窗户下边，应该是那夜他弹奏的古琴。陆飞鸣走过去，坐到琴凳上，闭上眼睛，双手搁到琴弦上，立刻，妙曼的曲子飘满了院落。

琴曲里面，陆飞鸣想到了清水河村，想到日日坐在院里习琴的情景。想到了即墨城，想到穿着灰白长衫，拿着黄花梨板子，身材瘦弱的表舅。如果，此时，表舅听到他的琴曲，会不会表扬他琴艺突飞猛进？会不会高兴地流下眼泪？

陆飞鸣站起身，走出屋子。他想回清水河村，既然自由了，他应该回去找母亲的。走到大门口时，一个仆人拦住了他，"老爷吩咐了，没他的允许，你不能离开这个院子。"

仍然在囚禁他，只是禁的地方大了一些。

晚上，陆飞鸣坐在房间里面，看到月亮一点点爬上屋角，月光透过窗棂、门缝射进了屋内。月光无比温柔，犹如他无比温柔的内心。陆飞鸣吹灭蜡烛，静静地坐在月光里面。他在想念那个金发女子，想念她饱含泪水的眼睛。那双眼睛真的如湖水一般干净、清澈。那是一双多么美丽的眼睛……她为何生气？为何起身离开呢？

陆飞鸣的身子俯到桌子上，将脸紧紧贴在冰凉的大理石桌面上，他的脑海里全是金发女子的模样，他的心柔弱得不行，委屈得不行。眼泪一颗一颗流了出来。

屋门"吱呀"一声开了。有个人走了进来。谁啊？管他是谁，凭他是谁。陆飞鸣仍然趴在桌子上，一动不动。那人点燃了蜡烛，端着烛台走了过来。那人坐到陆飞鸣的身边，手搁在陆飞鸣的后背上，一下一下抚摸着陆飞鸣，"你这个少年，为什么怀揣山一样的心事？为什么总是那样忧郁？为什么总是叫我放心不下？"

陆飞鸣明白那只手传递出来的信息，它的黏稠、它的纠缠不清、它的千言万语，他全部懂得的。搁往日，他会浑身发抖，身上起满鸡皮疙瘩。可是现在，他一动不动，感受着那只手在后背上的滑动，那只手曾经离金发女子很近，与它这样近的接触，便是与金发女子这样近的接触。

费力克斯并没有过分的举动。重新见到陆飞鸣之后，他最亲近的动作就是抚摸陆飞鸣的后背，他仿佛害怕伤害了陆飞鸣，小心翼翼地看着他，对待着他，喜欢着他。

费力克斯将烛台放到桌子上，告诉陆飞鸣。他的祖上曾经来到中国，带回去中国的陶瓷、丝绸与字画，他的家人一直将这些东西当作宝贝珍藏。少年时，他看到一张中国画，画中一个中国男子坐在竹林里弹奏古琴，男子是如此苍白、如此瘦弱、如此忧郁，男子将他整个心拿去了。他相信图画中的中国男子真实存在的，他发誓一定要找到他。成年后，他做了一名铁路工程师，有机会到中国时，他毫不犹豫地来到了中国……

费力克斯的经历过于传奇了。陆飞鸣认为这是费力克斯杜撰出来的。

费力克斯在中国文化中浸淫久了,学会编传奇故事了。陆飞鸣对这个故事毫无兴趣。他抬起头来,看着费力克斯。他仿佛大病一场,十分虚弱,他用虚弱的声音问费力克斯:"与你、与我一起吃饭的女子是谁?"

"她?"费力克斯愤恨起来,"父亲朋友的女儿,硬派给我的妻子。我从未爱过她,她亦从未爱过我。"

10

  这个回答出乎陆飞鸣的意料。那女子看上去大不了陆飞鸣几岁,那女子看上去比费力克斯小近二十岁,相差年龄如此巨大的男女怎么会成为夫妻?应该是父女、主仆,或是亲戚才对。可是为什么不能成为夫妻?中国也有有钱有势的老男人娶了年少女子为妻为妾的。"一树梨花压海棠"描写的就是这样的情形。"红袖添香夜读书"中添香的也是年少女子,读书的是年龄很大的男子。

  陆飞鸣难过地哭起来。

  "为什么又难过了?"费力克斯问他。陆飞鸣什么都不说,只是呜呜咽咽地哭。费力克斯将他抱到床上,为他盖上了被子,"忧郁的中国少年,睡上一觉,醒来就什么都忘记了。"

  陆飞鸣睁开眼睛,看着费力克斯,那双眼睛仍然含着泪水,他问:"我什么时候可以回家?"

  费力克斯笑了,"你想家了。"他的手摸了陆飞鸣的脸颊一下,"好好的,想什么家!"

  第二日,清晨,起床,出门,陆飞鸣看到金发女子,她站在一棵树下,一副怒气冲冲的样子。看到陆飞鸣，她气狠狠地瞪了他一眼。陆飞鸣不知她为何生气，难道因为他？他又哪里得罪了她？

陆飞鸣想了一下，穿过院子，来到放置古琴的屋子。他坐下来，弹了一曲《阳关三叠》。在这个充满金色阳光的清晨，琴曲仿佛长了翅膀，从屋里飞到了院子上空，它并不飞出去，它在院子上空盘旋，如同一片饱含了水分的云朵。

陆飞鸣走出屋子，看到金发女子的脸柔了，眼神平静了下来。他走到她的身边，闻到了幽香的气息。她的头发闪闪发光，仿佛金子做成的。她的皮肤白得如同油膏，没有一点的瑕疵。她的眼睛，哦，她的眼睛真漂亮，就像深邃的碧绿的平静的湖水。

陆飞鸣静静地看着女子。女子也静静地看着陆飞鸣。两个不同种族、不同身份、不同国籍的男女在这个金色的清晨彼此望着对方。他们的身边，树木拼尽了所有力气，将生命力透过枝干、透过树叶释放出来。是深秋了呢，生命马上就要消失，再不释放就要埋进深深的地底下了。花朵竞相释放着芳香，这些芳香组成了无比绚丽的花环挂在陆飞鸣的脖子上，挂在金发女子的脖子上。仅仅过了6秒钟的时间，人的感情就是如此的奇妙，感知、确定一种感情只需要6秒钟的时间，陆飞鸣的脸红了，金发女子的脸红了，他们都不好意思地扭转了脸。他们都确定了对方传递过来的信息，那种可以穿越年龄、身份、阶级、种族、国境发生的爱情。是的，爱情，神奇的爱情。

金发女子转身离开了院子。陆飞鸣转过头，痴痴地望着她的背影，看着她消失在了花丛间，消失在了花墙月门的另一侧。

院子里响起清脆的掌声。陆飞鸣回头，看到一个中国男子站在月门下冲他鼓掌。陆飞鸣记得他，第一次到费力克斯家时，男子站在他的斜对面，在书案上写字。费力克斯摘下自己面具的一刹那，男子也摘下了面具。陆飞鸣看到了他的脸，不知为什么，感觉无比熟悉。现在他知道为什么了，男子与自己有几分相似，就像他的哥哥。

男子冲陆飞鸣走了过来，右手的食指上带着墨迹，想必刚刚写了字。

他冲陆飞鸣作了一个揖,"我们是同乡,我认得你。"

"同乡?即墨城里……"

"清水河村。我是清水河村的徐中兴。"

原来是清水河村的居民。陆飞鸣脸上恢复了惯常的平静与冷淡,冲徐中兴点了一下头,转身要走。

徐中兴拦住他,"你不想回清水河村?"

陆飞鸣低了头,回或不回清水村岂是徐中兴能做得了主的,想回怎么样?不想回又怎么样?他向金发女子消失的地方看过去,那里空无一人,只有明晃晃的阳光映在花墙上。此时,叫他回清水河村,他还不想回呢。

徐中兴来到街道上,很快将陆飞鸣置于脑后。他要找刘二才发泄心中的愤恨。

现在,徐中兴只要出门,就有人在他背后指指点点,就连费力克斯家的仆人也冲着他窃窃私语,徐中兴问他们讲什么时,他们慌慌张张跑开,什么都不告诉徐中兴。及至徐龙吟当面指责他与费力克斯鸡奸,徐中兴才明白那些人对他指指点点、仆人冲他窃窃私语的原因,原来,很多人以为他与费力克斯是那种关系,在人们的心目中,他不是靠着书法踏进费力克斯家的大门,而是靠着"卖身"踏进费力克斯家的大门。

如果徐中兴真的与费力克斯有那种关系,倒也罢了。偏偏徐中兴与费力克斯清白得很,偏偏徐中兴褪尽衣衫,站到费力克斯面前,费力克斯不仅不接近他,反而捂着脸,大叫一声夺门而去。他的自尊、他的自信在费力克斯面前荡然无存。费力克斯虽然没将他"请"出家门,但是对他视而不见。陆飞鸣来了之后,他居住的地方从后院厢房搬到了仆人住的夹道,那里潮湿、阴暗,砖地整日湿漉漉的,仿佛淋了水一般,徐中兴相信,用不了多长时间,他睡觉的床便会发芽,长成一棵嫩绿的树苗。

住在那样的地方,徐中兴感到彻头彻尾的失败。离开清水河村,他是想混出一番模样,报复徐龙吟,可是现在,模样没有混出来,反倒坏了自己的名声,辱没了祖上的清名。

徐中兴分析谣言的来源，发现谣言的唯一出处就是刘二才。因为他只跟刘二才暗示过，他与费力克斯有那种关系。这本是极其隐秘的一件事情，刘二才却宣扬得路人皆知，使他成为人们耻笑的对象。此仇不报，枉为男人，此时不报，不叫徐中兴。

第四章

古琴深处的一只凤凰

1

刘二才做了父亲，在家摆满月酒。

徐中兴进门时，刘二才正给一帮朋友敬酒，一张脸喝得通红，说话都不利索了。徐中兴站在门口，瞅见一张桌上的主宾离开座位，走出屋子。徐中兴几步跨过去，一屁股坐到座位上，也不嫌面前的杯子、盘子、筷子不干净，拿起来就夹菜吃。一桌的人都不认识他，但是知道来的是刘二才的客人，慌忙给徐中兴的杯子倒满酒。徐中兴端起酒杯，一口喝干。这时候，主宾回来了，他大约刚刚上过厕所，在水桶里洗过手，十指还湿淋淋的。主宾站在徐中兴的身后，一边甩着手上的水珠，一边等着徐中兴起身。哪知，徐中兴看都不看他一眼，一口酒一口菜吃得热闹。搁平常，主宾兴许另找地方坐下了，可是今天，因为喝了七八两酒，他自觉这天下皇帝第一、他第二，岂有叫人白白占了座位的道理。因此，等到手上的水珠干了，主宾发现徐中兴仍然没有让座的意思，立刻火从心头起，一脚踹到徐中兴的凳子上。徐中兴仿佛早就等这一脚，两手稳稳地抓住桌沿，身子一倒，就势将桌子"哗啦"一声掀到地上，一桌的酒、菜、盘子、杯子全部掀翻在地。

屋里的人都转头看他们。徐中兴抱住那人的腿，一把将他拽倒，两人在碎酒瓶子、碎盘子、碎杯子、菜汤子里滚来滚去，徐中兴因为酒喝得少，占了上风，骑在主宾的身上，手掐着他的脖子呼哧呼哧喘气。主宾躺在地上，通红的脸膛，通红的眼珠子，四肢摊开，也是呼哧呼哧地喘气。

这时，刘二才才反应过来，跑过来拉徐中兴，"徐先生，你这儿唱的是什么戏？你老人家好歹也是读书人。怎么在这大好的日子跟人打起来了？"

徐中兴冲主宾的脸上来了一记耳光，站起身，整理一下长衫，拱手说："对不起，搅兴了。"

主宾也翻身站起，一张脸变成了猪肝色，想必他从未受过这样的耻辱，大叫一声将一张桌子掀翻，又大叫一声，将另一张桌子又掀翻，他手指了徐中兴点了两点，转过身又指着刘二才点了两点，"等着，有你们俩好看的。"

主宾说完，扬长而去。

刘二才急得跳起来，"徐大爷，徐老爷，好好的，跟他斗什么？吃满月酒的帖子早送给你了，左等你不来，右等你不来，只以为你不来了，我们就开席了。谁知吃酒吃到一半，你又来了。来了也就来吧，找我，安排个上座给你，可是你偏偏去坐他的座位。他，你不认识吗？潍县城，谁惹得起呀。"

"你的意思是我今天不应该来？今天是我做错了？他将我踹到地上，我就得死狗一样老老实实地躺在那里？"徐中兴冷了脸，"他是在你家闹事，要找，也是找你的事。"说完，徐中兴夺门而去。

那位主宾，徐中兴当然认识，如若不认识，他也不会去坐他的座位。在潍县城，但凡有点钱或有点头脸的人都认识那位主宾，平头老百姓不认识但是都听说过他。那人的名声虽然大，但是没人说得上他的大号，大家知道的只是他的外号——老黑。老黑是潍县城有名的"泼皮"，手下有一帮混混，专靠欺诈做生意的人过日子。若是有人反抗或是对他不恭敬，他便指使手下到人家家里捣乱，小到在店铺拉屎，大到砸了店里的东西。这老黑有点钱财，经常打点官府，请官府的人吃饭，给县太爷、捕快送银两、布匹、烧酒什么的，所以官府的人睁一只眼闭一只眼，对他的所作所为不闻不问。

如果仅仅这样，恨老黑的人就只是潍县城做生意的人，可是老黑有个天大的毛病，弄得所有潍县城的人都恨他。老黑没有老婆，不是一直没有，而是有过后来自尽了。为什么自尽？因为老黑曾经到东北闯荡了几年，他老婆跟一个卖狗肉的好上了，两人夜夜吃着狗肉，大呼小叫地欢爱，弄得无人不知，无人不晓。有好事者，到东北遇到老黑时，绘声绘色地讲给了老黑听。老黑当即大怒，揣了一把刀子从东北回到潍县城。还没等靠近家门，就有人将消息告诉了他的女人。那女人一想到老黑气势汹汹的样子，吓得找了包毒药，水都不喝，干吃着服毒自尽，卖狗肉的逃之夭夭。老黑从此变得十分下作，有女人从身边经过，不管姑娘、少妇还是老妇人，都要伸出手来，在人家身上摸上一把，有时还大声嚷嚷："奶太肥了啊，有了孩子，不好下奶。""屁股太瘦，哪个男人会喜欢。"弄得潍县城的女人个个恨他恨得咬牙切齿，但凡出门，都要东张西望，看看老黑是不是在附近。这老黑又贪心得很，有卖菜、卖肉、卖豆腐的从他家门前经过，必要人家留下一捆菜、一斤肉或是一块豆腐，那菜、肉、豆腐，他又不吃，堆在家门口，叫它们白白腐烂。因此所有潍县城的人都恨他、瞧不起他，但是又不敢招惹他。

可是，徐中兴偏偏要去招惹老黑。徐中兴已经盘算好了，只有招惹了老黑，才能报复了刘二才，才能发泄了心中的愤恨。

如同徐中兴期望的，第二天，老黑带着一帮人到刘二才家大闹一场。他叫人搬来一块大石头，将刘二才家的锅砸得稀烂。这是有讲究的，砸了人家的锅就是叫人家的日子没法过了。接着他指挥手下人砸家具、砸水缸、卸门窗。他自个则跑进卧房骚扰刘二才的大胖老婆。刘二才的大胖老婆不知耳背还是反应慢，外边闹得厉害，她却慢条斯理地坐在床上敞着怀给孩子喂奶。老黑踢开门，一眼看到大胖老婆两只白花花的大奶，有一只还往外滴答着奶水。老黑"呃"了一声，说声"倒霉"，退步出来，领着人急急火火地走了。

2

刘二才领着劳工在郊外修铁路,听到消息急忙坐马车往家赶。到了家里,老黑一帮人早没了身影,家里被砸得乱七八糟,没有一件完整的东西。大胖老婆见到刘二才,这才反应过来,嘴一撇哇哇哭起来,怀里的孩子也跟着哇哇大哭。

刘二才担心老婆哭坏了奶,孩子吃了上火,急忙安慰她:"不当紧,不当紧。一是你家男人挣钱多,被砸坏的东西可以重新买。二是我这就去找官府,叫官府抓了那帮人,替咱们出气。"

刘二才出门去了潍县衙门。击鼓鸣冤,到大堂上将事情原原本本说了一遍。县太爷当即大怒,惊堂木一拍,"太平盛世,还有此等刁民,竟敢如此胡作非为。"喝令捕快速将老黑捉拿归案。捕快嘴上答应,却迟迟不动弹。县太爷尽了审判的义务,退出大堂,到后院做他的营生去了。刘二才急着好比热锅上的蚂蚁,在大堂上团团转。捕头走了过来,悄悄说:"这位哥,怎么这样不灵活?兄弟们有白忙活的吗?怎么着也得给点吃酒钱呀。"

刘二才这才明白过来,恼恨自己一着急忘记了这件事情,急匆匆返回家中,家中的银两早被老黑的手下翻去。大胖老婆从被窝里摸出两个金镯子塞进他手里，"那个老黑倒怪，看到我喂奶，呀的一声跑了，否则这金镯子也保不了。"

将金镯子送给捕头。捕快们这才穿上行头，吆吆喝喝出门，差不多两个时辰过去，捕快们摇摇晃晃地回来了，走时什么样子，现在还是什么样子，手里连老黑的一根毛都没有。

捕头说："老黑跑了。这家伙，领了一帮人找徐中兴没找到，一气之下跑潍县城外了。我们可将潍县城的角角落落翻遍了。只能等着他再犯事时逮他了。"

刘二才气得差点背过气去，可是无可奈何，还得咬着牙，赔着笑脸跟捕头说："多谢，多谢，各位爷辛苦了。"

出了县衙门，站在街口，看着来来往往的行人，想到家中一片狼藉，刘二才一头撞死的心都有了。连自己的家都保不住，何以在天地之间立足？此仇不报，枉为男人！可是此仇又怎么报啊？

刘二才捶了自己头几下，想到捕头的话："老黑领了一帮人找徐中兴没找到。"这徐中兴就住在潍县城内，如何找他找不到？老黑不是找不到徐中兴，而是徐中兴住在费力克斯家中，老黑不敢去找他。

刘二才跑到费力克斯家附近，果然听说老黑带着一帮人在费力克斯家门口转了一阵子，骂骂咧咧了几声，门都没敢拍一下，呼呼啦啦地全走了。

事情完全因徐中兴而起，徐中兴却毫发未损，连个骂声都没听到。刘二才心中的愤恨言语无法表达。带着一腔愤恨，回家，却见工地上的一个伙计在院里团团打转。见到刘二才，伙计一把抓住他，"不好了，有人到工地上闹事。"

刘二才坐了马车往工地赶。远远地，看到一帮人拿着武器站在工地中间，劳工们坐在工地边上，有人头上包着纱布，纱布上浸着鲜血，有人抱着胳膊，疼得龇牙咧嘴，见到刘二才，他们全都站起身，眼巴巴地看着刘二才。

走近了，刘二才看到老黑拿着一根胳膊粗的木棍站在工地中央，他的手下成圈状围在他的身旁。工地上有负责保安的监工，监工看到刘二才来了，立刻拿着棍子向前冲，老黑将木棍往地上一戳，他的手下马上挥舞武器冲过来，将监工打得纷纷后退。

刘二才大声喊："爷，有什么话好好说。这铁路是县衙门的，是德国人修的，耽误了工期，谁也承担不起啊。怕是要掉头的。"

老黑将木棍往地上一戳，虽然没有监工冲过来，他的手下仍然挥舞着武器往前冲了几下。老黑说："掉头？我老黑最不怕的就是掉头。"他"啪啪"地拍头，"我这头都不知道掉了几回了。刘二才，现在顶顶要紧的就是把你那个混蛋朋友叫出来，叫他当面给我赔礼道歉。否则，你这个铁路就别修了。"

刘二才没想到老黑会将事情闹得这样大。当务之急是平息他的怒气，叫他撤离工地。

刘二才半屈着双膝。他本想跪下去的，可是想到自己在劳工面前向一个无赖屈膝下跪，日后肯定没办法指挥他们干活。但是为了表示对老黑的屈服与恭敬，他半屈了双膝，远远看去，就像跪在土堆上一样。刘二才说："爷，您老人家千万不要生气。您先出来，我一定叫徐中兴给您赔礼道歉。"

"现在，现在就向我道歉。"老黑大声喊道，"不道歉，我还怎么在这道上混？"突然，老黑哇哇哭起来，他抬手摸了一下脸，手上的泥巴摸到了脸上，弄得脸脏乎乎的，好像一个叫花子。老黑边哭边说："我在潍县城也算有头有脸的人物，竟然叫徐中兴戏弄了，他竟然当着众人的面将我掀翻在地，压在身下，掐着脖子，就差一泡尿尿到身上了。打小我就没受过这番委屈，这等奇耻大辱怎能容忍下去。"

老黑这一喊一摸一哭，弄得围观的劳工一愣一愣的。本来大家看他凶悍的样子十分害怕，现在看他像个孩子似的哇哇大哭，又觉得十分好笑，"哄"的一声笑出声来。

刘二才连连拱手，"爷，真的对不住了，叫您受委屈了。我这就去找徐中兴。这就叫他向您赔礼道歉。"

3

这边,徐中兴正坐在房间里郁闷。为什么?因为看到了徐龙吟跟保罗神父在一起。保罗神父来拜访过费力克斯,因此徐中兴认得他。费力克斯还叫徐中兴写了一幅"神爱世人"的中堂送给保罗神父,保罗神父回赠他一本德文版《圣经》。徐中兴一个德文字不认识,还是将它恭恭敬敬地摆在床头。

徐中兴瞅见徐龙吟跟保罗神父在一起时吃了一惊。这潍县城,他以为只有自己和德国人亲近,其他中国人都是德国人的敌人。不是一方将一方视为敌人,而是彼此视为敌人。可是徐龙吟与保罗神父十分亲热,他们不是敌人,而是朋友。

想想自己离家出走,想想自己万分委屈地"赖"在费力克斯家,想想当下所做的一切都是为了报复徐龙吟,都是为了在徐龙吟面前出一口气。可是现在,徐龙吟竟然找了一个强硬的后台,要想扳倒他,要想在他面前扬眉吐气,谈何容易?

仆人走进屋,告诉徐中兴,有个叫刘二才的求见。

徐中兴嘴角扯出一丝冷笑,他知道刘二才为何而来。一切果真按照他的设计一步步进行。老黑到费力克斯家门口闹腾时,他制止了仆人驱赶他们,也没向费力克斯报告,更没到官府告状,他存心要激怒老黑,存心要将事情闹大。老黑果真如他所预料,去修铁路的工地闹事。刘二才无计可施,最终向他求救。

徐中兴让仆人请刘二才进来。刘二才一进门就跪下来,拉着徐中兴的手,哗哗流眼泪,"你现在就是我的亲爷爷了,现在只有你能救我了。"

徐中兴将刘二才拉起来,和颜悦色地看着他,"不要着急,有什么事慢慢讲。我就不信,这天还会塌下来不成。"

刘二才将事情原原本本讲了一遍,徐中兴一边听一边得意。事情闹到这个地步,差不多可以了,到他提条件的时候了。

徐中兴说:"二才兄,你的事情就是我的事情。我有一个法子既可以灭了老黑的威风,又可以保你无事。"

"什么法子?"

"到官府告状。"

"到官府告状?我已经告过了,官府根本不管。"

"这状得看怎么告,得看谁告。我去告,保准能成,只是,需要银两打点。"

"好说,好说。多少数?"

徐中兴伸出五个手指头,恰是刘氏族长打点刘二才的数目。

"再加一百。"刘二才说,"五百两供您去打点,一百两给您压惊。这老黑,灭了才好,不仅为你我出气,也为潍县城除了一害。"

徐中兴心中得意,"二才兄放心,我一定全力做好这件事。你只需静候佳音。"

徐中兴来到潍县县衙,击鼓鸣冤。捕快们也听说了徐中兴与费力克斯的特殊关系,慌忙报告县太爷。县太爷来到大堂,问徐中兴为何击鼓鸣冤。

徐中兴说:"'义和团'在修建铁路的工地上闹事,你为何不管?"

县太爷一听"义和团"三个字登时紧张,这"义和团"专和洋人作对,给他添了不少麻烦,最近终于有些太平,好端端的,又闹什么事?他"腾"

地站起身,问:"哪个'义和团'?"

"老黑!"

县太爷一听"老黑",重新坐到椅子上,摸了两下脸,说:"老黑怎么成了'义和团'了?"

"老黑到刘二才家中闹事,看到刘二才的大胖老婆露着两只大奶,说了声'倒霉'退身而出。这世上哪有男人不喜爱女色?哪有男人不喜欢女人的雪白大奶?"徐中兴特意拣了粗俗的话刺激县太爷与捕快。捕快们咧着嘴大笑,县太爷捂着嘴也偷偷地笑。"这男人贱呢!"徐中兴继续说道,"男人见了女人都是两眼冒绿光,看到女人的大奶恨不得趴上去吃两口。只有一种男人见了女人的奶觉得晦气,他们不光觉得女人的奶晦气,他们觉得女人的经血、女人的裹脚布都是十分晦气的东西,谁见了都要倒霉。那种人不是别人,就是'义和团'。"

"义和团"认为女人的奶、经血、裹脚布是十分晦气的东西,这个县太爷是知道的,他还知道"义和团"将女人的擦奶布子、经血带子、裹脚布子搜集起来,挂到墙上,说是这样可以辟邪,刀枪遇到这些东西,刀枪失去作用,德国人的火枪遇到这些东西,火枪打不出子弹。县太爷想起刘二才击鼓鸣冤时也说老黑见到他大胖老婆的两只奶后,掉头就走。可见徐中兴没有撒谎。可是铁路工地不是徐中兴的,徐中兴凭什么来告状?

徐中兴仿佛看透县太爷的心事,说:"是费力克斯派我来的。他让我转告县太爷,如果县太爷解决不好这件事情,他就请山东巡抚来解决这件事情。"

县太爷也听说了徐中兴与费力克斯的关系,因此对徐中兴的话深信不疑。且不管老黑是不是"义和团"成员,单单干扰德国人修建铁路这件事,就罪不可赦,他当即命令捕快,速去工地,捉拿老黑。

捕快们知这次是真的捉拿老黑,骑着快马来到工地。老黑以为捕快是来帮自己的,挥舞着棍子,大声喊道:"兄弟们来,真是义气。回头请你们吃酒。快把这些不长眼的、不把我老黑放在眼里的家伙抓起来。"

捕头手一挥，捕快们持刀上前，先拿下老黑的几名手下。老黑这才明白形势不对，挥起棍子就打捕快，那捕快身手敏捷，一刀将棍子挡了回去，一把抓住老黑的胳膊，腿伸进老黑两腿之间，用力一绊，老黑一个狗啃泥趴到地上，另一名捕快随即冲过来，将老黑五花大绑。

老黑的手下一见老黑被缚，大叫着拿着武器围攻那两名捕快。这时，只听"咚"的一声巨响，仿佛平地起了一声惊雷，一股白烟在工地上空飘扬。老黑的一名手下躺在地上大喊大叫，一只胳膊没了踪影。

所有人大惊失色，转头向发出巨响的地方看去。三名德国士兵不知何时出现在工地上，他们端着火枪，眼见就要扣响扳机。

老黑的手下何等精明，知道好汉不吃眼前亏的道理，家中有老母、发妻、幼子，没有必要为老黑丢了性命，他们纷纷扔下武器，举手投降。

老黑被捕的消息立马传遍潍县城，人人拍手称快。等到听说是德国人端着火枪与衙门的捕快一起捉拿老黑的时候，潍县城的百姓心里又有点不是滋味。这老黑再混蛋也是中国人，中国人的事得由中国人管，叫德国人帮忙管了，有种被人霸占了家的感觉。

既然德国人知晓了这件事，县太爷立刻高度重视，连夜审案，成心要将老黑定性为"义和团"成员，否则无法对德国人交代。老黑的手下仿佛知晓县太爷的心事，纷纷用各种事例证明老黑就是"义和团"成员。比如，每天早上老黑都要烧一张黄表纸，将灰烬收进碗里，兑上黄酒喝了，说这样可以刀枪不入。比如他的家中设着一个神坛，上面供着奇奇怪怪的神仙。比如每次出门行恶，老黑都在脑门子上画一道符，说这样可以得到神仙的保护，想弄多少钱就能弄多少钱。凡此种种，老黑想不做"义和团"成员都不行了。

等到提审老黑的时候，县太爷什么都不问，惊堂木一拍，一支令箭摔到地上，"后日拖到菜市斩首。"

4

　　老黑心里那个憋屈别提了。好端端地到刘二才家吃酒,好端端地被人占了座位,他讨要座位本是情理之中,不承想被徐中兴搊在地上,掐着脖子,失了颜面。为了找回颜面,他到刘二才家中闹腾,到修铁路的工地闹腾,眼见得就要胜了,眼见得颜面就要找回来了,不承想被官府一把捉拿,还红口白牙地说他是"义和团"成员,要将他斩首。这从天而降的冤屈天大了去了。老天爷呀,祖奶奶呀,这天大的冤屈到哪里去申诉呀。

　　老黑呜呜咽咽地哭起来,一边哭一边喊:"我哪里是'义和团'成员?我什么时候喝过神水、画过神符?你们供认我是'义和团'成员,难道你们就脱了干系?糊涂呀,糊涂。我看到刘二才大胖老婆的奶转头就走,是因为我小时候被奶皮子呛了,差点呛死,是郎中割开喉咙才将我救活过来。自此以后,我看到女人的奶就烦,况且那奶还往外滴答奶水呢。这事,我那死了的娘和死了的老婆都知道。不对,潍县城的娘儿们都知道,我虽然经常在她们身上摸两把、挠两下,可我从来没摸她们的奶,从来没睡她们……冤呢,冤死我了。"他不嚷嚷还好,一嚷嚷,狱头过来,打开牢门,朝他身上来了几铁棍,打得他满地打滚。这狱头家也在潍县城,自个家里、自个家里的亲戚都有女人，说不定老黑就摸过他家或他亲戚家的女人。老黑这一嚷嚷等于不打自招。

老黑要被斩首的消息迅速传遍潍县城。他的那帮手下因为举报有功，免予死刑，不过因为祸乱乡党，特别是聚众闹事，干扰铁路修建均被判了重刑，并且责令处斩老黑的时候，到菜市陪斩。

处斩老黑这天，徐中兴早早起床，趴在书案上写了一幅草书：清风徐来水波不兴。夸奖自己犹如清风，于"水波不兴"处达到了自己的目的。

徐中兴放下笔，穿上一身干净衣服出门，找到刘二才到菜市观看处斩老黑。刘二才不知自己被徐中兴设计，相反，对徐中兴感激得不行。

菜市挤满看热闹的人。这潍县城有几年没处斩犯人了。刽子手一刀下去，犯人身首两处的壮观场面很久没出现在众人眼前了，人们对今天的处斩充满了期待。大人绘声绘色地描述从前处斩犯人的场面，担心今天的场面输了从前。孩子兴奋地在大人两腿之间钻来钻去。有个孩子用红染料将脸抹得通红，血糊淋刺地往人群里钻，没等钻个痛快，就被父母发现，一人抓着一只胳膊拖了出去。孩子一路哀号，好像即将被处斩的不是老黑，而是他。

时辰到。

县太爷与一名德国人坐在行刑台之上。几名捕快手持大刀站在县太爷与德国人身后，一众犯人五花大绑站在行刑台的一侧，灰白着脸，一副要死的样子。

两个额头扎着红布，光着脊梁，拿着大刀的壮汉拖着老黑来到行刑台上。仅仅过了一天两夜，老黑头发花白，一身肉软塌塌地堆在一起，仿佛被人抽去了所有的骨头。老黑被刽子手一边拖着前行，一边从裤腿里哩哩啦啦地掉东西。挨着行刑台近的人慌忙捂住鼻子，"这个老黑，不是挺厉害的人吗，怎么吓得屎尿都出来了？真是没出息，真是丢死人。想当初，这个破玩意儿，我们怕他什么？"

那些受过老黑欺压的人拿着破菜帮子、石块、破鞋等等往老黑身上丢。刘二才也捡了石头扔过去，可惜没有投准。

县太爷站起身，拿出一张大纸，大声念老黑的罪状。主要罪状就是投靠"义和团"，妖术惑众，纠结妖民，干扰朝廷与大德帝国共同修建的铁路工程。此等罪恶天地不容，当斩十回，可是人命只有一条，县太爷再英明，也只能斩首老黑一次。所以立即行刑，不得延误。

听到这话，老黑的头一下子抬起来，张嘴就要喊一个"冤"字，刽子手手起刀落，那头立马从老黑身上下来，老黑的嘴还保持着喊"冤"的形状，可是"冤"字没有喊出来。

兴许，老黑的酒肉吃得太多，腔子里的血并没有喷出多远。围观的人纷纷摇头，评价这场行刑远不如几年前精彩。从前处斩犯人，那血"噌"的一声喷得老远，离行刑台近的人，被溅了一脸一身。被处斩的人头掉了，身子还直挺挺地立着，不失一个硬汉的风骨。唉，这大朝廷一日不如一日，不仅犯人失去了风骨，行刑的气势也减弱了许多。

徐中兴与刘二才却觉得十分痛快。刘二才非要拉徐中兴喝酒。两人挤出人群，被一位黑脸黑须的矮胖男子拦住去路，男子说："两位都是英雄，是否借一步说话？"刘二才没有主意，等待徐中兴答话。抬眼看徐中兴，却见徐中兴两眼一眨不眨地盯着前方。那里，一位金发女子弯腰在一棵杨树下呕吐。杨树金黄色的叶子铺了一地，女子穿着白色束腰长裙，肩上搭着一条水绿色的披肩。金黄、雪白、水绿搭配在一起煞是好看。很多中国人看到了金发女子，他们不敢靠前，站在一旁远远观看。这时，人群里冲出一个身着长衫的瘦弱少年，他跑过去，扶起金发女子，两人走了十几步，女人钻进一顶绿呢小轿，少年跟在轿子后面，一溜烟地走了。

5

　　一大清晨，费力克斯就出了家门，陆飞鸣听着他的脚步消失在院子里，长舒了一口气。

　　这段时间，费力克斯只要回家或是出门必先到他的房间看他一眼。有时候，遇到陆飞鸣习琴，他便坐在一旁静静倾听，仆人端上一杯茶，或是金骏眉，或是乌龙，或是铁观音，然后在香炉内焚烧一块沉香。费力克斯坐在窗户边上，微微闭着眼睛，一边听着琴曲一边轻轻摇晃着身子，偶尔因为饮茶，发出细微的声响。这个时候，他会睁开眼睛看陆飞鸣，唯恐影响了陆飞鸣习琴。

　　每每这个时候，陆飞鸣都浑身不自在，胳膊、腿、身子不由得紧张。本来他在练习琴曲，费力克斯坐在身后，他不由自主地变成了表演，曲子里有了僵硬与造作的成分，他只有将整个身心全部融入琴曲里面，才能完美传递出曲子的气息与神韵。是呀，气息与神韵。他所习的每一首曲子都是先人日思夜想、千锤百炼凝结而成，里面有他们的气血与精神。不知道经过多少个日日夜夜的时光浸淫，不知道经过多少代艺人、多少名艺人的练习、演奏、演化，才成为他手下的曲子。这里面包含着多少历史、故事甚至辛酸血泪。如果不将曲中蕴含的气息与神韵完美表达出来，就是辱没先人，戏弄琴曲，作践自己了。

这日清晨，费力克斯进屋时，陆飞鸣正在习琴，习的是《秋宵步月》。

费力克斯心神不宁。他不像往常那样坐在窗边听琴，而是站在陆飞鸣的身后。陆飞鸣身子僵硬，竭力将身心聚拢在一起，双目微闭，眼守鼻、鼻守心，气息沉于丹田，双手抬起来，十指微动，如一块闪着银光的绸缎从琴弦上面悠然滑过，带着夜色露珠的琴曲缓缓浸满房间。

费力克斯听着，突然说："《秋宵步月》是中国南北朝南齐人柳世隆所作，写月夜漫步中庭的情景。曲子清和雅正，畅然自适，表达了作曲人闲逸洒脱的情致。此曲只应在月夜弹奏，你为何在清晨弹奏？"

琴声戛然而止。陆飞鸣练习此曲已久，却从未想过在什么时候演奏，总是兴之所至，信手弹来。费力克斯对此曲如此了解，难道其中有什么忌讳，而他触犯了这个忌讳。

费力克斯叹了一口气，手放到陆飞鸣的后背上，热乎乎的气息从后背传遍陆飞鸣全身。费力克斯从不掩饰他对陆飞鸣的感情，陆飞鸣也感受到那只手掌传递出的千言万语。

"你从来不想那么多，想得多的只是我自己。"费力克斯托起陆飞鸣的下巴，看着他的眼睛，"你这个忧郁的中国少年啊，像极了画中的那个少年。"

陆飞鸣看着费力克斯。费力克斯的眼睛依然那样清澈，依然盛满了温柔，不，不仅仅是温柔，还有淡淡的忧伤和淡淡的焦虑。这个来自异国的高大健壮、相貌英俊、脸庞如同汉白玉雕刻出来的男子，他为何要这样？

陆飞鸣的身子轻轻发抖，不由自主地闭上眼睛。

"忧郁的少年，我吓着你了吗？"费力克斯不忍心伤害他一般，放下手，站在了窗户前边，"你们中国有位伟大的文学家，欧阳修，你想必听说过，他最著名的就是《醉翁亭记》。'山行六七里，渐闻水声潺潺而泻出于两峰之间者，酿泉也。峰回路转，有亭翼然临于泉上者，醉翁亭也。'欧阳修也是习琴者，自制琴曲《醉翁吟》。他曾经像你这样忧郁。可是，长期习琴竟使他的忧郁烟飞云散了。少年，这琴曲可以治愈疾病的，你知道吗？《紫竹调》可以疗心，《胡笳十八调》可以疗肝，《十面埋伏》可以疗脾，《阳春白雪》可以疗肺。中国人是多么智慧的一个民族呀。我感觉气闷，弹一曲《阳春白雪》给我听吧。"

　　陆飞鸣对《阳春白雪》无比熟悉，这是中国十大古曲之一，也是每名古琴艺人必须熟练掌握的曲子，有时评价一名艺人水平的高低，就是看他对古曲的熟悉与演绎的程度。

　　陆飞鸣闭目、低颔、松腕、舒手，弹奏《阳春白雪》。费力克斯站在身后静静倾听，"这曲子配上一壶云南白茶，最好不过。"

　　陆飞鸣身子一颤，住了手，回身，费力克斯转身走出了屋子。

　　陆飞鸣也走出屋子，院子里消失了费力克斯的身影。早晨的太阳挂在天空，天际一片蔚蓝，飘浮着大片白云。已是初冬季节了，天气有些清冷，再过几日，几场雨下来，天就彻底地冷了。

　　早饭只有陆飞鸣与金发女子一起吃。仆人将碗、碟、盘子一件一件端上来，全是中国家常饭，金黄色的小米稀饭，石榴色的豆腐乳，碧玉般的小黄瓜，又酸又甜又爽口的腌咸菜和白面馒头。都是陆飞鸣吃惯的饭食，只是不知吃惯了西餐的金发女子是否适应这样的饭食。不承想，金发女子端起小米稀饭，慢慢地喝了一口，又拿起叉子去叉豆腐乳，可是她似乎难以适应这样的食品，举着叉子看着，皱着眉头，苦笑两下，将豆腐乳放回小碟。陆飞鸣心下一动，将一个馒头掰成两半，夹了一块豆腐乳放在一半馒头上，筷子一抹，豆腐乳红红白白地抹在了馒头上面。他将馒头放到嘴边，咬了一大口，边吃边说："好吃，好吃。"

　　金发女子见陆飞鸣吃得香，也学他的样子将一个馒头掰成两半，用叉子叉了一块豆腐乳抹到馒头上面。她小心翼翼地将馒头举到嘴边，如同举了一个定时炸弹，轻轻地咬了一口，闭了眼睛，慢慢咀嚼。

　　陆飞鸣紧张地看着，金发女子将馒头咽进了肚里。她睁开眼睛，笑了，冲陆飞鸣跷起大拇指。

陆飞鸣也笑了，不知高兴金发女子认可中国食品，还是高兴金发女子的笑容。他的心如同开了两扇窗户，里面洒满温暖的金色的阳光。他也竖起了大拇指，他的大拇指与金发女子的大拇指碰到了一起。金发女子吃了一惊，但是没有避开。陆飞鸣手上用力，两只大拇指紧紧贴在一起。这时，一缕阳光从窗棂透进来，洒在了他们的手指上。

6

　　金发女子跟陆飞鸣说话，花朵一般的语言在房间里开得到处都是，可是陆飞鸣一句听不懂，他呆呆傻傻地看着，恨不成变成一只蛾子飞进金发女子的心里，这样，他就能知道她心里想的什么，嘴上表达的是什么了。

　　看着陆飞鸣愕然的表情，金发女子咬了咬嘴唇，起身走出屋子，一会儿她拿着一张纸进来。陆飞鸣看到纸上画着四幅小画，一幅是两个人向一扇门走去。一幅是一个人坐在一顶轿子里，一个人走在轿子旁边。一幅是人头攒动的市场。一幅是两个人站在人群外边，两人的旁边停着一只轿子。女子是约他一起外出。陆飞鸣的心一阵狂跳。自打进入费力克斯家，他还没到外边看一眼，因为心中牵挂女子，他都忘记了外边的世界是什么样子了。现在，可以随着女子外出，既看到外边的风景，呼吸到外边的空气，又与心爱的女子待在一起，是何等幸福与兴奋的事情。

　　陆飞鸣立刻将心中所想说了出来，女子与他刚刚的表情一样。因为她同样听不懂陆飞鸣的话，可是她知道陆飞鸣懂得了她的意思。一抹明亮的笑在她唇边绽开。

　　世间的事就是如此奇妙，两个彼此喜欢的人，可以越过语言的障碍，通过眼睛、通过心灵感知对方的想法，直达对方的内心。

金发女子与陆飞鸣一起出门，站在仆人的面前。仆人对两人的共同出现颇为吃惊，惊愕地看着他俩。金发女子站直身上，一脸严肃，表明她不可撼动的女主人地位与不可抗拒的命令。陆飞鸣说："找一顶轿子，带我与夫人，去潍县城最热闹的地方。"

他毕竟还是少年，心里发怯，底气不足，声音微微颤抖。金发女子感觉到了，咳嗽两声，腰板挺得更直了。

仆人收回疑惑的目光，弯下腰，"最热闹的地方？今天最热闹的当数菜市。今天可要发生一件几年没有发生的热闹事。"

仆人找来一顶小轿，金发女子钻进轿内，陆飞鸣跟随一旁，一起出了院子，来到街上。街上果真热闹，贩卖水果的，贩卖布匹的，店铺、酒楼一派繁忙，陆飞鸣一会儿看这儿，一会儿看那儿，还要跟上金发女子乘坐的小轿，直感觉一双眼睛不够使的。

绿呢小轿一路前行，走到一个人群聚集的地方才停下来，仆人告诉陆飞鸣，这儿一会儿就发生几年不遇的大事。陆飞鸣可以与夫人找个高处观看，他与小轿停在路边等候。

几年不遇的大事是什么？金发女子想必知道，否则她不会在图画中画得如此详细。陆飞鸣扶了金发女子出来，两人在人群边缘，看到一块大石头。因为离人群远，石头没被别人占据。陆飞鸣带着金发女子站到石头上，探头向人群围聚的地方看去，那里一个高台，高台上站着一溜犯人，两个光着脊梁的大汉手里押着一个犯人，一名外国人坐在犯人身后的椅子上，一个中国人拿着一张大纸站在台上念着什么。围观的人仿佛被施了法术，都直勾勾地，目不斜视地看着台上。

不，有一个人例外的。那个人身子向外扭着，眼睛看向陆飞鸣，并且向陆飞鸣招手。因为所有人都面向前方，那人就显得突兀与醒目。陆飞鸣看着他只觉得面熟，禁不住仔细看了两眼，他的脑子麻了一下，是清水河村的徐龙吟，母亲的……相好。陆飞鸣只觉得耻辱，这个男人在无数个夜晚潜入他家与母亲欢好，他们弄出的奇怪声音曾经使他久久难以入眠，看着月光从窗户的这端移到窗户的那端，忍不住将双手伸向两腿之间……陆飞鸣扭转了脸。

徐龙吟却更热切地冲他招手，并且走了过来。陆飞鸣看了金发女子一眼，跳下石头，冲徐龙吟走过去。金发女子正被什么东西吸引，没注意到陆飞鸣的离开。

一挨近陆飞鸣，徐龙吟就抓住他的手。徐龙吟说："我找你找得辛苦，你母亲，你不晓得的，想你想得都生病了。"

陆飞鸣眼睛看着地面，过了将近一分钟，才说："烦请转告母亲，我一切安好。"

"这是什么话，为了找到你，为了见上你，我费了多少心血！动了多少心思！我天天跟上帝祷告，求他伸出大能之手，将你送到我的身边。上帝真的厚爱我，真使你出现在我的面前。看来，上帝是真实存在的。"

陆飞鸣听得稀里糊涂，"族长，没有别的事情，我先走了。"

"走？去哪里？这就跟我回清水河村，这就跟我去见你的母亲。"

"不，我现在不能跟你回去。"陆飞鸣甩开徐龙吟的手，"请你转告母亲，叫她保重身体，等事情办好了，我自会回去。"

"事情办好了？在德国人家里？你？有什么事情？"

陆飞鸣不想再说什么，转身要走。徐龙吟伸手扯住他的衣服，陆飞鸣去掰徐龙吟的手，两人撕扯不下的时候，只听人群发出一阵惊呼。陆飞鸣与徐龙吟都被吓了一跳，徐龙吟不由得松手。这时，如同被绳子结结实实捆在一起的人群松散了，有人转过身，有人从人群里挤了出来。陆飞鸣趁乱转身就走，来到石头跟前时，他大吃一惊，石头上没了金发女子的身影。陆飞鸣四下张望，发现金发女子正在一棵杨树下呕吐。

陆飞鸣跑过去，扶住金发女子。金发女子抬眼看他，眼里全是泪水。

7

费力克斯回到家中。非常稀奇地，没到陆飞鸣屋子来。

陆飞鸣内心紧张，却不敢出门，他紧闭着房门，趴在窗棂上听着外面的动静。院子里起初静悄悄的，一会儿响起吵闹的声音。是费力克斯与金发女子在争吵，他们说着陆飞鸣听不懂的德语。待了一会儿，院子里响起了噼里啪啦的声音。陆飞鸣以为费力克斯在殴打金发女子，猛地拉开门，冲了出去。走到费力克斯卧房门口，陆飞鸣看到地面上躺着瓷器的碎片，知道费力克斯摔了屋里的瓷器，并没有殴打金发女子。

陆飞鸣知道自己没有理由，也没有能力管费力克斯的家事。怕费力克斯知道他偷听，陆飞鸣退回了自己的屋子。坐在床上，陆飞鸣的眼前浮现出金发女子泪汪汪的眼睛，祈求神仙保佑她一切安好。也许，陆飞鸣的祈求起了作用，慢慢地，争吵的声音消失了。

晚饭，没有看到金发女子。费力克斯吃着正宗的西餐，摆在陆飞鸣面前的依然是正宗的中餐。陆飞鸣一口一口吃着，体会到"味同嚼蜡"的滋味。费力克斯一直不说话，也不看陆飞鸣。快吃完时，突然开口，"夫人是很单纯的女人，你们不应该不经过我的允许出门。我并不是要约束她的行为。

只是你们中国人对我们不友好，她又是女人。虽然我不爱她，但是她跟我远渡重洋来到这里，我要保证她的安全。"费力克斯依旧不看陆飞鸣，继续说道，"你，能回来，是我没有想到的。谢谢你。"

陆飞鸣知道费力克斯误解了他，以为他的回来，是因为对费力克斯的好感，是因为喜爱费力克斯，不愿意离开费力克斯。

陆飞鸣心头掠过一丝苦笑。为了能和金发女子待在一起，为了能每日见到她，被费力克斯误解又如何呢。他现在倒担心费力克斯不误解他，唯有费力克斯以为他喜欢他，他才能在金发女子身边待的时间久一些。

一直到第二日中午，陆飞鸣才看到金发女子。

陆飞鸣正坐在门廊下看他弹的那把古琴。古琴有年头了，琴面黑得像泼了墨汁。陆飞鸣知道这是一把好琴，经过时光的浸淫，经过无数艺人的抚摸、把持，它不再仅仅是一件乐器，它有了生命，有了灵魂，是一个古琴形状的生灵了。

陆飞鸣的身子微微发抖，目光一点一点从琴身掠过。这把古琴与所有的古琴一样，琴面是梧桐木的，琴底是梓木的。梧桐木属阳，梓木属阴，二者搭配，取自阴阳调和之意。琴面圆形，琴底方形，象征天圆地方，琴宽六寸，象征六合，长三尺六寸，象征三百六十日周天。前宽后窄，象征尊卑……真的，从表面，这把琴与别的琴没有任何不同，可是陆飞鸣却感觉它与别的琴十分不同，不同在什么地方？陆飞鸣将古琴翻过来，看到琴底写着几个字，字体不像草书，也不像篆书，有些笔画连在了一起，陆飞鸣看了半天没看明白。

陆飞鸣闭上眼睛，他在什么地方看到过这样的字？是的，他确信自己看到过的，什么地方？陆飞鸣睁开眼睛，他家的古琴，他家古琴的琴底也写着这样的文字。

这个时候，陆飞鸣听到女人咳嗽的声音，他抬起头，正见金发女子望向他的一双眼睛，那双眼睛水汪汪的，仿佛两湾澄清的湖水。金发女子像中国女人那样拿着一块手帕掩在嘴上。手帕是湖绿色的，被阳光照了，绿得扎眼。陆飞鸣站起来，他看到女人穿着一件金色长裙，裙上绣着红绿相间的花饰，胸前缀着一个个突起，头上戴一顶黄蓝相间的小帽，帽上插着三支碧绿的羽毛。

陆飞鸣恍惚起来，他的眼前幻化出凤凰的影像，脑海中想象的、图画中看到凤凰的影像，就是这样的，湖水一般澄清的眼睛，金黄色的尾巴上有着红绿相间的纹饰。是的，凤凰就是这样的。凤凰对于习琴者的意义非同一般呀。"凤乃百鸟之王，非竹实不食，非梧桐不栖，非醴泉不饮。"陆飞鸣想起表舅跟他说过的话：伏羲有一天看到一只凤凰栖息在一棵梧桐树上，伏羲断定此木必为良木，于是找人将梧桐树伐倒，截成三段，敲上面一段感觉声音太清，敲下一段感觉声音太浊，敲中间一段发现声音清浊相济，轻重相兼。他将中间这段桐木放入长流水中，浸了七十二天，取出来阴干，挑选一个良辰吉日，请高手匠人制作出一把乐器，从此世上有了第一把古琴，世人知道了音乐。

怪不得他如此喜欢她呢。她的眼睛、眉毛、呼吸，她的一切，他都如此喜欢，沉浸其中，难以自拔。怪不得他如此喜欢她，原来她是栖息在古琴深处的一只凤凰，从他习琴的第一天起，她就住进他的心底里。

陆飞鸣向女子走去。其实他不知道他在向女子走去，一切都在恍惚中进行的，他抓住女人的手，将它举到唇边，轻轻吻了下去。

女子"啊"了一声，甩开手，跳到一步开外。

陆飞鸣这才清醒过来，他看到女子涨红的一张脸，看到自己举在空中的一双手。他醒悟到自己的唐突，立刻羞愧得不行。

扭头跑掉的本应该是金发女子的，可是扭头跑掉的却是陆飞鸣。

8

陆飞鸣躺在床上,内心惶恐不安。金发女子涨红的脸庞,惊慌失措的眼神不停地在他眼前显现。陆飞鸣揪头发,咬手指头,最后将头埋在枕头里面。他不停地骂自己:怎么能够如此鲁莽?怎么能够如此糊涂?怎么能够吓坏了这样一位女子……如果能够使时光倒流,如果能够挽救,他愿意付出所有的一切。可是,陆飞鸣的眼前又浮现出女子雪白、柔软的双手。他的唇边依然留着吻在女子手背上的感觉,软软的、细细的、香香的,如同吻在丝绸上,如同吻在玫瑰花瓣上。陆飞鸣的心温暖起来,柔软起来,过了一会儿又无限地空落起来,他觉得自己手心里缺少点什么,怀抱里缺少点什么,心脏也缺少点什么。陆飞鸣从床上下来,屋子里走来走去,被子、枕头、古琴、桌椅板凳,所有的所有都不能填补他内心与身体的巨大空缺。

房门被人"砰砰"敲响了。不知为何,陆飞鸣感觉屋外站着的是金发女子。他的心抖起来,手抖起来,身子抖起来。他颤抖着身子打开了房门。果然,如同他感觉的那样,金发女子站在门口。她的脸依旧涨红,眼中是愠怒的神情。

但是,陆飞鸣的心还是被融化了,巨大的幸福感包围了他。她来看他,她来看他，是的，这个如同凤凰幻化出来的女子来看他了。陆飞鸣呼吸急促，一步一步向后退去。他不敢做任何事情，甚至害怕自己急促的呼吸会惊动她，会激怒她，会使她掉头甩门而去。陆飞鸣一步步向后退去，一步一步向后退，退到床边，实在无路可退时，坐到了床上。

金发女子来到陆飞鸣的面前，她说着那种陆飞鸣听不懂的语言。这真是世界上最好听的语言，胜过他弹奏的任何曲子。陆飞鸣一眨不眨地看着金发女子，他发现那种巨大的空缺感消失了，他的内心无比的充盈，他的身体无比的饱满，饱满得要有无限的汁水淌出来了。陆飞鸣的脸上开出花朵一般的笑容。

金发女子一下住了口，她显然被陆飞鸣的笑弄糊涂了，她愣愣地看着陆飞鸣。不经意间，她的目光与陆飞鸣的目光碰到了一起，如同两股泉水合流，她的目光立刻融进了陆飞鸣的目光里。他们的目光在一起交织、纠缠、融合，汇集成一股泉水"哗"的一声涌了出来。金发女子的眼神柔了，呼吸急促起来。他们是彼此喜欢的，对方的心事在自己心里如同明镜一般透明。她怎经受得住如此的撕扯、揉搓呢。金发女子掉头就走。陆飞鸣都不知道自己会站起来。他一下子站了起来，扯住了女子。陆飞鸣为自己的行为惊讶，当他意识这种行为的唐突与不妥时，女子已经躺在他的怀里。

这一次陆飞鸣的嘴唇吻在金发女子的嘴唇上。金发女子挣扎着，双手抵住陆飞鸣的前胸。陆飞鸣不管不顾地吻下去，满含着渴望，满含着深情，深深地吻着金发女子。金发女子停止了挣扎，闭上了眼睛，伸出手搂住了陆飞鸣。慢慢地，她开始回吻陆飞鸣，用力地回吻，仿佛要通过嘴，将陆飞鸣吸进她的心里去……

陆飞鸣有过欢爱经历，与无衣的交欢使他熟识女人的身体。金发女子身上的香气，脖子上微微的汗水给了他往下走的勇气。他的手伸进金发女子的裙摆，他的手拼命向上，经历了千辛万苦到达他想要到达的地方。

金发女子一下子睁开眼睛，如同受了惊吓的小鸟，眼睛瞪得圆圆的，她的脸更红了，身子一转从陆飞鸣的怀里滚出来。金发女子滚到了床下，像花儿一样歪在地上。陆飞鸣蹲下身扶她，女子一把拂开他的手，站起身，开门，风一样地消失了。

一连几天，陆飞鸣都没见到金发女子。陆飞鸣知道她就在家里，可是她刻意不见他。吃饭的时候；在院子里看花、看树、看鱼的时候；仰望天空，看着月影走动的时候，陆飞鸣都知道金发女子就在身边，就在离他不远的地方。他能够感受到她的呼吸、她的温度、她的气息，可是就是见不到她。

陆飞鸣痛苦万分。难道要就此失去她？难道她要永远离开他？

费力克斯一连数日没有回家，他大多数时间待在修建铁路的工地上。随着铁路的铺设，随着张路院火车站的建设，一些建筑如同雨后春笋开始了施工，办公楼、医院、学校、德国侨民居住区……那里已经成为一个巨大的工地。因为火车站的出现，因为雨后春笋般的建筑的出现，那片本来没有任何名字的田野有了一个崭新的名字——"坊子"。

这日傍晚，费力克斯回到了家中。他到陆飞鸣的房间看望陆飞鸣。陆飞鸣正在调琴，一抬头看到费力克斯。

费力克斯黑了，瘦了。

费力克斯走过来，握住陆飞鸣的手。热乎乎的气息传到陆飞鸣的手上。陆飞鸣突然感觉委屈，万分的怨、万分的闷、万分的痛苦似乎找到了宣泄的出口，他不由自主地靠在费力克斯的身上。在费力克斯身上，陆飞鸣闻到了想念日久的味道，那味道虽然细若游丝，但是他敏锐地捕捉到了它。

陆飞鸣深深地吸了一口气，伸手，抱住费力克斯。

是金发女子的味道。那个揪了他的心，揪了他的肝，揪了他的肺的女子的味道。

眼泪从陆飞鸣的眼里流了出来。

费力克斯吃了一惊，伸出手，一手搂住陆飞鸣，一手轻轻拍他的背。

费力克斯长长地叹气，轻轻说道："你这个少年呀。忧郁的、弹琴的少年。你到底要如何？"

9

徐龙吟告诉保罗神父,他要见陆飞鸣。陆飞鸣被软禁在费力克斯家中,唯有保罗神父引荐,他才可以见到陆飞鸣。

保罗神父说他会帮助徐龙吟见到陆飞鸣,但是希望徐龙吟不要为此而信奉上帝。

保罗神父将徐龙吟说得一愣一愣的,为了能够见到陆飞鸣,他装出信服与听懂的样子。然而保罗神父一直没安排徐龙吟与陆飞鸣见面,倒是告诉徐龙吟,可以将自己的心愿告诉上帝,请求上帝的安排。

徐龙吟按照保罗神父教的办法向上帝祷告,请求上帝安排他见到陆飞鸣。果然,在处斩老黑的刑场,徐龙吟见到了陆飞鸣。陆飞鸣还是那样瘦弱、苍白,满腹心事的样子。许是太瘦了,竟然看不出跟在村子里有什么区别。"想必没有受苦。"徐龙吟这样安慰自己,热切地捉住陆飞鸣的手,要将陆飞鸣拉出人群,带回村子。令徐龙吟没想到的是——陆飞鸣拒绝回家,拒绝离开那个德国人的家。

这是为什么?看着陆飞鸣跟在绿呢小轿后面一路跑远,徐龙吟百思不得其解。那德国人使了什么方法,使陆飞鸣"乐不思蜀"?"乐不思蜀",

嗯，就是这个词，管它准确不准确。

徐龙吟不知道怎么向陆飞鸣的母亲交代。他离开清水河村有一段日子了，应该回去看看陆飞鸣的母亲，跟她说说陆飞鸣在潍县城的情况。

这段时间，徐龙吟一直住在保罗神父家里，保罗神父似乎很喜欢他。给他讲《圣经》、讲上帝、讲天主教。《圣经》里的很多故事，让徐龙吟听得入迷。比如上帝用泥巴制造人类，徐龙吟说："我们中国的传说也是神仙用泥巴造人。我们的神仙不是造一个人，而是造了一大堆人。她把人造好后放在太阳底下晒着，不承想下起了大雨，神仙慌忙用手捧泥巴人，有的人从神仙的手里掉下来，摔断了胳膊，摔断了腿，跌瞎了眼睛，所以这世上就有很多独臂、瘸子、瞎子。"保罗神父哈哈大笑，"原来神仙也有相似的地方……"

有时候徐龙吟也跟保罗神父讲中国的儒学，讲《论语》、孔子和他的学生。保罗神父听得认真，说："我非常喜欢儒学，它跟寺院、道观中的偶像崇拜截然不同。可是儒学不能拯救中国人，唯有投靠主耶稣的名下，中国人才能得救。我愿为中国人而成为一名中国人。"

徐龙吟对保罗神父的话不以为然。因为他没有觉得中国人有什么不好，中国人更谈不上"有罪"，根本不需要上帝拯救。中国人有传统的艺术，书法、绘画、丝绸、陶瓷、古琴、古筝，这是德国人所没有的。就连煤炭，这种稀松平常的东西，德国人都没有，他们还要不远万里跑到中国开采，为了运输煤炭不辞劳苦地修建铁路。

这样想着，徐龙吟就有些得意，在保罗神父面前挥了几下拳头。保罗神父吃惊地瞪大眼睛，"你会武功？我知道山东的螳螂拳很厉害，水浒梁山还有一百单八将，个个身怀绝世武功。"

是呀，是呀，徐龙吟感谢保罗神父的提醒。纵然中国的军火落后于德国，可是中国的武术很厉害，飞檐走壁、铁布衫、金钟罩、形意拳、螳螂拳等等功夫拿出来，肯定把德国人吓得摔个跟头。当然，不是每个中国人都会功夫。可是，德国人也不是每个人都会开枪，每个人都有军火。

保罗神父经常出门传教。有一次，请徐龙吟跟他一起出去。保罗神父说："有能力的传教士都会雇一名中国人做传教先生。带着传教先生传教，会获得老百姓的信任。"他打量着徐龙吟，"这传教先生不是随便什么人都能胜任的，他必须受过良好教育，有阅读和写作能力，并且愿意服侍上帝，能够被上帝拣选。你可以成为优秀的传教先生。"

徐龙吟连连摆手，"我不行，我不行，我哪行。"

保罗神父精通医术，传教遇到患病的老人、孩子时，会顺道给他们治病。那日，他们遇到一名手背上长了一个硬疙瘩的女孩子。女孩子说自己喜欢玩倒立，有事没事就手一撑，将身子靠在墙上倒立一会儿。有一天，她的手往地上一撑，只听"嘎嘣"一声，手背起了一个硬疙瘩。说完，女孩子双脚并拢，"唰"的一声来了个倒立，身子像只壁虎牢牢贴在墙壁上，上衣堆到脖子，露出光溜溜的没有发育的身子。保罗神父慌忙叫女子下来，端了她的手细瞧，伸出两只大拇指在硬疙瘩上转呀转呀，用力一压，"嘎嘣"一声，硬疙瘩没有了。保罗神父说："不是大事，是筋纠结到了一起，揉开就好了。"嘱咐女孩无事少倒立，多揉手背，不长时间，手背就会完好如初。女孩父母连声道谢，说是找了几名医生，吃了好几服中药，都没有治好。他们还寻思是黄鼠狼作怪，传说中黄鼠狼作怪就是在人身上长硬疙瘩，那硬疙瘩会四处游走，今天在手背上，明天在大腿根上，后天就跑到了脖子上。他们找了神婆作法，刻了桃木枝子挂在女孩身上，可是没有丝毫效果。

保罗神父笑了，"世上哪来的黄鼠狼作怪，也没有你们说的那些神仙、鬼怪……"

女孩父母没有理解保罗神父的话，但是记住了"我就是侍奉上帝的人"。这个侍奉上帝的人虽然金发碧眼，长得与他们不同，可是慈眉善目，一看就是好人。他们从屋内拿出两锭银子塞进保罗神父手里，保罗神父力辞，说是奉上帝之命治病救人，况且没费一针一药，怎么能收钱财。推辞半天没有推辞掉，保罗神父只好收下银子，却顺手从口袋摸出一件东西送给了女孩的父母。

徐龙吟一看，心疼得缩成一团，那东西是他送给保罗神父的玉扳指，那可是祖上传下来的宝贝。

女孩的父母显然不知玉扳指的珍贵，收了下来。他们一再跟保罗神父说："侍奉上帝的人这样好，说明上帝就是这样好。好人谁不信呢，有时间，我们也信上帝。"

保罗神父笑而不语。出门后，跟徐龙吟说："中国人都是实用主义。可是，如果没有这个实用主义，他们也认识不了上帝。"

徐龙吟没有应声，他的心思完全在那只玉扳指上，寻思如何将玉扳指要回来。想到保罗神父教给他的办法——向上帝祷告，徐龙吟跪在地上先默背主祷文……

意想不到的是，两日后，女孩的父亲果真拿着玉扳指来了。他将玉扳指塞进保罗神父的手里，说："家里有个亲戚认识古物，说这是一件无价的宝贝。既然是无价的宝贝，我怎能留下。神父医好我家姑娘的病，又送了宝物给我们，这可怎么了得。"

保罗神父没有推辞，将玉扳指握在手里。他仿佛知晓徐龙吟的心思，女孩的父亲走后，他将玉扳指还给了徐龙吟。

10

"季布无二诺,侯嬴重一言",坐在书桌前,徐龙吟写下这句诗。既然上帝帮他讨回了玉扳指,他就应该信奉上帝。可是,徐龙吟总觉得心有不甘。为什么心有不甘?是为了这样轻易地付出灵魂,这样轻易地信奉、依附、尊崇一个神吗?徐龙吟说不上来,可是,许了诺言却不兑现,又不符合他做人的标准。

何去何从?

徐龙吟放下毛笔,又一次跪下祷告,"尊崇的主,万能的神,求你伸出大能之手,帮助我再次见到陆飞鸣,向他讲明回清河村的道理。如果上帝再次满足我的心愿,我一定全心全意侍奉上帝、信奉上帝。"

刚刚祷告完毕,就听有人敲门,打开,是保罗神父。保罗神父要徐龙吟陪他去坊子。坊子正在大搞建设,马上成为一个新兴的城镇,他准备在坊子建一处教堂。在一个人群密集的所在,没有教堂可怎么了得。保罗神父说:"教堂就是神的家,在神的家里,我们才能用心侍奉他,在神的家里,我们才能够与他在一起。"

徐龙吟跟着保罗神父出门,租了一辆马车向城外驶去。田野空旷,四野苍茫，几只白色的鸟从头顶飞过，徐龙吟的心头陡增几分苍凉和寂寞。坊子马上要成为一个新兴的城镇，车水马龙、商贾往来，徐龙吟应该无比高兴才对，可是他无论如何也高兴不起来。

保罗神父告诉徐龙吟，在欧洲国家，天主教堂遍布每个乡村，它既是人们敬奉上帝的神圣所在，又是举行集会的主要场所。信天主教的人一切归于主，出生、受洗、结婚、死亡等等仪式都在教堂进行。所以，没有教堂是万万不行的。

"这不是中国的家庙吗？"徐龙吟张口说道，"在我们中国，每个村庄都有家庙。遇到大事都要到家庙进行讨论、定夺。若犯了事，也在家庙接受族人的审判。逢年过节、娶亲、丧葬，都到家庙举行仪式，祭奠先人，祈求先人赐福、保佑平安。"

保罗神父显然没想到徐龙吟会将天主教堂与中国的家庙联系到一起，这种联系是对上帝的认同、尊敬还是亵渎？保罗神父有些弄不清楚，他怔怔地看着徐龙吟，脸色微微发白，而后，目光移开。两人没再说话，沉默地赶路，一道若隐若现的鸿沟横亘在他们之间，使得他们疏离起来。

快到坊子时，保罗神父突然说："只能够上帝拣选人，人不能够试探上帝。"

徐龙吟心里一惊，不知保罗神父说这话的意思，他突然想到自己连续两次要求上帝满足心愿，并且说：只有满足了心愿，他才去信奉上帝。难道这就是试探上帝？不过，徐龙吟转念一想：神不就是愿意帮助人吗？如果对神没有所求，如果所求没有响应，谁还相信神呢。

坊子与往日大不相同。过去这里是一片空旷的田野，现在，是一个巨大的工地。站在正在修建的火车站前，徐龙吟突然想到要把戏的人。那人通常留着一缕黑胡子，精瘦着身子站在高台上，布子一抖，变出一只鸽子，布子一抖，变出一只鸭子，布子再一抖，变出一包银子。德国就好比耍把戏的人，青天白日，布子一抖，变出一个煤矿，布子一抖，变出一条铁路，再一抖，变出一个繁华的城镇。看着工地上往来劳作的中国劳工，看着拿着仪器、图纸的德国建筑工程师，看着监督工程的德国官员，徐龙吟有种悲喜交加、爱恨交融的感觉。

保罗神父说："火车站完全按德国建筑风格建设，尖顶、窄窗、厚墙。从青岛到济南的所有火车站都按照德国建筑风格建设。我们要把这里建成德国的后花园，在这个远离祖国、远离故乡的遥远所在，我们要找到自己的祖国、自己的故乡、自己家的味道。"

自己家的味道？他们找到自己家的味道了，我们家的味道哪去了？徐龙吟抬起头看天，青白的天上，飘着淡淡的云彩，数个小黑点上下左右移动，是快速飞行、相互追逐的鸟雀。徐龙吟感觉眼睛发热，似乎有东西要流出来。他的眼前浮现出那个绑在十字架上的瘦弱男人，浮现出他脸上愁苦的表情。徐龙吟差不多要跪下来了，他的心里不停地喊着："你在那里，你在那里，你在天上看着我，看着我。可是，你是看顾我，还是看顾这些大兴土木的德国工程师、德国官员，还是看顾保罗神父？"

保罗神父伸手向远处挥舞，嘴里说着徐龙吟听不懂的话。那鸟鸣一样的发音只能是德语。徐龙吟冲保罗神父挥手的方向看去，一个德国人大步冲他们走过来。

两人显然是老相识。这个再正常不过。在潍县城居住、生活的德国人数都数得过来，他们肯定彼此熟悉。保罗神父与那人热烈拥抱，互相拍着后背，又用德语说话。说了一会儿，保罗神父回头对徐龙吟说："费力克斯请我们喝咖啡。"

费力克斯？徐龙吟疑惑间，就见费力克斯伸出手来，用生硬的中国话说道："你好，可爱的中国人。神父告诉我，你是一个有文化的中国人。中国的文化博大精深，我非常喜欢中国文化，非常喜欢中国人。"

徐龙吟惊讶费力克斯的用字准确。他握住费力克斯的手，那手温吞吞的，掌心有一点点汗水。

跟在保罗神父身后，徐龙吟来到费力克斯的办公室。这是与中国建筑完全不同风格的房子，厚厚的大理石墙壁，木条铺成的地板。正冲房门的

墙壁挖了个洞,洞边镶着好看的纹饰。徐龙吟忍不住摸那些纹饰。保罗神父笑道:"那是壁炉,用来烧木块取暖。冬天的夜晚,坐在壁炉前方,读书、喝咖啡、聊天,是世界上最幸福的事情。"

第五章 神思幽远的美妙琴曲

1

壁炉的右边放着一张小桌,桌上搁着几本书。徐龙吟信手翻看,是外国文字写成的书,徐龙吟一个字也看不懂。他将书拿起来,按照大小整理整齐,放到桌子右角。不经意间,徐龙吟从那些外国字中看到熟悉的中国字。仿佛老友重逢,在两个德国人面前,在一堆古里古怪的外国字里面,陡然发现熟悉的中国字,徐龙吟万分惊喜,慌忙将书捧在手里。打开,里面的内容,徐龙吟同样不懂。看了半天,他明白过来,这是一本琴谱。

琴谱?徐龙吟的心狂跳起来。"陆飞鸣,琴谱,德国人费力克斯",徐龙吟在心里画开十字,嘴里轻声念叨:"感谢上帝,感谢主,感谢你再一次向我显示神迹。"

徐龙吟手放到唇边,咳嗽两声,看似漫不经心地吟道:"独坐幽篁里,弹琴复长啸。深林人不知,明月来相照。"

保罗神父与费力克斯一齐看着徐龙吟。时间仿佛过去了一秒钟,又仿佛过去了一分钟,十分钟,费力克斯站起来,说:"在这土地深翻,石木横陈,仿佛被炸弹炸过的地方,噢,这里是在建设,这个比喻显然不合适。我的意思是,在这个远离艺术的地方,听到有人说琴,说诗,是一件非常奇怪的事情。"

"门内有君子，门外君子至。"徐龙吟道，"中国春秋战国时期，有一位名士，叫俞伯牙，操得一手好琴。有日俞伯牙来到一座山崖下面，抬头看，山势巍峨，林木苍翠，一排排飞鸟在树梢间盘旋，一条碧绿的长河逶迤远方，俞伯牙突然来了兴致，焚香抚琴，不承想山上一个樵夫，合着琴声唱起歌曲。起初，俞伯牙不相信樵夫懂琴，叫仆人赶他走。樵夫不走，反而大声说道：'大人若欺负山野之中没有听琴的人，这夜静更深，荒崖下也不该有抚琴的人。'俞伯牙听樵夫说得有道理，便邀樵夫谈琴，一谈谈出'俞伯牙摔琴谢知音'的佳话。费力克斯大人这里有琴谱，我顺嘴念两句与琴有关的诗句，就不是奇怪，而是顺其自然。"

费力克斯走过来，端详着徐龙吟，而后，用德语跟保罗神父说着什么。回过头来时，费力克斯脸上有了温柔的神色。他抓住徐龙吟的手，举到眼前细看，"你与我一样，是个喜欢古琴，却又不会弹琴的人。"

"大人，我不会弹琴，可是我认识一个少年，他弹奏的琴音仿佛天上的仙乐……"

"是吗？还有更厉害的少年吗？他在哪里？他叫什么名字？"

"他叫陆飞鸣。是我家世交的孩子，只是，我不知道他现在在哪里。他的母亲患了病，我正四处找他……"

"陆飞鸣？陆飞鸣。我知道他在什么地方。"费力克斯的脸上笼上一层愁云，"他总是那样忧郁，你能告诉我，他为什么那样忧郁吗？"

徐龙吟自然无法告诉费力克斯。他甚至不知道陆飞鸣是个忧郁的少年，他知道陆飞鸣瘦弱、苍白，沉默少语。沉默少语就代表忧郁吗？他从来没关心过这个少年，不是因为陆飞鸣的母亲，他都感受不到这个少年的存在。

陆飞鸣的母亲……一股热流从徐龙吟的喉头向下，经过胸腔直达小腹……徐龙吟的身子热了起来。他不记得自己多久没见陆飞鸣的母亲了。这个叫他牵肠挂肚的女人。等他将陆飞鸣带到她的面前，她就会原谅他的。

"感谢上帝。感谢主。"徐龙吟心里默念着，在胸前画了一个十字。

保罗神父惊喜地看着他，也在胸前画了一个十字，说："阿门。"

三人一同起身，返回潍县城。到达城里，已是夜幕降临，群星闪烁，街角、房屋燃起点点灯火，远远看去，一片迷离的黄色，近了，又是一点如豆的金黄。穿着粉红或翠绿衣服的女子站在街角，手中捏着一块丝绸手帕，满脸堆笑，如同画中一般美丽。

到费力克斯家中，刚刚转过照壁，就听到隐隐的琴声。向前十几步，走过一个花池，绕过一棵蝴蝶兰，琴声猛地清晰起来。是使人心绪宁静、神思幽远的美妙琴曲。听着这样的琴曲，徐龙吟的心像被人拨弄了两下，又似石缝间迸出一股清泉，潮潮的、胀胀的、软软的。

陆飞鸣正坐在屋内抚琴。身旁的桌子上燃着一只红烛，层层叠叠的烛泪堆得老高，都快将烛芯遮盖起来了。陆飞鸣背对烛光，闭着眼睛，整个身心沉浸在琴曲里面。徐龙吟看陆飞鸣比往日瘦得厉害，一张脸也更加苍白。这个少年似乎在经受什么磨难，脸上写满忧虑、焦灼、愁怨和不甘。

费力克斯、保罗神父、徐龙吟站在陆飞鸣的面前静静倾听。陆飞鸣弹得用心，对身旁的事情浑然不觉。他随着旋律晃动着身体，手指在琴弦上流水一般地行走。突然"噌"的一声，费力克斯、保罗神父、徐龙吟的身子一抖，一根琴弦断了。陆飞鸣一下子睁开眼睛，看着费力克斯、保罗神父还有徐龙吟，似乎刚刚发现他们的到来。陆飞鸣长叹一口气，捡起断了的琴弦，轻声说道："琴弦断了。听琴的不是不该来的，就是非来不可的人。"

令徐龙吟没想到的是，陆飞鸣站起身来，他仿佛用尽千般力气，跌跌撞撞走到他的身边。这个少年的眼中满含泪水，他用那双泪眼定定地看着徐龙吟，而后扑进徐龙吟的怀里，紧紧搂着徐龙吟，"我要回家。我想见母亲。"

2

　　费力克斯拒绝让陆飞鸣回家。他许诺将陆飞鸣的母亲接到潍县城，这样，不仅可以医治她的病，还可以让他们母子相见。陆飞鸣知道母亲没有患病，可是又找不到更加合适的回家的理由。陆飞鸣用祈求的目光看着徐龙吟，盼望徐龙吟再次编造一个理由，说服费力克斯。可是徐龙吟一味沉默，一句话不肯多说，最后跟在保罗神父与费力克斯的身后走出了屋子。

　　陆飞鸣站在门口，看着他们的身影消失在黑暗之中，很快，客厅里响起高高低低的说话声。那声音离他很近，可是又遥远得无法触及，这种近和远衬托出陆飞鸣的无限孤独、寂寞和伤感。

　　陆飞鸣扑倒在床上，眼泪止不住地流下来。他全身的每一个毛孔都在想念金发女子，想念她的头发、眼睛、嘴唇、他的手触摸在她身体上的感觉。就是因为这个，她拂袖而去，并且一直不理他。可是，他仍旧忍不住想念她的身体带给他的激动与战栗……陆飞鸣将头埋进枕头里。他是如此喜欢她，这个金头发、白皮肤的异国女子，可是他却失去了她。因为他的莽撞失去了她。既然不能见到她，不能跟她在一起，叫他走好了，可是他又走不了。走不了……陆飞鸣坐起身子，"走不了，这不是要置我于死地吗？好的，那就死了吧。"

陆飞鸣走到桌子旁边,桌子上的红烛燃得正旺,层层叠叠的烛泪,仿佛他含血的眼泪。就连蜡烛都懂得他的心思啊,蜡烛都在为他心痛流泪。陆飞鸣的心缩成一团,端起烛台,将蜡烛拔下来。用来插蜡烛的铁扦露了出来。为了方便插蜡烛,仆人经常将铁扦放在磨石上打磨,铁扦头尖锐得如同剪刀尖。陆飞鸣伸出右手,摸了摸左手腕,用右手握紧铁扦,左手腕平放在桌子上,烛光的照映下,陆飞鸣瞅准刚才摸的位置,用力扎了下去。铁扦子拔出来时,血立刻涌了出来。尖锐的疼痛、鲜红色的血减轻了陆飞鸣心头的痛苦,带给他无比轻松,甚至有些愉悦、狂喜的感觉。原来死是这样一件令人舒服的事情呀。带着这点愉悦和狂喜,陆飞鸣再次将铁扦扎向手腕。

陆飞鸣躺在地上。血从手腕处源源不断地流出来。随着血的流逝,生命的气息一点一点减弱。陆飞鸣感到整个身子如同躺在棉花垛上,整个心舒坦得不行。意识完全模糊之前,陆飞鸣再一次想到金发女子,嘴里轻声念道:"亲爱的人,我死了,你就永远不会离开我了。"

可是,有人在轻轻摇晃他的身体,有人在轻轻叫着他的名字,有人在用温吞吞的手抚摸他的脸颊。是谁呀?是金发女子吗?你终究肯理我了吗?好了好了,只要你不离开我,我就好好活在你的身边。陆飞鸣睁开眼睛,眼前一个朦朦胧胧的脸庞,他拼尽全身力气定睛看去,看清楚面前的脸庞时,陆飞鸣闭上了眼睛。是费力克斯。

费力克斯握着陆飞鸣的手,这个男人用了无比轻柔的声音说:"你真想回家的话,我会叫你回去。为什么要拿这种方式胁迫我?"

第二天,徐龙吟来到费力克斯家中,指挥几名男子用担架将陆飞鸣抬到马车上。陆飞鸣躺在马车上,身下铺着厚厚的褥子,身上盖着厚厚的被子,手腕的伤口被包裹得严严实实的。他的眼睛望向天空,青白的天上飘着几丝棉絮一般的云彩。几只黑色的鸟飞来飞去。陆飞鸣长长地叹气,长长地叹气,向金发女子,向他年轻炽热的感情,向他刚刚开始便结束的纯美爱情告别。

陆飞鸣相信金发女子知道他自杀的事情,他盼望她送一送他,可是一直到马车启动，陆飞鸣没看到金发女子的身影。

母亲看到陆飞鸣的样子大吃一惊。她坐在床边，将陆飞鸣仔仔细细检查了一遍，确认陆飞鸣除了手腕之外，再没有别的地方受伤。徐龙吟请来郎中，为陆飞鸣把脉，检查伤口，开了中药方子，嘱咐到药铺抓药，按时吃下。郎中又将陆飞鸣的母亲叫到屋外，告诉她，陆飞鸣表面是伤在手腕，实际伤在心里，手腕的伤好医治，心里的伤不好医治，还是多多宽慰他才好。

陆飞鸣的母亲点头，说："我知道，他一回来，我就看出来，他跟以前不一样了。"

是跟以前不一样了。不仅所有人都看了出来，陆飞鸣自己也感觉了出来。在别人的眼里，陆飞鸣的不一样是更加沉默寡言，他像个木头人一样在床上躺着，在窗前坐着，在院子里站着。眼见从初冬到深冬，眼见雪花纷纷扬扬地飘下来，陆飞鸣始终像影子一样地生活着，不说话，不读书，不习琴。跟他待在一个屋子，别人经常会忘记他的存在。

在陆飞鸣自己眼里，他的不一样是慢慢地将金发女子忘记了。起初，他每时每刻都在想念她，有一段日子，他每个晚上都梦到她，为了这个，他盼望自己每一秒都沉浸在睡梦之中，可是，每天他都有一半的时间是醒着的，这令他万分痛苦。慢慢地，他不再梦见金发女子，慢慢地，他不再每时每刻都想念她，慢慢地，他的心不痛了，隔一段时间才会想起她。突然有一天，陆飞鸣站在窗前看雪花的时候，突然发现金发女子在他的心里、脑子里、眼睛里模糊起来，他想不起她的模样，想不起她的笑容，想不起他拥抱她、抚摸她的感觉。他这才发现，自己很少跟金发女子说话，不，他们从来没有说过话。是的，语言不通的两个人无法进行话语上的交流。他们只是目光交织，像流到一起的两股泉水，不可抗拒地融汇成一股泉水。难道就因为短短的目光交织就喜欢上她吗？这怎么可能？陆飞鸣疑惑起来。因为这种疑惑，他开始怀疑金发女子对他的感情了。他开始确信金发女子从未喜欢过他。是的，从未喜欢过他，才会远离他，才会在他都要丢掉性命的时候，对他不管不问。

既然金发女子未曾喜欢他,那么他喜欢金发女子吗?只有相互的、彼此的喜欢才叫喜欢,甚至才叫爱的。那么,他的感情算什么?什么都不算,只是自己的臆想吧?

陆飞鸣走出屋子。大片大片的雪花从天上飘下来,落到房顶上,落到树枝上,落到地面上,落到陆飞鸣的头上、肩膀上。陆飞鸣伸出手,雪落到他的掌心里,一片,两片,三片,慢慢地化成一滴清亮亮的雪水。

院门被人推开了,一个男人走进来,看着陆飞鸣,说:"长这么高了,应该找媳妇了。"

3

男人是徐中兴，是费力克斯叫他来的。

陆飞鸣离开费力克斯家后，费力克斯又开始到徐中兴的房间走动。徐中兴在书案前写字，一支笔蘸饱了墨，悬腕，凝神，落到宣纸上，乌黑、饱满的一笔……费力克斯坐在书案旁看着，说了声"真好"。

徐中兴放下笔，站到费力克斯身边，他说："叫我走好不好？"

"为什么走？"

"我知道的，你，叫我留在家里，只是因为我长得与陆飞鸣相像，你将我当成陆飞鸣的替身。为什么？为什么我不能做我自己？"

费力克斯用手捂住脸，他似乎沉浸在痛苦之中，他说："不要走，留在这里。在我想他的时候，我可以到你这儿寻找他的影子。我可以给你想要的东西，钱，美好的东西……"

徐中兴伸出手来。他抚摸着费力克斯的手，雪白的，长着金色汗毛的温吞吞的手。他抚摸着费力克斯的胳膊，健壮的，肌肉绷起来的男人的胳膊。他抚摸着费力克斯的胸脯，胸脯上长着浓密的汗毛，中国相书上讲：毛发旺盛的男子肾气足，性欲强，性能力强。这种说法适用异族男人吗？

费力克斯的手放下来，他看着徐中兴，微微地喘气，他说："你要做什么？你知道的，我不喜欢你，我……"

"我只想和你在一起，"徐中兴跪下来，靠到费力克斯的胸脯上，他想起自己赤身裸体面对费力克斯的那一幕，唯有叫费力克斯听从于自己，屈从于自己，将身体心甘情愿地交到自己的手中，他才能找回做人的尊严，"我不要别的，我只要心理上的满足。"

费力克斯站起身。他似乎做了很大的斗争才说服自己站起身来，他一步退到房门口，说："以后不要这样。我权当什么没有发生。你在我家里，好好写字。"说完，闭上房门离开了。

巨大的屈辱铺天盖地地淹没了徐中兴。徐中兴拿起砚台猛地砸到地上，砚台里的墨溅得到处都是，书案上、宣纸上、柜子上、床上、被子上，一个又一个大黑点，仿佛一张又一张嘲笑的面孔。

费力克斯住在了坊子工地上，半个月没有回来。这天，突然捎信叫徐中兴到坊子找他。

徐中兴来到坊子。坊子的建筑已经初具规模，特别是火车站，候车室、售票室、办公室、长长的月台、宽阔的广场全部修建完毕，只等装饰完内部，投入使用。听说投入使用前，要举行一个盛大的仪式。

离火车站不远，是个崭新的建筑群，医院、学校、俱乐部、居住区一应俱全，所有的房屋都是德国建筑风格。如果没有穿着短衫，穿梭往来的中国劳工走在里面，会以为走在德国的土地上。

费力克斯拜托徐中兴到清水河村看望陆飞鸣。徐中兴想拒绝。费力克斯用清澈的眼睛看着他，目光中饱含了期盼和乞求，说："谢谢。"

徐中兴心一软，说："好。"

徐中兴走到陆飞鸣面前，吃惊陆飞鸣的巨大变化。这个少年仿佛丢失了一件至关紧要的东西，整个精气神从他身上消失了。他的脸上没有任何表情，恍若一张白纸。他的身上似乎没有任何气息，与其说是一个活着的人，倒不如说是与树木、家具、房屋一般没有灵气的物体。

陆飞鸣呆呆地看了他两眼，与其说是看，不如说转头的时候，眼神从他的面前飘过，陆飞鸣没看任何事物，转身，走回了屋子。

徐中兴跟在陆飞鸣的身后进了屋子。陆飞鸣的母亲坐在炭火前缝一件衣服。她还像往常那样干净、素雅，眉毛修得细细的，身上穿着紫红绣金花的衣服。可是她跟以前也不一样了。哪里不一样了？徐中兴仔细端详着，看出了陆飞鸣母亲的变化，她的身上少了女人的柔软与温润，她像一朵美艳的花慢慢地枯萎了，慢慢地凋零了。

陆飞鸣的母亲抬头看了徐中兴一眼，没有起身，也没有说话，依旧一针一线地缝手里的衣服。徐中兴并不觉得尴尬，在屋子里来回走动着，来到炭火前面，双手拢上去，取暖。

"几日不见，飞鸣长高了，也更瘦了。到了婚娶的年龄了。"徐中兴说道。

陆飞鸣母亲冷冷地瞅了他一眼，将线头塞到嘴里，"嘣"的一声咬断，随口吐到地上。

"飞鸣喜欢弹奏古琴。不，他可以称为古琴大师，整个潍县城，就连青岛、济南加到一起，恐怕没人超得过他。这样的才子只有貌美的女子才配得上。不知，飞鸣喜欢什么样的女子？"

陆飞鸣的母亲站起身，将缝制的衣服抖了抖，"按理我是说不着你的。在清水河村，我是个外来户，你是祖祖辈辈生活在这里，跟你说话我应当腰不直，气不盛。可是，今天我就要腰直、气盛地跟你说两句：听说你现在跟德国人在一起，给德国人写字讨他们欢心，中国文化有这样大的用场，真是令人高兴。可是，不要以为德国人喜欢你，我就喜欢你，我们家飞鸣就喜欢你。飞鸣的婚事自有我操心，你不必费心劳神。"

徐中兴第一次听陆飞鸣的母亲说这么多话，印象中，陆飞鸣的母亲极少言语，她总是安静地洗菜、做家务，坐在树荫下喝茶。乍一听她说这么多话，徐中兴十分吃惊。他想起潍县城人关于他与费力克斯的谣言，想起族长训斥他的话。难道谣言传进了陆飞鸣母亲的耳里？传遍了整个清水河村？他无法向别人辩解。他与费力克斯什么都没有。他白白担了个坏名声。

他在清水河村的村民面前，在祖上的牌位面前，失尽颜面。

可是，他不能叫陆飞鸣的母亲白白数落，他要羞辱一下陆飞鸣的母亲。徐中兴瞅了陆飞鸣的母亲一眼。陆飞鸣的母亲正在拨弄炭火，脸上映了红晕，似乎有了一点从前的模样。

徐中兴说："族长要我捎信给你，他在潍县城，跟保罗神父在一起，他好得很，不要你挂念。"

陆飞鸣母亲的手抖了一下，炭火掉进盆里。

她直起身子看着徐中兴，脸上没有一丝一毫尴尬或是不好意思，她一字一句地说道："是吗？他叫你捎信来的？多谢了。"

4

陆飞鸣母亲坐到椅子上,盯着炭火发呆。炭火燃得正旺,红通通的,如同一块块玛瑙。她的心也曾经如这炭火燃得红通通的,可是现在,只剩下冰冷的灰烬。陆飞鸣、徐龙吟,这两个男人去了一趟潍县城,回来后全都变了模样,一个如同行尸走肉,一个痴迷于天主教到处传教,他们按照自己的意愿生活,完全不顾及她的感受。她不仅要承担一个母亲的职责,要照顾好陆飞鸣,还要独自承受失去爱人的痛苦。

"兴许我对他太冷淡了,才使他的心归顺了上帝。可是,这事怨得了我吗?如果不是他将飞鸣带到潍县城,飞鸣又怎么会变成这副模样。"陆飞鸣母亲转头看向窗外。窗外依然飘着大片大片的雪花,很多东西被积雪掩埋,只留下好看的轮廓。"上帝,上帝就在这天上吗?在飘扬的雪花里?在积雪的掩盖下?上帝长什么样子?像我们一样的脸庞与身形吗?幸好他爱的是上帝,不是别的女人。既然不是别的女人,兴许有一天,他就回来了。"

陆飞鸣母亲来到陆飞鸣的屋子。陆飞鸣正坐在窗前发呆,仿佛在看窗外的飞雪,实际上,眼睛里空无一物。陆飞鸣母亲伸出手,在陆飞鸣眼前晃了晃,陆飞鸣一动不动,眼睛一眨不眨。

窗外传来婉转舒缓的洞箫声。箫声穿过层层飞雪，带来了春天的气息，使人不由自主地想到碧绿的垂柳，飞翔的燕子，被雨水浸湿了的土地和举着风筝跑来跑去的孩子。

陆飞鸣的身子动了一下，眼里有了一丝亮光。

箫声来自何方？

因为陆飞鸣眼里的亮光，陆飞鸣的母亲推门走出院子。清水河边的垂柳全部落了叶子，光秃秃的柳条、柳枝、树干上堆满了积雪。陆飞鸣的母亲循着箫声边走边想，如果有一支笔，将这风景画下来，挂在屋子里，盛夏时分看过去，该是多么清凉沁骨。再如果，陆飞鸣的表舅穿一件青衫，坐在雪地里抚琴，她穿一件绛红色缀白花的衣服站在旁边，抱着一只手炉倾听，该是多么美好的景致。陆飞鸣母亲想起有一天，即墨城也降大雪，海边的雪格外丰厚，落到地上，仿佛铺了毛茸茸的毯子。陆飞鸣的表舅抱着古琴带着她来到一片桦树林里，桦树雪白的树干上缀着黑色的斑点，树枝像伞骨一般向天空展开，厚厚的积雪就堆在树枝上面。陆飞鸣的表舅找了一块石头，除去上面的雪，坐下来抚琴。她脱去身上的棉袍，露出火红色的短衫、长裤，在表舅的琴声中，在雪白的积雪上翩翩起舞……远远地传来低低的男声，是有人在他们看不到的地方吟诗，"坐看深来尺许强，偏于薄暮发寒光。半空舞倦居然懒，一点风来特地忙。落尽琼花天不惜，封它梅蕊玉无香。倩谁细爇成汤饼，换却人间烟火肠。"这诗仿佛特意为他们准备的。

陆飞鸣的母亲眼睛湿润起来，那是多么温暖、多么美丽、多么令人怀念与留恋的时光啊。如果德国人没有来，如果陆飞鸣表舅没有……这样的情景会无数次重复，无数次出现的。

走到清水河边，陆飞鸣的母亲看到一株柳树下凭空起了一个窝棚，印象中，这个窝棚昨天还没有的。今天，它如同变戏法变出来的一般挺立在那里。陆飞鸣母亲不知道窝棚里住的什么人，不敢贸然向前，驻足，探头向前看着。

窝棚里的人仿佛知道陆飞鸣母亲来了，撩开门帘走了出来，向陆飞鸣母亲拱手,"这位大嫂,可否讨一点炭火,烧点热饭吃,热水喝。"说话的是个中年男人,手里并没有箫。

陆飞鸣的母亲不说话,走上前,撩开了帘子。窝棚内不比外面暖和多少,没有什么东西,收拾得非常干净。一个瘦削的身影背对着陆飞鸣的母亲,两手端着洞箫吹得入神。这箫声十分丰满,将整个窝棚撑得满满的,将陆飞鸣母亲的心撑得满满的。陆飞鸣母亲不由自主地说道:"好久没听到这样好的声音了。"箫声戛然而止,吹箫的人转过身来,虽然窝棚里一片冰冷,吹箫的人却一脸潮红,两只眼睛一眨一眨,随时随地都要滴下泉水来。

是个灵秀的姑娘。

陆飞鸣的母亲端详着姑娘,"想不到这样冰冷的季节,这样偏僻的角落,有这样精通乐曲的人。"她转头看那男人,从年龄、相貌判断,男人应该是姑娘的父亲。

男子看着陆飞鸣母亲,"大嫂也是懂音乐的人?"

"家中表哥习琴多年,小儿也习琴多年。天天在琴曲中浸淫,能够听出曲子的好坏。"

"想不到。在这偏野乡村也能遇到知音。"男人又向陆飞鸣母亲拱手,"真是有缘,有缘。"

陆飞鸣的母亲答应送他们炭火,条件是男子带着姑娘,拿着洞箫到她家里去。男人答应下来,他们起身向陆飞鸣的家走去。空旷寂静的雪地,因为三个人的行走一下子热闹起来,积雪"扑哧扑哧"从树上往下掉落,窝在树杈间的鸟呼啦啦地飞了起来。

进屋,陆飞鸣母亲招呼男子与姑娘坐下,沏了两杯茶过来。男子将茶端到鼻下,先闭目闻了闻,再含一口嘴里,"顶好的金骏眉。夏喝绿茶消暑,冬喝红茶暖胃,大嫂是个讲究的人。"

"算不上讲究,生活习惯罢了。"陆飞鸣母亲抬眼看姑娘。姑娘好像懂得陆飞鸣母亲的心事,站起身,鞠了一躬,端起洞箫,闭上眼睛。仿佛一阵轻风从窗外吹进来,空灵而又悠远的箫声飘满屋子,是《碧涧流泉》。

在这样的时节，这曲子配了大雪、红茶、炭火、屋内暖暖的气息，真是再合适不过。

陆飞鸣的母亲也闭起眼睛。突然，她听到了久违的古琴声。这古琴分明是来配合洞箫的，一味地温婉，一味地谦和，一味地低调，仿佛满面娇羞的新娘面对热情如火的新郎，低头、顺让却又不肯一下子俯就，她一步一步向床内滑去，等到身子抵到墙壁，无路可退时，才侧着脸，用眼梢看着新郎，眼神一瞥一转，新郎的整个身子骨都化了……

泪从陆飞鸣母亲的眼里滑出来。这飞鸣终于肯弹琴了，这孩子的心终于打开一条小小的缝隙了，只要肯打开，母亲就有办法医好你的心病，你就会重新成为一名健康的男子。

陆飞鸣母亲睁开眼睛，她吃惊地发现，弹奏古琴的不是陆飞鸣，是那个男人。陆飞鸣倚在门框上，如同一张薄薄的纸片，大睁着眼睛，看着男子，而后再看吹箫的女子。

院子里，一名男子在飞雪里站着，似乎站了许久时间，头上、肩上落满了积雪。他似乎在倾听洞箫与古琴的合奏，又似乎在想什么心事。等到曲子停止，四野一片寂静，唯余雪花纷纷扬扬飘落的时候，男子动动身子，用手弹去身上的积雪，低声说："飞鸣，你如果就此好了，也不枉我一番苦心。不过，好与不好，还要听从上帝的安排。上帝，感谢上帝，阿门。"

5

徐中兴来到坊子,将陆飞鸣的情况告诉费力克斯,陆飞鸣消瘦、苍白、痴呆,怕是身体与精神整个都毁掉了。

费力克斯紧紧抓住椅子背,看得出,他的内心充满了纠结。他问:"找医生医治了吗?如果不行,请保罗神父看一下,保罗神父懂得医术。"

"医生说,陆飞鸣的病属于心病,吃药怕是治不好。"

"心病。"费力克斯手抚了头,"等这雪停了,带我去看他。"

看着费力克斯痛苦的样子,徐中兴思忖:是否将陆飞鸣与费力克斯夫人的暧昧关系告诉费力克斯。这两个相差五六岁的年轻人,爱得艰难、爱得纠结、爱得火热,若不是因为国籍、身份、地位不同,若不是因为语言不通,早该把持不住,越雷池十步、百步、千步了,现在,陆飞鸣虽然以自杀了断情缘,可是说不准哪天相逢,两人又会旧情复燃。那时,费力克斯会更加痛苦。

徐中兴决心将陆飞鸣与费力克斯夫人的纠结告诉费力克斯。他站到屋子中间,说书人一般一板一眼地讲了起来。

费力克斯吃惊地看着他,听了十几句后,明白了徐中兴要说的内容。

费力克斯一挥手,如同拿起利刀斩断一截木头,"不要说了。我都知道。"

"都知道?"仿佛一记耳光打在徐中兴的脸上。徐中兴瞠目结舌地看着费力克斯。费力克斯一脸厌恶地说:"你走吧。"

眼泪从徐中兴的眼里流出来,巨大的羞辱又一次淹没了他。接二连三的羞辱使他感觉自己万般的低贱,低贱得如同地上的蚂蚁、茅坑里的蛆虫、阴沟里的狗屎。为什么会这样?为什么要这样?徐中兴想冲天大喊,可是他不敢喊。他低着头,踮着脚,顺着墙脚,走到门边,推开门,走了出去。

回到潍县城,徐中兴没去费力克斯家,而是拐进一个僻巷,在一座毫不起眼的宅院前,停下脚步。看看四下无人,徐中兴扣响门环。门开了,一个妇人低头叫了声"老爷回来了"。

徐中兴冷着脸,一摆手,女人马上噤口,关上大门。

门内是个四四方方的院子,有假山、结了冰的花池、枝叶枯败了的花棚子,青砖垒就的花墙,花墙上面摆着陶瓷制作的盆景,盆景内塑着亭台楼榭,亭台楼榭间十几个红衣绿袄的游人在游玩。看得出宅院的主人是个极讲究的人。

徐中兴撩了厚棉布门帘进屋,屋内一团火热,一个穿得花团锦簇的女人坐在方桌旁玩铜钱,她将一大把铜钱握在手里,"哗"的一声扔到地上,又蹲下身一个一个捡拾。徐中兴蹲下身,帮着捡,手碰到女人的手,一把将那手攥在手里,一用力,女人的身子一软,倒在他的怀里。

女人一双媚眼看着徐中兴,嘴唇噘起来,"你还知道来看我?"嘴唇上的两片红仿佛要滴下来。徐中兴一口咬上去,女人"啊呀"一声,血从嘴角流出来。她的头左右摆动,徐中兴咬得更加厉害。他一边咬,一边揪了女人的头拼命向后拉,女人整个身子倒到桌子上,徐中兴抓起女人的胳膊,向后一扭,一举,女人的两个胳膊举到头顶,胸脯凸显出来,乳头如同两颗圆溜溜的李子顶起绸缎做的衣服。徐中兴隔着衣服,冲着女人的乳头咬了下去……

女人大叫一声:"痛。"徐中兴却不住手,在女人的哭喊中,他感觉自尊心慢慢地回到了身上，感觉自己终于像个人了，感觉自己成为一个真正的男人。女人，女人就是好啊，什么费力克斯，什么陆飞鸣，都滚到天边去吧。徐中兴温柔起来……拿出男人的看家本领，精心伺候着女人。

女人是潍县城县太爷的相好，从前在妓院迎来送往，练就一身好手艺，县太爷一经手便爱得不行，花大把银子为她赎了身。因为夫人凶悍，县太爷不敢将她带到家里，找了一个偏僻的宅院养了起来。女人在妓院，过惯纷繁热闹、风月无边的生活，一人居住小院，寂寞无聊，整天央求县太爷带她见见世面。有一天，费力克斯请县太爷到家中说话，县太爷知道费力克斯喜欢中国文化，便将女人打扮了带到费力克斯家中。女人会弹琵琶、唱曲。抱着琵琶，坐在琴凳上，手拨琴弦，轻启歌喉，唱了一曲婉转、轻柔的曲子，嗓音甜腻，把人的身子骨都给唱软了。

徐中兴站在女人的对面，在书案上写字，一边写一边看女人，从女人的一颦一笑、一举一动中，断定女人是风月场里讨生活的人。女人唱完曲子，到书案前看徐中兴写字，看到徐中兴的字写得好，也要写几笔。徐中兴将笔递到她手里，女人的食指在徐中兴的手心挠了一下，斜了眼睛，笑眯眯地看着徐中兴。趁县太爷看墙上的一幅扇面，女人的腿贴到了徐中兴的腿上。徐中兴知道女人相中了他，特意来挑逗他。想起费力克斯对自己的无比冷淡，徐中兴便想气费力克斯一下，借着教女人写字，他将女人的手紧紧攥在手里。费力克斯转头正看到这一幕，不仅不生气，反而嘴角牵动，笑了。

费力克斯的态度令徐中兴无比生气、伤心而又失望，他决意放纵自己。他费了一番周折寻到女人的住处，一见面，两人便抱到一起。徐中兴知道女人饥渴久了，拿出平生的功夫精心伺候，女人不仅身体得到满足，精神也得到极大满足。自打进入妓院，都是她去侍奉别人，今儿反过来，被别人侍奉，怎不令她新奇与感动。她紧紧搂着徐中兴，说："从此以后我就是你的人了，那个县太爷滚一边去，你好好对我，我绝不负你。"

这时候，徐中兴才知女人是县太爷的相好。他翻身压到女人身上，说："你是县太爷的女人。我是扛着掉头的危险与你相好。为什么？不为别的，只因为你长得太美，第一眼见你，便喜欢上了你。"徐中兴一边说一边感到不好意思，"你若不负我，我绝不负你。"

6

女人告诉徐中兴,听那老东西说,最近青岛、胶州一带的百姓对德国人抵抗得厉害,不仅毁了德国人修建的房子,还试图攻打德国人,只是德国人人人手里都有火枪,挺远的距离,一枪过来,打得中国人头开花,什么螳螂拳、铁布衫、十八般武艺一样也用不上。虽然如此,还是有人不害怕,躲在墙头屋角冲德国人扔砖头、扔石块。所以,德国人连同县衙门都加强了防范,但凡有中国人看着不对头,就抓进大牢审问。那老东西听说青岛、胶州闹得厉害,心里害怕,也加强了防范。因为坊子正在大肆建设,潍县城的德国人大部分跑到了坊子,留在潍县城的只有几名德国女人,所以老东西将捕快都派去了坊子,连他也驻守坊子,十天半月地不回来。张路院火车站不是要建成吗?开通那天要举行个盛大仪式,说是德国的一个什么亲王要来,山东巡抚也要来,老东西紧张得很。出一点点差错,他的老头就不能在脖子上待了。

徐中兴紧紧搂住女人,"好好的,说这些吓人的做什么?"

女人头窝在他怀里,"不是说闲话吗?你一来,我就觉出那老东西的不好了,就忍不住要数落数落那老东西。"

离开女人家，徐中兴来到刘二才家里。处理了老黑的事后，刘二才成了徐中兴最铁杆的跟班。虽然事后，刘二才琢磨过来，他大约被徐中兴耍了，他将徐中兴的所作所为从头到尾捋了一遍，不仅没有气恼，反而对徐中兴佩服得不行。这样一个做事圆滑、滴水不漏、玩人于不知不觉之中的人堪称世间奇才，跟着他干绝对没有亏吃。

徐中兴将女人的话告诉刘二才，两人都认为此事应该及时报告朱宏。朱宏就是那日在处斩老黑刑场上拦住徐中兴与刘二才的黑脸黑须的矮胖男子，他是潍县城的"义和团"首领，大家都喊他大师兄。朱宏知道老黑不是"义和团"成员，却被当成"义和团"成员斩首，其中必有蹊跷。他派人打听了事件的来龙去脉，摸清徐中兴的底细，认定徐中兴是个难得的人才，可以把他拉进"义和团"，壮大势力。因此朱宏将徐中兴与刘二才请到自己府上，游说他们加入"义和团"，许诺赶走德国人、占领县衙门之后，给他俩一人一个职位当当。

一席话说得徐中兴兴起。这段时间，他不时听到德国传教士被打、天主教堂被焚烧的消息，潍县城因为镇压得厉害，德国人才毫发无损，安然度日。不过，驱逐德国人是民心所向，终有一天，他们会被中国人赶出去。那天来临的时候，他这样被传言与德国人过从甚密的人会如何？剥皮、斩首、还是……徐中兴脸上没有任何表情，脑子却在飞快旋转：他现在手里有钱，离开费力克斯找个女人过日子不成问题，可是，就这样轻易离开费力克斯，是不是白白叫费力克斯羞辱了？再则，徐龙吟与陆飞鸣的日子过得舒坦，就此放过他们，自己离开清水河村，遭受这么多艰难，不是毫无意义了吗？他现在的情况，徐中兴瞅了朱宏一眼，现在大家都传言他是一个与德国男人鸡奸的人，所有人都在背后笑话他，瞧不起他，作践他，如果"义和团"成功，那么他就由一个被鸡奸者成为潍县城的一名官员，他就可以报复那些笑话他的人，游戏、戏弄徐龙吟与陆飞鸣了。

徐中兴知道加入"义和团"是件危险的事情，一旦被官府捉拿轻则关进大牢，重则丢了性命，他提出看一下潍县城"义和团"的情况。朱宏一口答应，带着徐中兴、刘二才来到潍县城外的一个村庄。一进庄便见街道两旁彩旗林立，近百名青壮男子头上扎着布子，光着脊梁，拿着大刀站在街道中央练武，雪白的刀片舞得虎虎生风。舞刀完毕，青壮男子退到街道两侧，两个光脊梁的大汉走出队列，鼓着腮帮子，面红耳赤地相对而立，一根拇指粗的钢条一端顶在一个大汉的喉头，不见大汉身子移动，只见钢条慢慢弯曲，弯曲……

徐中兴叫了一声"好"，两个大汉不为所动，继续用力，慢慢地，钢条弯成了一个"U"形，大汉这才住手，面向朱宏，抱拳大喊："大师兄好。"街道两侧的青壮男子也一齐抱拳大喊："大师兄好。"徐中兴上前察看大汉的喉头，只见一个圆圆的红点，丝毫没有受伤。大汉说："练功前，念了咒语，所以刀枪不入。"

青壮男子的气势，大汉的神功震撼了徐中兴，徐中兴感觉朱宏是个可以办成大事的人，于是同意加入"义和团"。刘二才见徐中兴同意，也跟着同意。两人自此成为"义和团"的秘密成员。他们不用参加"义和团"的习武、盟誓等等活动，只利用徐中兴在费力克斯家中居住这一有利条件，打探德国人的机密。

与县太爷的女人好上后，徐中兴有意从女人的嘴里打探县太爷的信息，为日后的行动做足准备。县太爷的女人贪婪床上欢爱，喜爱徐中兴对她的百般蹂躏和百般应承，因此爱徐中兴爱得要紧，两人有机会就凑到一起行鱼水之欢。徐中兴将女人伺候舒坦后，便引导女人讲县太爷的事情，再将有用的信息转告刘二才与朱宏，有时候，讲着讲着，徐中兴忍不住将女人在床上的种种说出来，引得刘二才的眼珠子都快掉出来了，刘二才说："哪天，叫我去试试才好。"

徐中兴带来的消息令朱宏兴奋不已。张路院火车站开通运营时要举行盛大的仪式，参加仪式的不仅有潍县城的德国人、县太爷，还有山东巡抚和什么德国亲王，如果刺杀了德国亲王，不仅会大挫德国人的锐气，还可能改写中国的历史，这种千古流芳的机会千万不可错过。可是，举行仪式的时候，德国人与县衙门必定加强防范，参加仪式的人也是千挑万选，"义和团"恐怕接近不了德国亲王。接近不了，又如何刺杀？

朱宏头垂下来，一言不发。

刘二才心下奇怪，"'义和团'成员不是个个会神功，会飞檐走壁吗？穿墙过户、隔山打牛，喝了神水之后刀枪不入，拿着刀枪棍棒冲进仪式现场，将德国人当场拿下不就得了。"

朱宏不理刘二才，抬起头，看着徐中兴，"听说费力克斯喜爱中国文化，喜爱中国音乐……"

7

  事情并没像徐龙吟期望的那样,将陆飞鸣带回清水河村,陆飞鸣的母亲改变对他的态度,像从前那样柔情款款地待他。相反,陆飞鸣的母亲对他越发冷淡起来。这事不怪陆飞鸣母亲,好端端的一个儿子,被徐龙吟送到潍县城,待了如许日子,竟然受伤,用担架抬了回来,这事搁在谁的身上,谁都不能接受,她没像普通女人那样,头撞到徐龙吟身上,跟徐龙吟讨个说法就算客气。可是,如果她跟徐龙吟大吵大闹,徐龙吟的心也许会好受一些。

  徐龙吟自作主张请了郎中为陆飞鸣诊治,郎中号了脉,开了药方离去。徐龙吟坐在屋子当中,盼望陆飞鸣的母亲给他端上一杯热茶,等了半天,没见陆飞鸣母亲的身影。徐龙吟走到陆飞鸣的房门口,担心陆飞鸣醒着,所以不敢进去,只是一眼接着一眼地看陆飞鸣的母亲。陆飞鸣的母亲感受到他的目光,可是偏不回头,脸比刚才更冷了。

  徐龙吟说:"飞鸣这样,不是我的错。"

  他期待着陆飞鸣的母亲接话,可是陆飞鸣的母亲一声不吭。徐龙吟张了嘴,想继续说下去,又一下子觉得没有意思。再说,说什么呢?陆飞鸣都成这个样子了,如何辩解都换不回他的健康。

徐龙吟摇摇头，走出屋子。

顺着清水河走出柳树丛，越过小桥，爬一道坡就进入清水河村。早有人将徐龙吟回来的消息告诉每个人。村里人从家里出来迎接徐龙吟，有些孩子跑出人群，来抱徐龙吟的腿。这使徐龙吟感受到久违的亲切和温暖，他蹲下身，抱住孩子，"还是家里好，还是村里人好。"

回到家，夫人端上一杯碧茶，火红的炭炉子搬到脚边，拿了一个手炉塞进徐龙吟的手里，随后又用热水烫了手巾替徐龙吟擦脸，看到徐龙吟的头发乱了，她解开徐龙吟的辫子，用梳子细细梳理。徐龙吟的眼泪都要掉下来了，经受了陆飞鸣母亲的冷落，夫人的悉心照顾越发令他感动。他抓住夫人的手，轻轻摩挲着，"还是家里好啊。这段日子叫你受苦了。"

是夜，与夫人欢爱之后，徐龙吟进入沉沉的梦乡。梦里一个看不清眉眼、年龄的男人拿着一根鞭子指着他，大声问："为什么？为什么？为什么？"不及徐龙吟回答，男子一鞭子抽到他的身上。徐龙吟猛地醒过来，身上似乎还留着鞭子抽打后的疼痛。他就着月光查看身子，并没有鞭痕，转头看夫人睡得正香，知道自己做了一个噩梦。可是隐隐约约间，他又听到梦中的男子喊："为什么？为什么？为什么？"徐龙吟大吃一惊，四下查看，屋内并无他人。他不放心，披衣下床，点燃蜡烛，又将屋子细细查看一番，依旧没有任何人。这是怎么回事？徐龙吟端着蜡烛来到屋外，一阵风吹来，蜡烛熄灭了。月光一下子清亮起来，洒在地上，像结了薄薄的一层冰。徐龙吟打了一个寒噤，抬头看天。天空一片青白，闪烁着几颗星星，牛郎星、织女星、太白金星，太白金星……太白……长胡子的，额头突起的，慈眉善目的老神仙。老神仙……徐龙吟的身子抖了一下。他想起自己曾经向上帝起誓：如果满足了他的心愿，他就信服上帝。上帝接二连三地满足了他的心愿，他却没有去信他。是上帝在提醒他、警醒他吗？徐龙吟两手拢在耳旁，盼望再一次听到"为什么？为什么？为什么？"的质问，因为有质问，就证明上帝的存在，那么他必须顺服上帝。

可是，徐龙吟什么也没有听到。

回屋，徐龙吟重新上床入睡。噩梦仿佛躲在某个角落，只等着徐龙吟睡熟之后扑到他的身上。一夜，徐龙吟噩梦不断，他先是看到自己站在一面镜子前面，镜子里是少年的自己，他将一根树枝塞进一只小狗的屁股，他与几个小伙伴将一名少年按进清水河里……然后是成年的自己，他与陆飞鸣的母亲在床上欢爱，夫人站在屋子一角偷偷垂泪。近距离看赤身裸体的自己，那般的龌龊，那般的丑陋，一些动作如同发情的公狗。徐龙吟几乎要吐了。这个时候，他看到一个巨大的火坑出现在眼前，火苗猛烈地蹿动，一下子将他吸进火坑里。

徐龙吟大叫一声醒来，已是凌晨时分，夫人站在床前忧心忡忡地看着他。徐龙吟感到浑身热得不行，胸口憋得不行，额头、身上全是汗水，一转头"哇"的一声，吐出一摊黄水。

足足折腾三天，徐龙吟才好转过来。这三天，他明白了一个道理，是上帝在惩戒他。陆飞鸣的母亲对他冷若冰霜，是上帝对他的惩罚。他病了三日，也是上帝对他的惩罚。

徐龙吟洗了一个热水澡，换上一身干净衣服，对夫人鞠了一躬，说："夫人，从今天起，我的心就归服上帝了。我要到潍县城做保罗神父的传教先生，夫人在家多多保重。"

夫人没有言语，这个世上，似乎没有一件能令夫人惊慌或是生气或是失落的事情。她替徐龙吟收拾了行李，将他送到清水河村的桥头上。

徐龙吟探头向柳树丛看去，陆飞鸣的母亲就住在柳树丛里。从前这片柳树丛绿荫一片，如同他蓬蓬勃勃的心，现在，柳树落光了所有的叶子，只剩下灰白色的柳枝，也如同他现在萧条的心情。

这个女人，从此以后，他对她只有兄妹之谊，没有男女之情了。

夫人静静地看着徐龙吟。徐龙吟收回目光。夫人说："潍县城待不下去的时候，一定回清水河村，我在家里等你。"

8

保罗神父伸开双臂拥抱了徐龙吟。他喜爱极了这个中国人，有知识、会书写，有修养，衣着干净，是个理想的传教先生。有他在身边，潍县城的传教事业定会轰轰烈烈地展开。

徐龙吟也拥抱了保罗神父，保罗神父个头高大，徐龙吟的头仅到他的下巴。徐龙吟窝在保罗神父的怀里，闻到他身上有股淡淡的檀香味道，这味道说不上好闻，却叫他分外舒服。他的舒服也许不是来自保罗神父身上的味道，而是来自兑现诺言之后的心安，来自可以免受惩罚之后的喜乐。

保罗神父决意在坊子修建一座教堂，此事非他一人能力所为，他决定到青岛、烟台寻求教友帮助。在青岛、烟台，有很多天主教教友与清政府、各国在华公司做生意，筹集一笔资金，想必不成问题。

徐龙吟提醒他，有一些地方的教堂和传教士防护住所都是中国政府出钱修建，坊子的教堂是否要潍县县衙出钱修建？保罗神父摇摇头，"神的家还是叫神的子民修建。"

第二日，保罗神父启程去青岛。为了节省时间，他坐马车到胶州，再从胶州乘坐火车到青岛。徐龙吟将保罗神父送到胶州火车站。在那里，他第一次看到火车。当黑色的冒着白气的庞然大物轰隆隆开过来的时候,徐龙吟差点被吓死。保罗神父笑话徐龙吟的胆小,说:"在德国,不,整个欧洲,火车都成为重要的交通工具。在中国,却被很多人当成神器,当成怪物。还有很多人拿着铁器、木器阻挠修铁路。其实他们不知道,火车、铁路,不仅仅改变了交通方式,缩短了两地之间的距离,还改变了人们的观念和文化。"

徐龙吟听不懂这些,他大张着嘴巴对保罗神父说:"火车趴着跑这么快,站起来,是不是跑得更快?"

保罗神父哈哈大笑,"在现代工业面前,聪明的中国人也不聪明了。"

火车"呜"的一声长鸣,徐龙吟吓得一屁股坐到地上,保罗神父挥手跟他告别,他都没有反应过来。徐龙吟惊恐地看着火车快速驶离视线,消失在茫茫原野之中。

保罗神父一走就是一个月,这段时间,徐龙吟一直住在保罗神父家里,读《圣经》,参透《圣经》的内涵,可是很多东西他理解不了,比如《圣经》里有大量的篇幅在写战争……这与他接触的佛教、道教、儒学讲授的内容完全不同,佛教讲无欲、无求,道教讲自然、无为,儒学讲中庸、仁爱。为什么《圣经》里读不到这样的内容?徐龙吟"呸呸"数声,连忙跪在地上祷告,求神赦免他罪恶的念头。他不理解是因为他的能力不够,参透不了这样一本大书。

虽然在潍县城,徐龙吟仍旧关心陆飞鸣母子的情况,遇到清水河村的人便细细打听。听来的消息都不乐观,陆飞鸣似乎傻了,每天除了傻坐、傻站,不做任何事情,好在还知道吃饭、睡觉、吃喝拉撒,比死人强一点。陆飞鸣的母亲看上去也不太精神,虽然还是脸面素雅,衣着洁净,可是总感觉少了一些什么,不像从前那样,看了就叫人浮想联翩。

徐龙吟非常内疚,不知如何才能帮助陆飞鸣母子摆脱当前的状态。他们的情况非钱、物能够改变,更何况,陆飞鸣的母亲不缺钱。无可奈何之下,徐龙吟跪下来向上帝祷告,他细细诉说与陆飞鸣母亲交往的始末,陆飞鸣到潍县城后的变化，祈求上帝伸出大能之手解救陆飞鸣母子。徐龙吟第一次祷告得这样用心，眼泪鼻涕流了一脸一下巴。

几日后，徐龙吟在街上遇到一对卖艺的父女，那父亲弹得一手好琴，女儿吹得一口好箫。徐龙吟一下有了主意，他在胸前画着十字，仰面看向天空，"主呀，感谢你，你从来没叫我失望过。阿门。"

保罗神父回来后，告诉徐龙吟一个好消息，他筹集了一大笔银两，可以在坊子买一块地，然后召集劳工修建教堂，他决定修建一座鲁东地区最大的教堂，他要在这座教堂里布施、传教，使胶州、高密、潍县、益都、青州等地的中国人全部感受到上帝的恩典。保罗神父一边说一边激动地走来走去，脸上金黄色的汗毛都竖起来了。徐龙吟也心情澎湃，说："会的，会的，您的理想一定会实现。"

第二日，两人就到潍县县衙商议买地的事情。保罗神父相中距离张路院火车站不远的一块荒地，那里既靠近铁路又靠近德国侨民居住区，穿过荒地不远还有一条通往潍县城的官道，是个修建教堂的理想所在。两人本以为购买荒地是件非常简单的事，哪知一开口便遭到县太爷的拒绝。

县太爷说那块地归好几户人家所有，都有地契，虽然长期闲置不用，逢年过节还被人堆上垃圾，可是不能随便买卖，必须征得那几户人家同意才可。保罗神父和他商议半天，县太爷答应出面与那几户人家协商。谁知协商的结果极不乐观，县太爷讲：那几户人家听说修建教堂，再多的银子也不肯卖。

保罗神父急红了脸，"山东大大小小的教堂1300多座了，为什么不能在坊子修建一座教堂？"

徐龙吟说："许是'大刀会''义和团'闹的，大家都将教堂当成怪物了。我听人说教堂的墙缝是用人皮连在一起的，建一座教堂不知要杀死多少人，剥多少张人皮，这个样子，谁还敢修建教堂。"

"可笑，可笑，实在是可笑。"保罗神父一巴掌拍在身前的桌子上。许是用力过猛，手掌拍疼了，保罗神父攥紧了拳头。

9

　　修建教堂的消息一下子传遍了潍县城,人们议论纷纷,保罗神父与徐龙吟出门,很多人对他们指指点点,胆大的孩子甚至朝他们扔菜叶子、碎石子。其实,潍县城的人对保罗神父的印象蛮好,这个外国人面目慈祥、为人和善,依靠高超的医术医治好很多人的疾病,并且不收任何费用。最关键的是,保罗神父家里有一间小屋,信教的男女遇到愁事就到小屋跟前和他说说,说完之后,心里就敞亮了,愁事似乎也没有了。人们抵触修建教堂,归根在于"使人皮连接墙缝"的谣言。因为保罗神父主张修建教堂,人们就把保罗神父编在谣言里面,说他是个吃人的恶魔,白天看上去慈眉善目,一副活菩萨的模样,晚上却面目狰狞,张着血盆大口,到处吃人。吃之前,先用剪刀在人头顶钻个洞,将整张皮完完整整地剥下来,才慢条斯理地吃肉。保罗神父的家里有个专门装人皮的屋子,已经装了半屋子人皮。

　　谣言传到保罗神父耳朵里,保罗神父又气得拍桌子,连说:"可笑,可笑。"拍的次数多了,保罗神父的手掌变结实了,不再疼得攥拳头。

　　两人来到那块荒地,令他们没想到的是:原本光秃秃的地上种了很多半死不活的松树,地的四周围了一圈木头栅栏,一头黑猪不知从什么地方钻出来，三拱两拱，拱开一处栅栏，跑到荒地里面。

这分明是与他们打持久战的架势。保罗神父一个劲在胸前画十字，嘴里嘟囔着什么。徐龙吟四下张望，想寻个东西将猪撵出来。东西没找到，反看到十几个中国人站在不远的地方冲他们张望。徐龙吟扯扯保罗神父的衣服，保罗神父转身，也看到那些中国人。保罗神父嘟囔的声音更大了，抬腿冲那些人走过去。

保罗神父向前一步，那些人便后退一步，保罗神父向前十步，那些人便后退十步。徐龙吟恍然想起那些谣言，又扯了扯保罗神父的衣服。保罗神父看看徐龙吟，看看那些人，明白了什么。他在胸前画了一个十字，说："神爱你们。亲爱的中国人，信奉了上帝，我们会得喜乐，得平安。"

那些人怔怔地看着保罗神父，不知道谁喊了一声："你们德国人在中国盖许多房子了，到处都是你们的房子，我们不要你们的房子。"

"修建的教堂并不是我的，也不是德国人的，是全体信奉天主教的人的。在教堂里，我们不仅可以侍奉上帝，还可以开洗衣房、绣花房，可以办孤儿院。我们在那里做工，挣钱，抚育无家可归的孤儿……"

保罗神父正说得起劲，只听"啪"的一声，一个硬物打到额头上，保罗神父伸手摸，摸了一手鲜血。保罗神父摊着那只沾满血的手，张皇失措地看着徐龙吟。徐龙吟恼怒起来，冲过去，指着那些人，大声问道："谁扔的石头？谁？谁？"

那些人，你看看我，我看看我，有人小声说："神父不是会吃人吗？吃人的人也会流血？"

"对，保罗神父会吃人，让我们揍这个中国人试试。看保罗神父来不来救这个中国人，看他会不会吃人。揍外国人犯法，揍中国人不犯法，揍他揍他。"

话音刚落，无数个拳头冲徐龙吟袭来。徐龙吟一介文人，用嘴皮子讲道理行，用拳头打人不行，仅仅十几秒钟，便被人揍得鼻青脸肿。徐龙吟无力还手，只好抱紧头，蜷着身子，躺在地上，露出屁股、后背等瓷实的地方，供那帮人下手。

噼里啪啦的拳头落到徐龙吟的身上，徐龙吟一边承受，一边心里默念："我们天上的父啊，你看到了吗？我在为你受苦。父呀，相信你是爱我的。请你，伸出大能之手，拉开这帮人吧。"

保罗神父冲过来拉那帮人，不仅没拉开，反被人一掌推到地上，半天爬不起来。

这时候，远远传来一声大喊："怎么得了？为什么殴打我们的医生？"

众人一下住了手，徐龙吟透过指缝、人腿隙看到一个穿灰色棉袍的男子站在人群外头。男子似乎很有权威，那些中国人全用恭敬的眼神看着他。

男子跑过来拉起徐龙吟，徐龙吟顾不得擦脸上的血迹，跑过去扶起保罗神父。穿灰色棉袍的男子冲保罗神父、徐龙吟作了个揖，"对不起，让二位受惊了。"他回身冲那些中国人大声喊："我以人格担保，保罗神父不是吃人的魔鬼。他修建教堂不是为了个人谋利，而是为了帮助我们。我名下的地，全部卖给保罗神父。你们名下的地，可以卖给我，卖给我的话，我将出超过保罗神父一倍的价钱，你们也可以卖给保罗神父。"

这是什么逻辑？徐龙吟听得迷迷糊糊，他的地既然卖给了保罗神父，又为何去买其他人的地？并且买价超出保罗神父的一倍，如此，那些人自然愿意将地卖给他。

果然，那帮人围在一起议论开来，不久，一名年龄稍长的男子过来，说："好，我们同意将地卖给你。"

穿灰色棉袍的男子说："我可以买你的地，但是有个条件，地买来后，任我处置。"

年龄稍长的男子回到人群之中，他们围在一起叽叽喳喳了半天，男子又回来，说："好，我们同意。"

有人找来笔墨，两下签字画押，穿灰色棉袍的男子从怀里掏出几张银票，分给那几个人。那些人拿了银票，慢慢散去。穿灰色棉袍的男子又冲保罗神父与徐龙吟作揖，"神父，这块地属于您了。"

保罗神父在胸前画了一个十字,"感谢主。神爱你。买地的银子改天送到府上。"

"中国人讲究滴水之恩涌泉相报。"男子说,"我这也是报答保罗神父为小女治病的恩情。"

徐龙吟抬头望天,在胸前不停地画着十字,嘴里念念有声。保罗神父问他在说什么。徐龙吟说:"我又一次感受到了上帝的存在。在我挨打的时候,一直默念上帝拯救我,没想到上帝真的来了。这穿灰色棉袍的男子不就是上帝的化身吗?"

保罗神父笑了,"你还记得手上长疙瘩的女孩子吗?那是她的父亲。再说,这地我们会给他钱。他只是帮助我们拿下了这块地。"

徐龙吟依然感谢上帝。不是上帝倾听了他的祷告,穿灰色棉袍的男子怎会及时出现呢?

10

　　地买下后，保罗神父开始组织修建教堂。他先在荒地旁盖了五间小房，将家从潍县城搬到了坊子。而后找人设计图纸、购买材料、召集劳工，天天忙得脚不沾地。传教的任务自觉不自觉地落到了徐龙吟身上。经过三番五次的祷告，三番五次的"测试"，徐龙吟对上帝由利用、半信半疑到心服口服、深信不疑，他对上帝的信任、热情甚至超过了保罗神父，吃饭时，碗掉到地上没有摔碎，都要感谢神的恩典。走到街上，一旦听到有人提"主"或者"上帝"，他马上跑过去，热情洋溢地向人传教。最可怕的是，徐龙吟听不得别人说一点点天主教的不好。一天，他听某人说，他的邻居信天主教，可是得了骂人的病，天天追在别人后面恶语相向。那人说："天主教都是教人骂人，这个教不好。"徐龙吟立刻追过去，大声说道："这不是上帝的错，是那人的错。他信教没有信好，使上帝蒙了羞。"徐龙吟握着十字架对着那人滔滔不绝，唾沫星子屡次喷到那人脸上。那人听得太久，腿都软了，最后扶着墙，跌跌撞撞地走远。有次，徐龙吟受了风寒，身痛，发热，床都起不来。保罗神父拿出白色的药片，要他吃，徐龙吟死活不肯，说："有上帝看顾，病会自然消退。"他日夜祷告，乞求上帝拿走病痛。

保罗神父说:"我们既要依靠上帝的力量,又要依靠医学的力量,两下用力,病痛才会消失。"徐龙吟恼怒了,不是因为保罗神父是神父,他差不多要破口大骂了。他咬了咬牙,将语气放低,说:"亲爱的神父,您怎么可以将上帝与医学相提并论?难道我们依靠上帝还不够吗?为什么还要依靠被上帝制造出来的医学?"

保罗神父没想到徐龙吟将天主教理解得这样偏颇,然而,要纠正这种理解又不是三言两语能够解决得了的。保罗神父摇摇头,偷偷在徐龙吟的水杯里放了几个小药片,徐龙吟喝了两日水,身痛、发烧的症状减轻。可以下床走动时,他立刻跪到地上,感谢上帝的大能。

病好之后,徐龙吟继续外出传教,坊子周边的村庄差不多去了个遍。因为是清水河村的族长,因为曾经的良好口碑,徐龙吟的传教格外顺利,很多人在他的带动下,信奉了天主教。没有教堂参加聚会,大家便将保罗神父的家当成临时教堂,每个星期天上午来做弥撒。这个上午,保罗神父就放下修建教堂的事情,认认真真地给教徒们讲道。

一日,徐龙吟回到了清水河村。

走到清水河边的时候,徐龙吟突然想到了陆飞鸣的母亲。徐龙吟的心跳了一下,啊,他都不记得自己多久没有想念这个女人了。这个曾经非常喜欢,恨不得将生命献给她的女人,竟然不再在他的心中占据位置。他心中的位置全部给了上帝。徐龙吟抬头看天,天上飘着清白的云彩,没有任何的影子,没有一只鸟飞过,可是徐龙吟分明感觉有个人在天上看他,那样慈善的一个人,用无比温暖、悲悯的目光看着他……

沿着清水河,走进柳树丛中,徐龙吟来到陆飞鸣的家门口。依然是粉墙青瓦,一株黄色的蜡梅从墙角探出头来,娇娇媚媚地看着徐龙吟。徐龙吟深吸一口气,"这个女人,什么样的日子都会过出滋味来。一株蜡梅便可以渲染出无限的风情。"

徐龙吟推门进去,院子里没有人,也没有人从屋内出来。徐龙吟环顾四周,发现院子发生了很大变化。多出一个石桌、四只石凳。石桌上放着一只白色瓷瓶，瓷瓶里插着数枝红梅。一种陌生的气息从墙壁、屋角、砖缝、地上的每一寸泥土渗透出来，侵蚀了原来令他无比熟悉的气息，使他感到陌生和难过。

就在那株黄色蜡梅树下，徐龙吟看到一件男人的衣服，它平平整整地霸道地占据着原来只被陆飞鸣与他母亲的衣服占据的地方。

男人的衣服……徐龙吟长叹一口气，在胸前画了一个十字，转身走出院子。

出柳树丛的路有些漫长，走了好久，徐龙吟才来到通往村庄的道路上。

脸上有热热的东西流下来，徐龙吟以为是汗，摸了一把，才发现是泪。

徐龙吟应该进清水河村传道的，可是他转身，向相反的方向走了过去。差不多是做午饭的时间，清水河村的上空飘起了袅袅炊烟。

不顾村里人的议论，陆飞鸣的母亲将住在窝棚里的父女请到了家里。她将院内堆放杂物的屋子收拾出来，供那对父女居住。那对父女好像早就等待这一天，没有任何推辞地将东西搬了过来。做父亲的立刻打扫庭院，女儿收拾屋子。一切收拾妥当，她不知从哪儿找来一张红纸，剪了大大的窗花贴到了窗户上。原来冰冷、杂乱的屋子一下子变了，纷繁、热闹、喜庆的气息将四处塞得满满的，等到女儿燃起灶火做饭，白色的蒸汽从门口、窗户缝透出来时，整个院子热闹起来，活泛起来，灵动起来。

陆飞鸣的母亲坐在屋内看着他们忙活，陆飞鸣也站在窗前一眼一眼地看。那女儿做好饭，端着一盆水从屋内出来，"哗"的一声倒到地上，大喊一声："爹爹，快快吃饭。"声音清脆、明快，陆飞鸣的眼睛整个地亮了。

陆飞鸣母亲双手"啪"地一拍。她以前从未这样做过，可是现在，她就像清水河村所有遇到高兴事的普通村妇一样，双手"啪"地一拍，说："好啊，好啊。"

第六章 一场精彩绝伦的演出

1

按照陆飞鸣母亲的本意，她为那对父女提供饭食，那对父女陪陆飞鸣习琴，等陆飞鸣的心病医好，他们搬出院子，她再付给他们一笔银子。怎知，父女一口拒绝。父亲说："我女儿做一手好饭食。大嫂做的饭想必非常好吃，可是恐怕不合我的胃口，所以我们的饭食还是自己操劳。"

女儿说："我们不要你家的钱。我们有钱。"

住的时间稍长，陆飞鸣母亲知道了父亲的名字——丁光明，女儿的名字——丁红杏，都是非常普通甚至俗气的名字，这样的名字照理不该和古琴、洞箫联系在一起。陆飞鸣母亲猜测他们是普通百姓出身，因为某种机缘，例如进戏班子，例如卖艺，她瞅了瞅丁红杏，虽然性情活泼，但是地道的良家妇女，绝不是从"那个地方"出来的。他们因为某种机缘，学会了弹琴、吹箫，后来就靠着这个行走江湖，混口饭吃。

陆飞鸣的母亲试探父女二人的来历，两人都笑而不语。再问，便只说出姓名，其他不再多说。

丁光明、丁红杏住在陆飞鸣家，每日晨起，二人便在院里抚琴、吹箫，一曲奏完，丁红杏回屋收拾早饭，丁光明继续抚琴。晨光灵动，空气清冽，琴声悠远，陆飞鸣站在窗前静静倾听，陆飞鸣的母亲坐在桌前，端起一杯红茶，慢慢咽进肚里。生活似乎回到原来的轨道，舒缓、宁静，音乐、花香，清淡而又轻松的心情。

陆飞鸣的母亲沉浸在这久违的舒缓、宁静之中，她甚至想在这舒缓、宁静中就此死去。相比前段时间的焦虑、痛苦、失落，她真的爱极了现在的时光，这才是她喜欢和应该拥有的生活。这种爱，使她忽视了一个问题：丁光明父女为何那么有钱？他们从不外出做工，所用器具、每日饮食却好于她家。

他们如此有钱，又为何寄她家篱下？

偶尔，会有一丝疑惑浮上陆飞鸣母亲心头。可是，某日清晨，陆飞鸣的屋里响起久违的琴声时，那丝疑惑立刻烟消云散了。

是个微雪的清晨，丁光明、丁红杏父女照例在院子中抚琴、吹箫，突然，院子的一角又飘出一处琴声。它仿佛一个少年，一声一声与院内的老者对话，他在告诉老者，他的幽怨、他的孤独、他的心思。是陆飞鸣在抚琴，这个封闭日久的少年，终于在琴声里打开了自己。陆飞鸣母亲站起身，眼泪"扑簌扑簌"地掉下来。她走进陆飞鸣的屋子，冲陆飞鸣张开了双臂。陆飞鸣抬眼看着她，双眼饱含泪水。他站起身，扑进母亲的怀里，呜呜咽咽地哭起来。陆飞鸣母亲摸着他的头，说："好了，好了，一切都会好的。"

就是这日傍晚，柳树丛里，陆飞鸣的母亲看到了徐中兴。徐中兴与丁光明头靠在一起，小声地说着什么。陆飞鸣的母亲奇怪他们的熟悉与亲密，但这奇怪只持续了短短一瞬。她的心里充满了陆飞鸣痊愈后带来的喜悦，已经容纳不下其他的东西。

日子平静而又快乐地持续着。丁光明、丁红杏同样为陆飞鸣的痊愈高兴，他们似乎知道是音乐抚平了陆飞鸣心头的忧伤，因此增加了抚琴与吹箫的次数。陆飞鸣也将古琴搬到了院子里，他与丁光明相对而坐，丁红杏站在中间，一个微妙的三角形，合奏出了美妙的音乐。陆飞鸣的家俨然一个乐场，日日丝竹之声不绝于耳。乐声传出院子，传出柳树丛，越过清水河，越过清水河村，飘到了遥远的天边，飘到了高远的天际。慢慢地，陆飞鸣家的院外有人驻足倾听，起先是一个人，渐渐的两个人，五个人，十个人……不仅是清水河村的村民，附近的村庄，很远的处所，甚至如同新生婴儿一般刚刚出现的坊子镇的居民都跑到陆飞鸣家的院外倾听乐曲。

陆飞鸣的身体日渐好起来。脸色洁白透亮，从内到外散发着一种光芒，眼神坚毅有力，不再像从前摇摆不定。就连身体，虽然依旧瘦长，但是比往日健壮了几分。他日日沉浸在乐曲之中，除了吃饭、睡觉，其他时间都是在弹琴之中度过，因此，琴艺到了出神入化的地步，丁光明时时向他投来敬佩的目光。

这一日，天降大雪，四野裹在厚厚的积雪之中。野狗、野兔、野猫都窝在洞穴里面，就连飞鸟也趴在树枝间一动不动。在这万物俱寂，唯有飞雪飘落的时刻，陆飞鸣偏偏搬了古琴坐到蜡梅树下。黄色的蜡梅开得正艳，陆飞鸣穿着一件灰色棉袍，戴着一顶狐狸毛皮帽，帽子中间镶着一块绿玉。他将古琴放到琴桌上，撩起棉袍，坐到琴凳上。他微微合上眼睛，雪白、细长的双手搁在古琴的上方，双手落下来，如同雪水融化般的琴声飘满了整个院落。

雪下得更猛了，仿佛为了配合这妙曼的琴声。天空更高远了，仿佛为了迎合这妙曼的琴声。空气更加清冽了，仿佛被这琴声清洗过一般。所有被这琴声浸染过的物体，蜡梅、房屋、飞雪、屋内热腾腾的空气，冒着蒸汽的水壶，都轻盈盈的，仿佛要流出汁水，仿佛要飞起来。

一曲弹罢，院子里响起清脆的掌声。仿佛寂静的屋子里，一只猫突然撞翻了瓷器，瓷器倒到地上，跌得粉粉碎碎，惊扰了一屋子的平静。

陆飞鸣转身，看到徐中兴、费力克斯，还有他以为忘记了的金发女子。

2

徐中兴对自己佩服得五体投地。他想做的事情,全部按照他的预想有条不紊地进行。他是什么?是不是传说中的"上帝",可以将世间的一切掌控于股掌之中。听说陆飞鸣主动操琴的时候,他高兴地笑起来,将一包沉甸甸的银子塞进丁光明的手里。

他是偶然看到丁光明的。一日,费力克斯又打发他来探望陆飞鸣,未及进门,便听到悠扬、婉转的琴声。徐中兴心里一惊,以为陆飞鸣在抚琴,探头去看,却是一位中年男人,男人的身旁站着一名少女,手持洞箫,用心地吹奏。

琴、箫合奏是人间的妙曲。徐中兴虽然不懂音乐,但是听得如醉如痴。他恍然明白了费力克斯为何那样喜欢陆飞鸣,金发女子为何那样喜欢陆飞鸣了。

徐中兴没有进门,他站在柳树丛里耐心地等候,终于等到丁光明出门。下意识里,他感觉丁光明与自己有着千丝万缕的联系。他上前与他交谈,果不其然。丁光明的女儿丁红杏是河北献县"红灯照"的成员。"红灯照"是归属"义和团"的一个组织,成员全是女性,上下一身红衣,右手提红灯,左手持红折扇,徐徐挥动扇子就可以登高升空,把红灯扔在哪里,哪里一片火海。"红灯照"成员与"义和团"成员一样,都是反对洋教、洋人,因此遭到政府的镇压,成员死的死,被捉的被捉,丁红杏侥幸逃脱,跟着丁光明来到潍县城卖艺。日子过得异常煎熬的时候,遇到了徐龙吟。徐龙吟拿出一包银子,要他们利用音乐医治陆飞鸣的心伤。

徐龙吟简直是将一个千载难逢的机会送到了自己的面前。徐中兴心花怒放,立刻将自己是"义和团"成员的身份告诉了丁光明,他详细介绍了潍县城"义和团"的组织、活动情况,鼓动丁光明与丁红杏加入"义和团"。丁光明本来就对丁红杏的遭遇愤愤不平,看到潍县城的"义和团"规模宏大,组织严密,一副可以干成大事的样子,一口答应下来。徐中兴带着丁光明去见朱宏,朱宏先叫丁光明弹了一曲。听罢,朱宏一巴掌拍到大腿上,说:"太好了。张路院火车站开通仪式上,就叫丁光明、丁红杏、陆飞鸣演奏中国音乐。"

徐中兴费了一番力气,才说服费力克斯在张路院火车站开通仪式上进行古琴、洞箫合奏。通常情况下,有德国人参加的庆典、仪式都是演奏西洋音乐,一帮金发碧眼的外国男子拿着金光闪闪的金属乐器吹奏出惊天动地的难听的音乐。这中国音乐,特别是古琴、洞箫合奏需要在安静的环境里,细细演奏,细细倾听。在庆典那样吵闹的环境里,演奏者没有心情演奏,倾听者也没有心思倾听,白白糟蹋了美妙的音乐。

"点缀、陪衬、融合,以此表示德意志民族对中国文化、对中国人的尊重。"徐中兴用这样的理由说服费力克斯。费力克斯仍然不为所动,徐中兴就搬出了陆飞鸣。听到"陆飞鸣"三个字,费力克斯的神情就变了。他有几个月的时间没有见到陆飞鸣了,这个叫人牵肠挂肚的少年,听说终于复原了。那么,他可以重新搬到家里,与他一起居住吗?费力克斯沉思良久,终于答应说服相关人员,在仪式上增加中国音乐。

接下来,就是说服陆飞鸣到开通仪式上进行演奏了。陆飞鸣是个乐痴,钱财于他毫无用处,要说服陆飞鸣的武器只有一样,费力克斯夫人。随着陆飞鸣的心伤痊愈，费力克斯夫人的心伤似乎也痊愈了，她的脸上有了淡淡的笑容，每日在院子里走动，看落叶、看飞雪、看冰冻的池塘。徐中兴经常有意无意地提到陆飞鸣的名字，费力克斯夫人听了，脸上不再有心疼、悸动、害羞等等表情。徐中兴感觉时机已到，将一幅图画拿到费力克斯夫人的面前。画中，一名少年坐在树下抚琴，少年的前方站着一位金发白衣的西洋女子。

费力克斯夫人静静地看着图画，仿佛在回味、猜测、想念着什么。过了许久，她将画折起来，握在手里，回到自己屋子。

等到费力克斯准备去找陆飞鸣时，如徐中兴所期望的那样，费力克斯夫人也站在马车的旁边。

陆飞鸣见到费力克斯夫人的一刹那，脑子"嗡"的一声，一片空白。他发现自己所有的坚持都土崩瓦解。他以为已经消失了的对费力克斯夫人的爱翻江倒海般喷涌而出。他站起身来，身子瑟瑟发抖，不知道应该迎向费力克斯夫人，还是应该返身回到屋子，逃避这个差点要去他性命的女子。他就站在那里，两眼一眨不眨地盯着费力克斯夫人。

费力克斯迎上前来，他只以为陆飞鸣在看自己。他为陆飞鸣的琴曲倾倒，这个少年，简直就是琴神的化身，他比以前更加地爱他。

费力克斯一把抱住陆飞鸣。在漫天的飞雪之中，在清冽的空气之中，他热烘烘的怀抱温暖着陆飞鸣冰冷、颤抖的身体。他说："我要带你回家，此番来，就是为了带你回家。"

越过费力克斯的肩头，陆飞鸣看着费力克斯夫人。她脸色绯红，身子摇摇欲坠。一股突如其来的情感袭击了她，竟然使她不能够自持。她从陆飞鸣的眼睛中看到了自己的内心，看到了被自己像岩浆一样深埋在地底的强烈情感。她只以为忘记了陆飞鸣，只以为已经不爱陆飞鸣了，她来这，只是想看一看陆飞鸣，看看这个曾经为自己割腕自杀的少年是否安好。可是，这一看，将心底所有的情感都唤了起来，它们如同火山爆发，喷薄而出。要想不爱陆飞鸣，都不可能了。

陆飞鸣看懂了费力克斯夫人眼睛里的内容。看到了爱与被爱。啊，爱就是这样神奇呢，不需要语言，不需要动作，只需要彼此注视着彼此的眼睛。

陆飞鸣将头埋进费力克斯的怀里。热烘烘的气息中，他捕捉到了令他留恋与迷醉的微弱气味，费力克斯夫人的气味。他们是夫妻啊，同床共枕的夫妻，他的身上自然有她的气味。因为这种气味，陆飞鸣感觉与费力克斯无比亲近。他深深地吸了一口气，轻轻说道："好，我跟你回家。"

院门口，费力克斯夫人身子一晃，倒在地上。

3

  一切顺利得超出了徐中兴的想象。徐中兴将他所知道的神仙从头到尾感谢了一遍。事情仿佛有了自己的心意，抛去旁枝末节，直奔徐中兴所要的结果而去。如此看来，刺杀德国亲王的计划会如期进行，他做官员的日子指日可待了。

  陆飞鸣的母亲不肯叫陆飞鸣去潍县城。可是她已经做不了陆飞鸣的主了，陆飞鸣话都不跟她讲，扭头就走。徐中兴拿了一包银子塞进陆飞鸣母亲手里，告诉她：张路院火车站要举办开通仪式，请陆飞鸣、丁光明、丁红杏去演出，演出结束，就把他们送回来。

  "什么火车站？什么演出？"陆飞鸣的母亲全然听不进去。她去拉陆飞鸣，脚下一滑，摔了一个跟头。陆飞鸣头也不回地向外走，走到院门口时，伸手扶起了费力克斯夫人。他们四目交错。陆飞鸣的母亲一下子明白了。她坐在地上，看着陆飞鸣，看着费力克斯夫人，看着费力克斯，哭了起来，"飞鸣，飞鸣，你这是去寻死呀。飞鸣，飞鸣。"

  陆飞鸣回转身，看着母亲，他的眼神狂热而又迷乱，仿佛不认识这个生他养他为了他操了许多心的女人。他仿佛梦游一般地走了过来，扶起了母亲,他说:"我去去就回来。找回自己后,我就回来。"

"飞鸣,飞鸣,你是傻了吗?"陆飞鸣的母亲大哭起来,盼望陆飞鸣能够在她的哭喊中惊醒。可是陆飞鸣头也不回地走出了院子。

陆飞鸣的母亲哭累的时候,雪也停止了。院子里静悄悄的,没有陆飞鸣、费力克斯夫人、费力克斯、徐中兴的身影,就连丁光明、丁红杏也消失了身影。那般热闹的一个院子一下子如同死一般的寂静。

飞鸣,陆飞鸣。陆飞鸣被人用担架抬回来的情景不停地在陆飞鸣母亲眼前闪现,她这才想起应该找人阻止陆飞鸣的。是的,找人,找谁呢?想来想去,只能找徐龙吟。在这清水河村,只有徐龙吟才能帮助她。

在坊子,保罗神父的小院内,陆飞鸣的母亲见到了徐龙吟。徐龙吟正在给人讲道,一脸的神圣与虔诚。见到陆飞鸣的母亲,他怔了一下。最终还是中断讲道,走过来与她说话。

陆飞鸣的母亲将陆飞鸣的事情告诉徐龙吟,徐龙吟的反应出乎她的意料。徐龙吟说:"一切都是上帝的安排。如果想叫陆飞鸣回家,你可向上帝祷告,说出你的心愿,求上帝成全。"

陆飞鸣母亲的心头"咯噔"一声,两手捂了脸,后退两步,"你已经不是以前的你了。你就好好信奉上帝,好好爱你的主,我再也不会理你了。"

陆飞鸣的母亲走出保罗神父的家,远远地,她看到一座高大的建筑,那建筑有着黄色的高大的屋顶,是不同于任何中国房屋的建筑。那应该是张路院火车站吧。这个由外国人设计、建造的奇怪建筑,将中国人的精气神都吸走了。

陆飞鸣的母亲不由自主地冲火车站的方向跪了下去,她心里默念着中国神仙的名字,念一个磕一个头,她祈求那些神仙显示大能,使陆飞鸣参加完开通仪式,立刻回家。

陆飞鸣、丁光明、丁红杏都住进费力克斯家中。费力克斯将他们安顿妥当便返回坊子。临走时,费力克斯到陆飞鸣的房间与陆飞鸣告别。他紧紧地拥抱陆飞鸣。手在陆飞鸣的后背上滑来滑去,他说:"谢谢你,谢谢你,谢谢你肯回来陪我。"

陆飞鸣不说话,像只小鸟一样静静地倚在他的怀里。他的心早已跑到费力克斯夫人的身上。他盼望费力克斯快快走掉,好使他与费力克斯夫人相会、交谈。

是夜,月影西斜,四下无声。陆飞鸣坐在窗户下面,守着一盏红烛,思念着费力克斯夫人。夜色里传来一点微弱的琴音,这琴音空旷、悠远,犹如一个男子站在夜色朦胧的田野,低声吟唱。陆飞鸣侧耳细听,想听出男子吟唱的内容,不承想这吟唱戛然而止,换成一个女人一声一声诉说满腔的幽怨,一声一声,是如泣如诉的洞箫吹奏曲呢。这曲子听得陆飞鸣满心郁闷,他站起身,推门出去,想在院子里透透气。院中的树影下,站着一个黑色的身影,陆飞鸣只以为是丁红杏,抬腿走过去,他想叫她停止吹奏,这曲子惊扰了他重见费力克斯夫人后的喜悦心情。

树影下的身影转了过来,那人的眸子仿佛汪着一泓碧水,倒映了满天的星光。这星光直逼进陆飞鸣的心底,将陆飞鸣的心照得澄明透亮。啊,天净了,风清了,月儿升上来了,那令人忧伤的箫声也听不到了。陆飞鸣的心像阳光下的冰,化开了。所有的郁闷一扫而光。他向前伸出手去,只是那么一刹那,一双柔软无比的手紧紧握住了他的手。

是费力克斯夫人。

一切似乎在无意识中进行。两人怎样进的房间,怎样闭的房门,怎样倒在床上,全然记不起来了。陆飞鸣有意识的时候,发现自己和费力克斯夫人紧紧吻在一起。费力克斯夫人柔软的身体、香甜的味道令陆飞鸣几乎瘫软过去。他记得上次的教训,只是一遍一遍地吻着费力克斯夫人,手在她的后背摸来摸去,不敢再深入下去。

费力克斯夫人似乎经受不住这种挑逗,她从陆飞鸣的怀里爬起来,她站在陆飞鸣的面前,一件一件脱去衣服。她两手背在身后,雪白的如同玉一般的身体袒露在陆飞鸣的面前。那是怎样美丽的一具身体啊,金色的卷曲的头发披散在肩头,皮肤如同包浆的和田玉,高高的乳房上面,两颗乳头如同红色的玛瑙……这是超过陆飞鸣认知的身体，它不同于无衣带给陆飞鸣的视觉感受。这种新鲜的、陌生的感受令陆飞鸣心跳、颤悸，不知所措。他呆呆地看着，不知道做什么才好。费力克斯夫人走上前来，伸出双手，将陆飞鸣搂在了怀里……

令陆飞鸣没有想到的，这是费力克斯夫人的第一次。陆飞鸣将她的双腿抬起时，发现了浸在床单上的红色血迹。陆飞鸣不知道为什么会这样。费力克斯夫人与费力克斯在一起生活日久，为何保持着童贞之身？

巨大的谜团笼罩了陆飞鸣，随之又被铺天盖地的快乐冲击得一干二净。他紧紧地搂住费力克斯夫人，嘴巴贴在她的耳边，他说："我爱你，我会永远永远爱你。"

费力克斯夫人仿佛听懂了他的话，脸转过来，与他紧紧吻在一起。

4

  日子快乐得语言无法形容,如果能够用绳子拴住这飞奔的时光,不叫日升日落,不叫时光流走,陆飞鸣愿意用生命来做交换。他的心每时每刻沉浸在巨大的欢喜之中,弹奏的曲子充满了快乐,充满了春光。受他的感染,丁光明、丁红杏弹奏的曲目也是一片欢庆。他们三人坐在冬日的阳光下,面对着灰色的天空、萧条的树木、冰冻的水面、枯败的花枝,硬是演绎出满园春色、花团锦簇。常常,做活的仆人停下手中的活路,站在窗户前面,站在门廊底下,站在厨房门口静静倾听,一曲奏罢,他们报以热烈的掌声。

  夜间,万籁俱寂,万事万物浸入如海的睡眠,陆飞鸣与费力克斯夫人开始了隐秘而又热烈的欢好。他们闷在被子里面,竭力不发出响声。然而,关键时刻,费力克斯夫人总是忍不住呼喊出来,陆飞鸣用手捂她的嘴,费力克斯夫人一口咬上去,尖锐的疼痛带给陆飞鸣无比的欢悦。欢爱之后,费力克斯夫人掩身而去,陆飞鸣躺在床上一遍又一遍地回味,他在回味中,将费力克斯夫人的身子抚摸了一遍又一遍。他奇怪他们之间的感情,因为目光的交织造成了万般倾慕,每天像想念自己的灵魂一般想念着对方。等到可以相互接触了,却是不顾一切地欢好,仿佛前段日子的长长铺垫,目光交织时的呼吸紧张、被拒绝后的万念俱灰、自杀不成后的呆呆傻傻……所有的一切都是为了现在的肉体交欢……肉体交欢？怎能是这样的，心灵上的愉悦远远超过了肉体上的欢娱。

一个月的时光如同盛在杯中的水，"哗"的一声倒在了地上。费力克斯回家时，陆飞鸣才惊觉时光的流转。费力克斯告诉他们，在开通仪式上进行琴、箫演奏已经定了下来，曲目也已选好，除了琴、箫合奏的《春江花月夜》《梅花三弄》，还有丁光明、陆飞鸣的古琴合奏——《广陵散》，日子定在半个月之后。费力克斯细细叮嘱他们，参加开通仪式的不仅有德国、中国的政府官员，铁路工程设计人员，地方代表，还有德国皇帝的弟弟海因里希亲王，海因里希亲王对中国音乐有所了解，也比较喜爱，因此，他们要用剩下的半个月时间加紧练习，向海因里希亲王献上一场精彩绝伦的演出。

丁光明、丁红杏连连称是，态度谦卑得不似平时的样子。陆飞鸣盯着费力克斯的脸一味地出神。他不是担心费力克斯发现他与费力克斯夫人的隐情，他在奇怪他们选下的曲目。《春江花月夜》《梅花三弄》没有异常，异常的是《广陵散》。《广陵散》是一首不适合在庆典上演奏的曲目。《广陵散》原名《聂政刺韩王曲》，描写的是战国时期聂政刺杀韩王的故事。聂政的父亲是位铸剑工匠，因为铸剑时间超过期限，被韩王赐死。聂政发誓要给父亲报仇。为了接近韩王，他毁掉容貌，拜访名师苦学琴艺，终于成为古琴演奏大师。据说听他弹琴，花会闭颜，鱼会落泪，月亮都要躲在山的后面。聂政名声大噪，传到了韩王的耳朵里，韩王邀请他进宫弹琴。聂政端着古琴走进宫殿，连弹三曲，韩王听到高兴处手舞足蹈，听到伤心处暗自落泪，自言：这样美妙的曲子只应在天上听见，为何能够在人间耳闻？弹到第四曲时，聂政突然从琴腹中抽出一把匕首，大步向前，刺死了沉浸在琴曲中的韩王。看到鲜血从韩王的胸口喷薄而出，两颗清泪从聂政的眼里流出来，他说："为什么要做我的杀父仇敌？你可以成为我的知音。"他转身割断琴弦，将匕首插进胸膛，自尽身亡。

为什么要在车站开通仪式——一个展示成绩、祝贺成功、充满喜庆和欢乐的庆典上弹奏这首曲子？是斯负德国人不懂？还是另有隐情？

陆飞鸣想向费力克斯讲明这些，可是又怕费力克斯听不明白。他将目光转向丁光明，丁光明习琴多年，肯定明白《广陵散》中的曲折，他想要丁光明向费力克斯讲明。可是，丁光明不易察觉地摇了摇头。这又是为何？陆飞鸣有些糊涂了。他低下头，拨弄手下的琴弦。罢，罢，罢，不想这件事情了，既然他们要听这首曲子，就认认真真地练习这首曲子吧。

夜晚来临，费力克斯来到陆飞鸣的屋子。出人意料地，他没有拥抱陆飞鸣，而是坐在窗户旁边，静静地看着陆飞鸣。窗外是暗沉沉的夜，寒流如同看不到的鬼魂飘来荡去，遇到门缝、窗缝便哧溜一声，钻进温暖的屋子。陆飞鸣打了一个寒噤，突然心生恐怖。费力克斯为何如此冷静与安静？是发现了他与费力克斯夫人的私情吗？是的，有几次，费力克斯夫人离开他屋子的时候，院子的黑影处站着一个人。那人是费力克斯吗？不，那人肯定不是费力克斯，可是那人却可以向费力克斯告密。居住在这个院子里的任何人，仆人、丁光明，还有清水河村的徐中兴，都可以向费力克斯告密。陆飞鸣的手心渗出汗来，虽然他与费力克斯夫人十二万分的小心，可是这院子里到处是眼睛，他们再小心，也不可能躲过全部的眼睛，总会有人盯着他们，总会有人发现他们的秘密。接下来的，迎接他们的会是什么？

陆飞鸣偷眼看费力克斯，几分钟后，他断定费力克斯不知道他与费力克斯夫人的私情。是的，不知道，如若知道，费力克斯怎会安安静静地坐在这里。

心情一放松下来，费力克斯夫人雪白、柔软的身体立刻浮现在陆飞鸣的脑海里，就在昨日，她还如同猫咪趴在自己的怀里，现在，她在做什么呢……陆飞鸣小腹一热。可是，十二万分的愧疚随即涌上他的心头。陆飞鸣两手绞在一起，垂下了眼帘。是的，费力克斯喜欢他，欣赏他，善待他，可是，他却不可救药地爱上了他的妻子，夺走本应该属于费力克斯的一切。这真是不可饶恕的罪过。可是，情爱与肉欲，又岂是他能够左右得了的？

如果不爱她,他的生命又有什么意义?

陆飞鸣坐在古琴前面,闭目,舒腕,手指在琴弦上滑动,弹奏了一曲《凤求凰》,"凤兮凤兮归故乡,遨游四海求其凰。时未遇兮无所将,何悟今兮升斯堂……"

一曲弹罢,费力克斯走到他的面前。陆飞鸣不由自主地站起身,费力克斯隔着古琴搂住了他。费力克斯说道:"你这个少年啊。听你弹琴,我都不知道喜欢的是你?还是中国的音乐,中国的古琴?"

费力克斯的怀抱宽大、温暖,散发着热乎乎的气息。在这气息之中,陆飞鸣又闻到了若隐若现的费力克斯夫人的味道。是他所喜爱、迷恋,不能自拔的味道啊。

陆飞鸣深吸一口气,低低地说:"对不起。"

5

如果刺杀失败，徐中兴最过不去的那关就是自己。

为了打探更多的消息，徐中兴小心地迎合着费力克斯。他将内心的屈辱隐藏起来，像个贴身男仆侍奉着费力克斯。他不仅给费力克斯表演书法，还给费力克斯端茶、倒水，费力克斯累了的时候，给费力克斯揉肩、捶背，费力克斯说话的时候，低眉顺眼地看着他。费力克斯不再像以前那样冷淡他，时常报以微笑，说："这样最好，这样最好。"

自然，徐中兴从费力克斯那里得到不少消息，比如海因里希亲王长的什么模样，什么时候到达张路院火车站，开通仪式上站在什么地方，陆飞鸣、丁光明、丁红杏在哪个位置演出……这些消息他都原封不动地"转交"给朱宏，高兴得朱宏直拍他的肩膀，差点将他拍到地上。

除了费力克斯，徐中兴还竭力讨好县太爷的女人。他们本来在男女欢好上就一拍即合，现在又加上探取秘密的明确目的，徐中兴就由一个凶猛无比的汉子变成一个温情款款的情人。每次欢好都将县太爷的女人伺候得无比舒服。女人一高兴了就什么都说，徐中兴问她："跟老头子相比，我怎么样？"

女人一边大动一边气喘吁吁道:"老东西连你的小脚指头都不如,他的那个物件像被斩成十截的蚯蚓,又细又短。那日,跟德国人吃酒回来,非要来一次,结果硬不起来……这几日又忙着往坊子调兵遣将,说是保护什么外国人的安全。前天,突然跑过来看我,茶没喝上半杯,就被捕快喊走了。幸亏有你……"

徐中兴"扑哧"笑出声来,一边用力一边问:"我厉害吧?厉害吧?厉不厉害?"

女人搂紧他的腰,两眼上翻,一句话说不上来。

平息之后,女人告诉徐中兴,为了保证开通仪式的安全,县太爷不仅将衙门的所有捕快调到了坊子,还从青州府借调来一批捕快。开通仪式那天,这些人三步一岗,两步一哨,分布在典礼台的周边,将参加仪式的德国官员、中国官员,有头有脸的地方人士紧紧围护起来,不用说一把飞刀、一枝利箭,就是一只飞鸟也近不到他们身边。同时县太爷还招募了三十名身强力壮的男子,穿着便装,混杂在观看开通仪式的群众之中,一旦发现危险分子,发生危急情况,立刻进行处置。在那种情况下,杀了人都不算犯法。

徐中兴说:"这样害怕,不要老百姓参加就是了。"

"不叫老百姓参加,他们演戏给谁看?"女人往地上啐了一口,"这世上最不要脸的就是老东西了。听说还安排人搜身,不管男人、女人、老人、孩子都要上上下下摸一遍,保证他们身上不带刀子、剪子等等东西,我看是老东西自己想摸那些女人。听说还安排人拿个册子,把每个参加仪式的人的姓名记下来,万一出了问题,好调查他们。"

真的是老谋深算啊。徐中兴将情况告诉了朱宏。朱宏眯着眼睛想了一会儿,说:"看来,只能依靠费力克斯了。"

如何说服费力克斯亲自带着陆飞鸣、丁光明、丁红杏登上典礼台?徐中兴一时犯了愁。回到费力克斯家中,坐在房间里面,徐中兴愁得揪起了头发。跟费力克斯直说是不可能的,费力克斯一则不会答应,二则会疑心他为何如此热心。让陆飞鸣向费力克斯提这种要求更是不可能。陆飞鸣是个除了古琴和费力克斯夫人什么都装不进心里的人,叫他跟费力克斯提这种要求,无异于登天。

　　古琴,费力克斯夫人……就因为陆飞鸣会弹奏古琴,竟然同时吸引了费力克斯与费力克斯夫人,这古琴,这陆飞鸣怎么会有如此大的魅力?徐中兴手摸了下巴。他无从判断陆飞鸣是否与费力克斯发生了肌肤之亲,但是他却确定陆飞鸣与费力克斯夫人发生了肌肤之亲。他不止一次看到费力克斯夫人从陆飞鸣的屋子偷偷溜出来,不止一次在陆飞鸣屋子的窗户底下听到费力克斯夫人压抑的叫声,叫声里夹杂了令人听不懂的德语。

　　陆飞鸣,陆飞鸣,想不到你还有如此大的本事。徐中兴站起身来,想象着年轻、美艳的费力克斯夫人躺在陆飞鸣怀里的样子,妒忌得发狂。他在房间里走来走去,踢桌子、踢椅子、踢柜子、踢门,恨不得飞到房梁上,把房梁也踢上两脚。突然,徐中兴听到院子里传来奇怪的声音。他打开窗户,竟然看到了费力克斯夫人。费力克斯夫人穿着一件碧绿色的长裙,肩上搭着白色的狐狸毛披肩。她站在一棵掉光了叶子的树底下,绿、白、灰三色相映,在这冬日分外的好看。费力克斯夫人扶着树,弯着腰,在——呕吐。

　　徐中兴的眼睛亮了起来。呕吐——欢好——呕吐——怀孕,汗从他的额头冒了出来。是的,怀孕,这一个多月来,费力克斯几乎都在坊子,陆飞鸣与费力克斯夫人肯定夜夜欢好。这样年轻的身子,怎么会不怀孕呢?不,孩子也可能是费力克斯的。不,即使是费力克斯的,他也要使陆飞鸣相信:孩子就是他的。只有如此,才能迫使陆飞鸣跟费力克斯提出要求。

　　徐中兴来到陆飞鸣的房间。陆飞鸣正躺在床上发呆,见徐中兴进屋,他瞅了徐中兴一眼,没有说话,也没有动身。

　　徐中兴搬了椅子,坐在陆飞鸣的面前,一动不动地看着陆飞鸣。看了半晌,突然大笑起来。陆飞鸣吓了一跳,坐直身子,看着徐中兴。

　　徐中兴身子向前一凑,压低声音,仿佛怕人听见一般,悄悄说:"飞鸣,如果家母知道你要做父亲了,她会高兴还是不高兴?"

　　陆飞鸣身子一哆嗦,眼皮垂下来,盖住了眼睛。他的两只手本是分开放在腿上的，不知什么时候握在了一起，如同被风吹动的树叶抖个不停。

徐中兴转头看看窗外，仿佛确定窗外是否有人偷听。头转来时，他的声音更低了，"要想人不知，除非己莫为。如果费力克斯知道了，费力克斯夫人、你、你母亲，恐怕都要性命不保。不过，现在除了你、费力克斯夫人、我，还没有另外的人知道你们的私情，所以……怎么说呢，毕竟我们都是清水河村的人，我不会眼见着你、你母亲送死却不相救。自然，我会替你保守秘密。可是，有一个条件……"

徐中兴将条件告诉了陆飞鸣。

陆飞鸣依旧不说话，手却不抖了。他双手分开，搁在腿上，目光平静地看着徐中兴。

徐中兴奇怪陆飞鸣的平静与淡定。这个少年沉默寡言，心里想的什么，别人向来无从知晓。不过，他断定陆飞鸣会跟费力克斯提出要求的。陆飞鸣虽然是个琴痴，但是他肯定知道，这世上除了身家性命，其他都是次要的。

6

陆飞鸣表面不动声色，内心却翻江倒海。徐中兴对他造成的震动，不亚于天崩地裂。费力克斯夫人怀孕了，为何没有听她说过？是的，也许她曾经说过，可是语言相互不通，她说，他又如何听得懂？费力克斯夫人怀孕，孩子只会是他的。是的，是他的，他与亲爱的她有了爱的结晶，这个世上，有那么一个鲜活的、饱满的生命证明着他与她的爱情。

陆飞鸣恨不得马上见到费力克斯夫人，他一定要将她抱在怀里，好好地亲吻她，好好地疼爱她。可是，日头还高悬头顶，仆人们在院子里走来走去，那个徐中兴像个秘探一样藏匿在某个角落，费力克斯夫人怎敢到他的房间里来。陆飞鸣走到房门口，他要去找费力克斯夫人，被人发现就发现吧，为了爱情，死上一回，也是值得的。可是，陆飞鸣停下了脚步，死的人仅仅是他自己吗？他，费力克斯夫人，腹中的胎儿，还有母亲，陆飞鸣低下头来，一条暗藏着鲜血的河流仿佛正从他的脚下流过，不，不能这样，他要想办法保护自己，保护自己所爱的人。

每一秒每一分都像一万年一样漫长，可是，终于，暗夜如同鲜花缓缓地盛开了。陆飞鸣坐在房间里面，听到房外传来轻微的脚步声，他拉开房间，费力克斯夫人马上倒在他的怀里。

他不敢与费力克斯夫人欢好，他抱着费力克斯夫人坐在床上，他抚摸着费力克斯夫人的腹部，轻声问道："里面有孩子了吗？有我们的孩子了吗？"

费力克斯夫人听不懂他的话，她甚至不明白陆飞鸣为什么要抚摸她的腹部，她将此当成陆飞鸣欢好的表达，她抬起头来，闭上了眼睛。

看着费力克斯夫人玫瑰花一样的脸庞，陆飞鸣低下头，深深地吻了下去。他们俩依旧欢好，费力克斯夫人还像以往那样贪欢，陆飞鸣却不敢大幅动作，他小心地取悦着费力克斯夫人，费力克斯夫人达到幸福顶点时，他马上停止了动作。

难道她不知道自己怀了孕？

这种可能也是有的。费力克斯夫人虽然比他大几岁，可是，年龄也不是很大，并且从未经历过男女欢好，这方面的知识比陆飞鸣知道的都要少。陆飞鸣下床找出纸笔，他画了一个大肚子女人，女人的腹内蜷缩着一个小小的胎儿。他扶起费力克斯夫人，手伸过去，温柔地抚摸着费力克斯夫人的小腹。

费力克斯夫人看着图画，表情先是迷惑，再是惊讶。她看看陆飞鸣，又看看自己的小腹，突然就尖叫起来。陆飞鸣慌忙捂住她的嘴。费力克斯夫人紧紧搂住陆飞鸣，眼中蓄满了泪水。

陆飞鸣捧住费力克斯夫人的脸，无比深情地看着她，目光中包含了所有爱恋、心疼、幸福与纠结。他是如此地爱这个女人，这个女人也如此地爱她，可是接下去，他们又该何去何从？

陆飞鸣再一次吻住了费力克斯夫人。只要和她在一起，就恨不得每时每刻钻进她的肉里、心肝里，就恨不得每时每刻与她融为一体。他是这样地爱这个女人，这样地爱啊。只有在与她的爱里，与她的亲吻里，与她的欢好里，他才会忘记一切，才会感到人生如此的有意义。

陆飞鸣坐着马车来到了坊子。在张路院火车站，他找到了费力克斯。

费力克斯很是吃惊，急忙吩咐人给陆飞鸣端来一杯咖啡。陆飞鸣还是第一次喝咖啡，黑乎乎的东西喝进嘴里，马上就吐了出来，说："不如我们金骏眉或是乌龙茶好喝。"

费力克斯笑起来，"少年，中国的少年。"

陆飞鸣告诉费力克斯，自从生病后，他非常害怕见人，按照他的本意，是不想参加火车站开通仪式的，开通仪式上人山人海，还有火车、响炮、西洋乐队，仅仅想象一下就忍不住浑身发抖。但是因为费力克斯要他参加，他就勉强参加。但是为了保证自己的安全，费力克斯必须将他与丁光明、丁红杏带到典礼台上。

"这世上所有的人中，除了我的母亲，我最信任的人就是你了。只有和你在一起，我才会感到安全。"陆飞鸣说。

这大约是世上最好听的话了。费力克斯听了几乎要掉下泪来，这个少年终于向他敞开心扉了。他向他伸出手去。陆飞鸣的身子向后缩了一下，脸红了。

费力克斯将手缩了回去。不，这个少年，如同画中走下来的少年，是他的梦幻，他不能够用那种鄙俗的行为伤害他。只要能够看到他，喜欢他就很好了。

费力克斯说："你放心，我会一直和你在一起。"

陆飞鸣的头低了下来。他觉得自己做了一件非常不道德的事情，他利用了费力克斯对他的喜欢。他不应该这样做的，即使不喜欢费力克斯，即使接受不了费力克斯，他也应该尊重费力克斯。

可是，现在顾不得那么多了。

费力克斯全然不知陆飞鸣的内心波动，他带陆飞鸣参观张路院火车站，高大的站房、宽阔的广场、整洁的月台、闪着刺眼亮光的钢轨，都给陆飞鸣带来无比新鲜的感受。

"火车，火车，你知道代表什么吗？"费力克斯指着钢轨对陆飞鸣说道，"远方，火车代表着远方，它可以将我们带到更远的地方。远方，你知道吗？远方有我们美丽的国家，坐上火车，可以到达我们的国家。总有一天，我要修一条铁路，从这里一直通到我们的国家。"

还需要通向你们的国家吗？陆飞鸣心想：这房屋，这站台，这火车，完全按照你们国家的样子建造，全然没有中国建筑的影子。你们都将这里当成自己的国家了。远方在哪里，对于你们，远方就是这里。

在火车站广场，费力克斯指着远处一排排黄色的德式建筑，"那是我们的新家。火车站开通后，我们就搬到新家去。你，在我们德国人建的房子里，永远做我的中国乐师。"

中国乐师……陆飞鸣突然想到要在开通仪式上演奏的曲子——《广陵散》。《广陵散》……不安如同千百只蚂蚁密密麻麻地爬上他的心头。他预感开通仪式那天要发生一件事情，这件事情与他有关，与费力克斯有关，与潍县城的百姓有关。

这件事情会是什么？

陆飞鸣抬头看着费力克斯，说："开通仪式必须参加吗？"

7

一大早,保罗神父就洗脸修面,拿出一件崭新的袍子穿在身上。他要徐龙吟也收拾干净了,找件新衣服穿上。徐龙吟胡乱洗了一把脸,找了一件平时穿的衣服穿上,耷拉着脸,小声说道:"没有好衣服,也没有干净衣服。"

保罗神父瞅了徐龙吟一眼,看出他的不高兴,说:"火车站开通是件大事,得当作一个庆典对待,你的态度是不对的。"

徐龙吟将脸扭到了一边,心想:中国人在你家门口建个火车站,将你家地底下的煤运到中国试试,那时候,你能欢天喜地参加车站开通仪式吗?

徐龙吟本不想参加开通仪式,虽然县太爷给居住在潍县城、坊子的人下了命令,必须一家出一个人参加仪式,并且要在仪式上做出欢欣鼓舞、欢天喜地的样子。

徐龙吟客居保罗神父家中,不属于一户人家,他理所当然地认为自己不用去。如果去,也要拿一个爆竹丢到空中,给开通仪式制造一点混乱。

可是,保罗神父要求徐龙吟必须去,保罗神父说:"作为天主教的忠诚信徒，作为坊子的传教先生，必须到火车站感受主的恩典，感谢主的恩典，歌颂与宣扬主的大能。"

徐龙吟找不到反驳保罗神父的理由，无论什么事情，只要与主联系到一起，他便心生敬畏，感觉十二万分的正确。他嘟着嘴，小声说道："我去就是了。"

典礼台搭在火车站广场上，台上挂着红色绸带簇成的花朵，渲染出一片喜庆的气氛。广场四周用木栅栏围了起来，只留下一个进出口，两名捕快站在门口，检查进去的百姓，从头发到脚指头，不管男女老少，全身所有的地方都摸了一个遍，就连嘴巴也要张开给他们瞧一瞧，鞋子也要脱下来给他们看看。门内摆着一张方桌，两个满头大汗的男人往一个本子上登记进去人的姓名，已经记满了几个本子。

保罗神父是要上典礼台的贵宾，到火车站便消失了踪影。徐龙吟跟在众人身后往门口慢慢挪去，他的衣服上挂着一个十字架，手里拿着一本《圣经》，这两件东西，原以为不会遭受检查，哪知捕快不但将十字架翻来覆去仔仔细细地瞧了好几遍，将《圣经》拿在手里哗啦啦地翻动，徐龙吟夹在里面的两只爆竹被他们毫不客气地翻了出来。

徐龙吟想跟他们理论一番，可是一眼瞅见他们胳膊上鼓鼓的肌肉，一下子噤了声。唉，要他来也是上帝的安排，既然是上帝的安排，就不跟他们计较了。

天冷得要命，广场里已经站满了人，大家一边跺脚，一边抱怨，一边抻着脖子盯着典礼台，盼望开通仪式早早开始，早早结束，好早早回家取暖。

徐龙吟一手捏着十字架，一手抱着《圣经》往角落里挤，那里的人应该少一些。这本是一个传道的极好机会，可是，徐龙吟抬头看到有着高高房顶的火车站时，感觉在这里对中国人传教并不合时宜。

突然，"砰"的一声，天地之间发出一声巨响，人群不由自主地发出阵阵惊呼。惊呼还没停止，"砰"的一声，又是一声巨响。大家吓得捂住耳朵，纷纷向发出声音的地方看去。是广场外边的一个空地，不知道何时，那里摆了四个奇形怪状的"东西"，它们都有一根长长的管子，一齐冲向灰色的天空。几个穿着黑色衣服的德国士兵站在"东西"的后面，弯着腰摆弄着什么。"砰、砰、砰、砰"，又是四声巨响，那些德国人才站起身，看着人群，脸上露出古怪的笑容。

大家这才明白，这是庆典的一部分，纷纷小声咒骂德国鬼子，人长得奇怪，做事情也奇怪，不放鞭炮，不敲锣打鼓，放什么"大炮"，成心是要吓死人。

回过神来，观看典礼台，这才发现上面已经站满了人。有身着官服的中国官员，穿着长袍马褂的地方要员，还有金头发、蓝眼睛的德国人。穿着长袍，拿着十字架，一脸微笑的保罗神父也站在典礼台上。保罗神父的旁边，是费力克斯。

典礼台面南背北，它的东西两侧分别坐着两排人，一排是拿着金光闪闪西洋乐器的外国人，一侧是两男一女的中国人。那两个穿着灰色长衫的中国男人分别坐在两把古琴的后面，女人穿着水红色的绸缎棉袄，葱绿色的绸缎棉裤，手里握着一根洞箫。三人屏神静气，目不斜视，身子一动不动，仿佛入定了一般。

徐龙吟倒吸一口凉气。他认出了他们，那个瘦弱的、面色苍白的少年，是陆飞鸣，身旁的中年男人是丁光明，穿红衣的少女是丁红杏。他们不是在清河村吗？陆飞鸣不是在养伤吗？如何跑到了典礼台上？他们来做什么？进行古琴演奏吗？

这时候，人群突然安静下来。典礼台上，一个中国官员走前两步，大声说着什么。距离太远，徐龙吟实在听不清他讲了一些什么。中国官员讲完，一个德国人走前两步，也说了什么。那个德国人想必说的是德语，徐龙吟更不知道他在说什么。接下来，又是一名中国官员讲话，又是一名德国人讲话。

每次讲话完毕，人群的某个地方就会响起哗啦啦的掌声，不鼓掌的人探头向鼓掌处张望,掌声便如同涨潮的海水,越发响亮起来。

好不容易讲话完毕,徐龙吟寻思仪式结束了,怎知,一阵"哇啦哇啦"的声音突然响起来,是拿着金光闪闪西洋乐器的外国人在演奏。

广场上的人纷纷捂耳朵,"这样难听的声音也叫音乐,真糟蹋了'音乐'两个字。"

8

外国人演奏完毕,天地之间出现片刻的安静。一朵乌云不知何时飘到了广场上方。一只鸟沿着广场的栅栏无声地飞过。掉光叶子的树枝轻微地摇摆了几下。典礼台上,陆飞鸣、丁光明、丁红杏的身子动了一下,他们仿佛从入定中苏醒了过来,抬头向台下张望着。徐龙吟离他们太远,理应看不到他们的目光。可是徐龙吟感觉他们的目光就在眼前。他看到他们在张望,目光似乎从每个人的脸上掠过,那些被他们目光扫过的人的心一下子就安定了,就舒坦了,就沉静了。陆飞鸣、丁光明、丁红杏收回目光,陆飞鸣、丁光明闭目,舒腕,双手悬于古琴上方,丁红杏也闭目,两手端起洞箫,放在唇边。若有若无的声音慢慢地从典礼台上飘过来,那般清幽,那般悠远,那般美妙,这声音从人的耳朵直钻进人的心里,盘桓在内心的角角落落,将整个心都撑得满满的。

天呢,这是什么声音?这是人间的声音吗?不,这只应是天上的仙乐!当音乐的声音大起来,流水一般淌满整个广场,将所有人的身心都淹没的时候,大家相信,这不是人间的声音,这就是天上的仙乐。

陆飞鸣、丁光明、丁红杏拿出全部的本领精心演奏,典礼台上的人,广场上的人听得如醉如痴，分不清是身在人间还是身在天上。《春江花月夜》《梅花三弄》，两首曲子合奏完毕，丁红杏将洞箫握在手里，深鞠一躬，后退两步，脸上竟然淌满泪水。

陆飞鸣、丁光明睁开眼睛，他们相互看了一眼，闭上眼睛，舒腕，两手悬于古琴上方，身子一晃，手指在琴弦上一划，激烈的琴音仿佛利剑出鞘，"嚓棱棱"划过所有人的心头，听琴的人身子一颤，心脏都要淌出血来。这世上还有这样激烈、悲壮、荡气回肠的琴音？

是《广陵散》。激烈的琴音中，人们仿佛看到一个面色丑陋的男人在夜色里奔走，在星空下长啸，在宫殿前徘徊。那是一个内心充满愤恨、充满幽怨的男人，风吹起了他的长衫，露出了他伟岸的身体，他立在天地之间，就像一个侠客。是的，一个顶天立地的侠客，这世上就缺少这样的侠客。如果有这样的侠客，这火车站会建起来吗？他们还会像木偶一样被人操纵着站在这广场上吗？

听琴的人纷纷落下泪来。

琴音突然淡了下来，随即仿佛大山倾倒，"咣当"一声，接着，所有的声音消失不见了。人们探头向典礼台张望，就见中年男人的古琴翻在地上，中年男人手里拿着一把短刀，向站在典礼台中央的德国人扑了过去。

典礼台上的人乱作一团，典礼台下的捕快迅速扑到台上。广场上的人从琴音中惊醒过来，他们终于认识到身在人间，并且是充满了危险的人间。他们尖叫着，推搡着，向唯一的出口挤去。

徐龙吟拼命向典礼台挤去。他不知道典礼台上发生了什么，他只知道陆飞鸣在典礼台上。他爱过陆飞鸣的母亲，他要代替他的母亲保证他的安全。

可是，眼前的人群如同海水向徐龙吟涌过来，最初他还能看到陆飞鸣呆呆地坐在古琴的后面。紧接着，他只看到无数个人头在他脸前挤了过去。然后他看到无数条腿，无数只脚在他的脸上、身上踩了过去。他都不记得自己是什么时候被人挤倒的。忙于逃命的人全然不顾他的摔倒，踩着他，拼命向外边挤去。

徐龙吟的胸口疼得要命，憋得要命，他张大嘴呼吸，仍然感到喘不过气来，眼前的腿、脚慢慢模糊起来。难道要就此死去吗？徐龙吟的手胡乱扒拉，有几个人踩着他的手过去，可是徐龙吟却感觉不到疼痛。他的手终于摸到了想要的东西——《圣经》。他紧紧地握住《圣经》，如同紧紧地握着上帝的手……

醒来时，徐龙吟看到保罗神父那张慈祥的脸。保罗神父在胸前画了一个十字，说："感谢主。"

徐龙吟挣扎着起身，钻心的疼痛又令他躺到床上。保罗神父按住他，"不要动。你不知道，你是捡回来一条命。"

眼泪从徐龙吟的眼里流出来，他说："不，是主救了我。"

"你是主的忠实信徒。那样危急的时刻，手里仍然紧紧握着《圣经》。主，会好好爱你。"

"不，不，"徐龙吟将脸扭到了一边，"是主救了我。他又一次听到了我的祷告，他又一次显示了他的大能……"

保罗神父又在胸前画了一个十字，说："上帝保佑。"他告诉徐龙吟，车站开通仪式那天发生了刺杀事件。弹奏古琴的中年男人突然从琴盒抽出短刀，刺向站在典礼台中央的德国军官。幸亏军官习武出身，身手敏捷，躲闪及时，没被扎中，否则不是丢了性命，就是受到重伤。

"刺杀？"徐龙吟眼前浮现出那些慌乱的双腿与杂乱的双脚。他闭上了眼睛，"德国人没被刺中，可是不知道有多少中国百姓被踩死，被挤伤。这到底是刺杀德国人，还是刺杀我们中国人？"

"广场上到处都是踩掉的鞋子，丢掉的东西，撕烂的裤子。听说踩死、踩伤了二十多个人，有大人、老人、孩子，还有你这样的壮年男子。被刺杀的性命无虞，无辜的观众却丢掉了性命，真是讽刺与荒谬。"

"那个刺客怎么样了？"

"抓起来了。陆飞鸣、费力克斯也被牵扯其中。虽然费力克斯是德国人，但是同样失去了人身自由。"

"陆飞鸣？这事跟陆飞鸣有什么关系？跟费力克斯又有什么关系？"

"陆飞鸣与中年男人一起演奏。出了这种事情，谁敢保证陆飞鸣不是他的同伙？费力克斯大约也是同伙。听说陆飞鸣、中年男人、吹箫的女子一直住在费力克斯家中。举行仪式那天，也是费力克斯带着他们登上了典礼台。如此，才绕过了中国捕快，将短刀带到了典礼台上。"

9

夹杂在慌乱的人群中,徐中兴挤出了火车站广场。他没想到事情会变成这样。一切原本按照他的计划,有条不紊地进行,那个预想中的结果应该立即出现。可是,在最后的关键时刻,一切全乱了套。丁光明没有刺中海因里希亲王,海因里希亲王向外一闪,丁光明失去重心,摔倒在典礼台上,刀子扎进了木头地板里。没待丁光明将刀子拔出来,捕快就一拥而上,将他死死压在地上。一名捕快手起刀落,用刀背,不是刀刃,砍到丁光明的头上,丁光明登时血流满面,昏死过去。

在火车站广场上,朱宏本与徐中兴站在一起。"义和团"的很多成员都装扮成百姓混杂在人群里面,虽然他们赤手空拳,但是个个会念咒语,会硬气功,会凭空叫来一朵乌云,大冬日的下一场暴雨,会两手一挥,隔着十几个人将典礼台的地板打得粉碎。他们原本打算,丁光明一动手,他们便发"神功"将典礼台上的德国官员、中国官员一举拿下。哪知,丁光明失手之后,那些人连同朱宏一同消失了踪影。

徐中兴来不及痛恨朱宏,他跟随人群挤出广场,顺着巷子跑出了坊子。站在空旷的田野上,徐中兴静了静心。他判断自己的身份暂时没有暴露,当下最要紧的是找个地方躲起来。躲到哪里？徐中兴想了一会儿，转身向潍县城跑去。天黑时，徐中兴来到了潍县城，他整了整衣衫，吐口唾沫抹了抹头发，确认样子不是很狼狈后，拐弯抹角来到一处宅子面前。徐中兴轻轻拍门，等了半晌，门才打开，开门的是县太爷的女人。

当下，藏在女人这里最安全，县太爷就是想破头，也想不到刺杀行动的主谋就藏在他相好的家里。

女人一见徐中兴就扎进他的怀里，说："不知为什么，听到门响，就猜来的人是你，所以亲自来开门，一开门，果然是你。"

徐中兴慌忙将女人推进院子，闪身，紧紧闭了院门。女人也不怕用人瞧见，几乎是挂在徐中兴的身上走进屋子。一进门就把徐中兴拉进卧房，推到床上，手摸进了他的衣服里面。

徐中兴有心事，女人折腾了半天，不见动静，嘴巴噘起来，说："是不是在哪儿撒了欢，跑我这来歇歇气儿的？"

"哪有这样的事情。我这心，这肚子，天天装的、想的都是你。这几日，忙事情忙累了，等晚上睡一觉，保准好起来。"

女人一听徐中兴要在这儿过夜，高兴起来，吩咐用人做了饭食端上来。徐中兴食不知味，又怕女人看出来，就勉强吃了数十口。

长期欢好，女人对徐中兴有了感情，伸手摸摸他的额头，说："有些烫呢。"起身到卧房，抻开被子，安排徐中兴睡下。

床幔沉沉，卧房内分外安静，室外偶尔传出的脚步声、女人的咳嗽声，更加衬托了这份安静。徐中兴躺在床上，心里头一片乱纷纷的念头。刺杀行动失败，用不了多长时间，县太爷就会查出事件的来龙去脉，他、朱宏、刘二才、潍县城的整个"义和团"都会暴露在县太爷的眼皮底下。县太爷倒是心慈手软，想必对德国人也不十分喜欢，如果只落在他的手里，兴许还有一条活路。可是德国人心狠手辣，他们更是恨极了"义和团"，肯定会威逼县太爷将所有"义和团"成员捉拿归案，斩草除根，斩尽杀绝。因此摆在徐中兴面前的路只有两条，一条是逃亡，另一条是斩首。可是这两条路实际上就是一条——这世上哪有人能够逃亡成功？

胡思乱想的时候，就听院门被人"啪啪"拍响，徐中兴抓起被子，一骨碌滚到床下，将被子紧紧包在身上，蒙上头。被子裹得太紧了，听不到外边的动静，徐中兴惦念外边的情形，又大着胆子将头露在了外头。

听得用人走到院子，打开门，一阵脚步声传进来。女人娇滴滴地问："谁呀？"

年轻男子的声音，"夫人，是我。"

应该是县衙门的捕快，他站在客厅，一声接一声说道："县里闹'义和团'，到处乱哄哄的。老爷派我来嘱咐你不要出门，一个人在家注意安全。有闲人、外人敲门，千万不要开门。老爷说，等摆平了'义和团'，他就来看你。"

"我在这里，像死人一样，除了鸟、猫、狗，哪还有人来看我？他心里有一点点我，也不会把我一个人扔在这冷清的地方。"女人往地上啐了一口，"好好的，闹什么'义和团'？"

"真的不是县太爷和他们过不去，是他们和县太爷过不去。张路院火车站的开通仪式上，他们胆大包天地要刺杀德国海因里希亲王。他们不知海因里希亲王没有来，来的是驻守青岛的德国军官蒙纳乐上校。刺杀的对象都搞不清楚，难怪没有成功。"

捕快的声音低了下来，女人的声音也低了下来，只听得嘈嘈杂杂的说话声，却听不到在说什么。不一会儿，院子里响起脚步声，院门"吱呀"一声关闭了。

徐中兴从床下爬起来，一口牙恨得生疼。他现在才知道海因里希亲王没有来，德国人真是狡猾，竟然临时更换参加仪式的主角。早知道海因里希亲王不来，他们就不实施这次刺杀行动。不实施刺杀行动，就不会出现失败的结局，那么，现今的他就不会如同丧家犬一般窝在一个女人的卧房里。

女人走进卧房，掀开床幔，看到被子铺在地上吃了一惊。徐中兴说："听到门响，以为县太爷回来了，吓得我钻到床底下去了。"

女人咧嘴一笑，伸出手指戳了徐中兴的脑门一下，她期待徐中兴像以往一样，将她的手抓在手里，手指头含到嘴巴里。可是，徐中兴一动不动，女人只好顺势将手放到徐中兴的肩上，一边用手掌心揉徐中兴的肩头，一边说："怕什么，看你胆小的样儿，那床上的勇猛到哪儿去了。老东西十天半月不会来了。"

"为什么？"

"闹'义和团'呢。"女人告诉徐中兴，丁光明被抓之后，稍微用刑便全部招供，他的"义和团"成员身份、潍县城的"义和团"组织、这次刺杀行动计划、竹筒倒豆子一般吐了个一干二净，"唉，还'义和团'成员，还爷们呢。我一个女人，如果被抓了，也不会轻易招供。县太爷这几日忙着抓'义和团'，顾不上我了。那德国人下了命令，'义和团'不清除，县太爷的头就搬家。"

"丁光明都招了谁？"

"嗯，好几个人。有个叫朱宏的，还有叫……"

"谁？"

女人脸一扬，似笑非笑地说："你啊。"

徐中兴脸一白，吓得说不出话来。

女人捂住嘴，又笑起来，"说着玩呢，看把你吓得。你怎么会是'义和团'成员？你是我最最亲爱的男人。"她搂住徐中兴，头搁在徐中兴的怀里，"即使你是'义和团'成员，我也会求那老东西放过你。"

10

捕快绑陆飞鸣的时候，在他的腿上踹了一脚。陆飞鸣那样瘦弱的身子怎经得起这一脚，腿一软，趴在地上。捕快骑在他的身上，一根绳子转来转去，须臾之间，将他绑成了一个粽子。

陆飞鸣不知道发生了什么事情，他趴在地上，透过许多双腿，看到丁光明也被五花大绑地捆在地上，丁光明的头上、脸上布满鲜血，看上去分外吓人。

另一个地方，两个捕快抓了丁红杏的双臂，丁红杏又跳又蹦，嘴里骂道："天杀的，该死的，德国狗，德国人的走狗，放了我爹，放了姑奶奶的爹。"两个捕快将她的胳膊向后一拧，丁红杏的胸脯一下子挺起来，再一拧，丁红杏"呀"的一声尖叫，胸前的衣服裂开，幸好里面还套着衣服，没有露出肉体。丁红杏一转头，"呸"的一声，一口血包着一颗牙齿喷到了捕快的脸上。

捕快急了，也不管丁红杏是女人，一拳捣到丁红杏的脸上。丁红杏的脸登时红、青、白糊成一片。

典礼台上、广场上乱哄哄一片。典礼台上，捕快们护卫着德国官员、中国官员和潍县城有头有脸的人士撤离。德国官员、中国官员还是一副镇定的样子，保持着平时的威严与风度，在捕快组成的人墙里，快速离开典礼台。那些"有头有脸"的人士则惊慌失措，有乱了头发的，有掉了鞋子的，有腿打软，走不动道路，必须捕快搀扶才能挪动脚步的……这时，陆飞鸣看到了费力克斯，别人都在匆忙逃离，费力克斯却向他跑了过来。费力克斯蹲在他的身前，目光中饱含了焦虑与心疼。他动手解陆飞鸣身上的绳子，可是他又怎能解开那根结实无比的绳子。费力克斯抬起头，冲着捕快大声喊："解开，放了他。你为什么要绑他？"

捕快愕然地看着费力克斯，不明白一个德国人为什么要替一个中国人求情。德国人向来瞧不起并奴役中国人，眼前的这个德国人为何与别的德国人不同？

捕快不知道应该怎样做。县太爷都对德国人怯让三分，他是否要听这位德国人的话，放了陆飞鸣？

这时，县太爷仿佛从天而降，出现在眼前，他拉起费力克斯，冲捕快使了一个眼色，"费老爷，这里危险，赶快撤离，剩下的事情，我会处理。"

不容费力克斯拒绝，捕快架着他飞快撤离典礼台。

县太爷蹲下身，看着陆飞鸣。

陆飞鸣说："为什么要抓我？"

县太爷摇摇头，站起身，走了。

典礼台上的人似乎走光了，四周安静了许多。陆飞鸣的头、脸像被刀子割裂一般疼痛，他侧了一下头，将左脸颊贴到了地板上。冰冷顺着脸颊沁入骨髓，消减了头和脸的疼痛，可是也减弱了他对周边一切的感知。天空似乎更加高远，世界也变得陌生和遥远了起来。广场上的人依然像被热水浇了的老鼠，跳着、叫着向外边挤去。那些倒在地上的人，身子朝上或者朝下，或者朝左、朝右，如同一块破抹布被无数双脚踩来踩去……他们为什么如此悲惨？仅仅因为一个外国人建造的火车站开通，仅仅因为参加一个所谓的仪式，就丢掉性命吗？他又为何被捕快绑了，像狗一样扔在这里？

不解、迷惑、悲凉一起涌上陆飞鸣的心头。他想大喊，想大叫，想挣起身子扑到那些官员、捕快身上咬他们两口。可是……身子稍微一动，钻心的疼痛便顺着每个细胞传遍全身。陆飞鸣终于意识到自己只是一个小男儿，一个除了弹奏古琴，几乎什么都不会做，一个双手柔软、纤细如同女人的小男儿。眼泪一颗一颗从陆飞鸣的眼中流出来，怕被捕快看到，陆飞鸣将脸贴到地板上，冷风一阵一阵吹来，很快将脸上的泪吹干了。

陆飞鸣与丁光明、丁红杏一起被关进县衙门的大牢。丁光明当即被提到大堂审问。丁红杏站在牢门口破口大骂，各种各样恶毒的话从她的嘴里源源不断地飞出来。陆飞鸣目瞪口呆地看着她。刚刚几个小时前，丁红杏还拿着洞箫，红衣绿裤，像个带叶的青翠萝卜，翠生生、鲜亮亮地站在众人面前，吹奏出美妙的曲子。现在的她，就像村头粗野的妇女，跳着、叫着、比画着、骂着。不，不，哪能用这样的语句形容她呢，陆飞鸣摇摇头，应该是"一头被激怒了的小母狮子"。

狱卒端着一只铁盆过来，铁盆里盛着滚烫的开水，他身子一弯一起，两手一扬，一铁盆开水全部倒到丁红杏身上。丁红杏"嗷"的一声倒到地上，脸、胳膊，没被衣服盖的地方通红一片，有些地方起了水疱。

陆飞鸣跑过去，扶起丁红杏。

丁红杏似乎被开水浇糊涂了，瞪大眼睛看着陆飞鸣，嘴里嘟囔道："给我红灯，给我红灯，我要升天，我要升天，升到天上，将红灯扔下来。红灯扔哪里，哪里就起火。我要烧死你们，把你们像猪一样烧死。"突然，她伸出两只手挠陆飞鸣的脸，陆飞鸣一闪身躲过了，她的手就势落到陆飞鸣的胸上、胳膊上，大腿上。她的手仿佛一个铁耙子，所到之处，衣服被耙成一缕一缕的，白色的棉花仿佛胖胖的虫子，一条一条钻了出来。

丁红杏一边挠一边喊："你这条狗，你这条德国人的狗。你待德国人像待你的家人。你与那个德国男人不清不白，你跟那个德国女人眉来眼去。他们占了我们的地，抢了我们的房子，你却跟他们亲如一家人。你这条狗，你这条德国人的狗……"

巨大的屈辱涌上陆飞鸣的心头，他本想叫丁红杏尽情发泄的，如果这样能够使丁红杏心头的愤怒与痛苦减轻一些，他愿意被丁红杏撕扯得遍体鳞伤。可是，可是，丁红杏在冤枉他，在侮辱他，在亵渎他与费力克斯夫人的爱情，在糟蹋他与费力克斯夫人的爱情。

陆飞鸣去抓丁红杏的手，丁红杏一反手，将他的手抓得鲜血淋漓。陆飞鸣摇着头大叫："不是那样的，不是那样的。"

狱卒打开牢门，走了进来。他的手里提着一根木棍，他面无表情地站在陆飞鸣与丁红杏的面前。狱卒将棍子举起来，瞄准了，手起棍落，"呜"的一声，一棍敲到丁红杏的头上。

丁红杏头一歪，像布条一样软软地倒在陆飞鸣的怀里。

第七章

美艳无比的京剧小生

1

潍县城、坊子,以及周围村庄的人几乎到了人人自危的地步。捕快每天在城里、村庄搜查,看到像"义和团"的人,便一根绳子绑了,抓到县衙门的大牢去。那些被抓的人,有些一脸凛然,说:"就是死也要变成恶鬼,专门吓唬德国鬼子,将这些金毛绿眼睛的怪物赶出中国。"有些人往捕快脸上吹气,双手比画着说:"看不见我,看不见我。"捕快被他吹得心烦,"咣"地一巴掌扇过去,轻则被打破嘴皮,重则被打掉牙齿。有些人则躺在地上打滚,哭着喊着叫着:"我不是'义和团',我不是'义和团'。"捕快厌恶极了"义和团",可是也瞧不起哭着叫着告白自己不是"义和团"的人,他们对这些人下手更狠,先打个鼻青脸肿,再绑了押到县衙门去。

关进大牢的人多起来后,县太爷审案的速度就加快了,审的案子粗糙起来。很快,那些被抓的人,不管是不是真正的"义和团"成员,都被当成"义和团"成员进行处置。县太爷放出话来,只等擒获了那个叫"朱宏"的大师兄和这次刺杀事件的军师徐中兴,这帮人一并押到菜市斩首。一时间,被捉的"义和团"成员和他们的家里人纷纷祈求朱宏与徐中兴平安。有人进庙给菩萨烧香,祈求菩萨保佑朱宏、徐中兴。有人在偏僻的道路放置衣物、吃食，盼望朱宏、徐中兴远走他乡。更有人买通凶手，想在县太爷抓到朱宏、徐中兴之前，秘密杀掉他们。如此县太爷就永远找不到处斩"义和团"成员的理由了。一时间，朱宏、徐中兴成为潍县城人们最关心的对象，然而他们就像消失了一样，潍县城、坊子和周围的村庄差不多翻了个底朝天了，可是，连他俩的一根毛都没有看到。

徐龙吟听到徐中兴参加"义和团"的消息，着实吃了一惊。"义和团"是反对洋人的组织，徐中兴与洋人交好，天天吃住在洋人家里，对外宣称是做教书先生，可是行为举止完全没有教书先生的样子。他得尽了洋人的好处，为何要加入"义和团"？为何要反对洋人？徐龙吟来到街上，想打听更多关于徐中兴的消息。走了不远，遇到一帮人围着一个男人，男人绘声绘色地说，他遇到了朱宏。男人说，昨天日暮时分，他看到朱宏偷偷摸摸出城。朱宏头发散乱，衣服破烂，一副狼狈至极的样子。他看朱宏可怜，给了他五两银子，一件衣服，两个火烧，要他快快出城，远走他乡。听的人纷纷鼓掌，说："好样的，是男人做的事，是潍县城的人做的事。"

徐龙吟却为说话的男人捏了把汗，说："这话不能乱讲，传到县太爷耳朵，你性命难保。"

说话和听话的人都转头看徐龙吟，有人认出徐龙吟，"是传教的先生，专给洋人做事的。"

说话的男人一挥手，"给洋人做事的，肯定不是好人，说不定专给洋人通风报信。说不定一会儿就去向洋人报告朱宏的行踪。朱宏被抓了，大牢里的人必死无疑。"

"打死他，打死他。"有人大喊起来。一块石头不知从什么地方扔了过来，不承想，石头没砸中徐龙吟，砸到徐龙吟旁边人的额头上，那人的额头登时鲜血直流。

新鲜的血液刺激了那帮男人，他们向徐龙吟扑过来，用拳头捶徐龙吟的胸，用脚踩徐龙吟的背，用手指抠徐龙吟的眼睛。有人去抓徐龙吟的脸，徐龙吟一张嘴，那人的手指塞进徐龙吟的嘴里，徐龙吟闭嘴，"咔嚓"一声咬到那人的手指上。那人"啊呀"一声惨叫，徐龙吟慌忙张嘴，将那人的手指头吐出来，随即迎来更加猛烈的暴揍。

不知过了多久，徐龙吟发现人群散去，几张乌黑的脸出现在眼前，有人伸出五指在他眼前晃动。徐龙吟转转眼珠子，动动四肢，发现还能动弹，就坐起身子。他看到三名捕快站在面前，其中一名捕快用绳子绑了那个声称遇到朱宏的男人。

徐龙吟与男子一同被押进县衙门。县太爷认识徐龙吟，知道他给保罗神父做事，立即吩咐放了徐龙吟。徐龙吟想保被抓的男人一同出去。县太爷断然拒绝，"正愁找不到朱宏，他遇到朱宏，竟然不报官，还帮助他逃走。这不单纯是与我作对，是与潍县城的全部百姓作对，与整个朝廷作对。"

县太爷立即审问那名男人。诸般刑具摆到大堂，男人一见，两腿一软跪到地上，身底下湿了一片，腥臊的气味飘满大堂。男人一边拼命磕头，一边说："老爷，老爷，我没有看到朱宏，朱宏长什么样子，我都不知道。我是逞能，在人群里胡说八道。"

县太爷怎会相信这种说法，吩咐用刑。捕快拿过八只竹片，一片一片夹到男人的手指中间，竹片的两端各拴一根绳子，捕快握着绳子，"嗨呀"一声，一齐用力，男人立刻鬼哭狼嚎起来。

四名捕快继续用力，男人的哭喊越来越弱，眼见得没了气息。县太爷一摆手，四名捕快停了手。男人半天才缓过劲来，却仍然说没见过朱宏，不过，他可以告诉县太爷一件绝密的事情。这件事情对于县太爷来说，比抓捕朱宏重要千倍、万倍。

县太爷冷笑："大堂之上，你还敢耍花招？"

"不是耍花招，是确确实实重要的事情。老爷，委屈您到我身边，我小声告诉您。"

"大堂之上，哪有见不得人的事情！大声讲。"

"大声讲出来，我肯定性命不保。"

县太爷半信半疑地看着男人，终于决定到堂下听听他说些什么。徐龙吟小声提醒:"别被他咬了耳朵。"县太爷拿了一卷纸搁在耳边上,走到男人面前。男人自然没有胆量咬县太爷的耳朵,可是他说出的话不亚于咬了县太爷的耳朵一口。

男人说:"你小妾的家里,住着一个男人。"

2

　　在县太爷的女人家里,徐中兴住得十分惬意。县太爷的女人对他一往情深,每日好菜好饭伺候。高兴的时候,拿出琵琶,弹两首小曲给徐中兴解闷。不高兴的时候,就要徐中兴给她挠背。挠着挠着,徐中兴的手就按在了女人的乳房上。女人绵软的一个身子倒在他的怀里,滴了油般的红唇噘得高高的,徐中兴就忍不住吻了下去。最初徐中兴没有欢好的欲望,他天天提心吊胆,担心县太爷过来。可是,县太爷丝毫没有过来的迹象。徐中兴的心慢慢松弛下来。女人并不是天天在屋子里与徐中兴厮缠,每日上午她都出门买东西,回来就告诉徐中兴外边的消息,谁谁谁被抓了,捕快借着抓"义和团"的名义抄了谁的家了。慢慢地,这种消息越来越少,及至后来,一点点没有了。根据女人的描述,徐中兴判断:县衙门已经停止了抓捕"义和团"的行动,甚至没人提"义和团"的事了。徐中兴虽然还有些怀疑,但是整个身心彻底放松下来,他觉得到了离开女人的时候了。

　　可是,徐中兴突然发现,他有些离不开女人了。

　　一日,女人做了红焖猪蹄、咸鱼锅贴、辣炒什锦菜,倒了两杯白酒摆在面前。女人说:"咱俩欢爱已久,应该有个说法吧?"

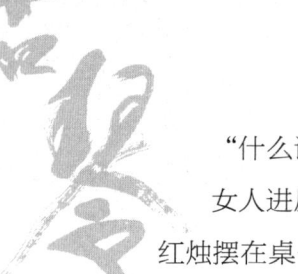

"什么说法?"

女人进屋,出来时,手里多了一个喜字和两只红烛,她将喜字贴到墙上,红烛摆在桌子上,拉着徐中兴冲着喜字齐齐跪下,"我们不能光明正大地成为夫妻,但是可以偷偷摸摸地成为夫妻。"

徐中兴的眼睛湿润了,他知道女人对他动了感情。这个女人,最初与他欢好,只是因为他的房事厉害,贪的是欲望,是男色,不贪他这个人。可是,这段时间以来,他并没有与她欢好,他甚至力不从心。女人应该弃他而去,将他赶出家门,可是她却更好地对待他,并且产生了做他妻子的念头。

徐中兴转头看女人,一个丰满娇艳的女子,脸上、手上的皮肤好得如同刚刚蒸出的馒头,嘴唇就像热烈绽放的花朵。如果不是曾经做过妓女,是个很好的做妻子的人选。可是,他有理由挑剔与嫌弃她吗?女人端过酒杯,两人饮交杯酒,酒刚刚含进嘴里,徐中兴就搂住女人。

以往,两人是不接吻的。这一次,徐中兴吻得要将女人吃下去一般。他嘴里的酒吐到了女人的嘴里,女人嘴里的酒吐到了他的嘴里。这柔软、温润的女人的嘴盛过的酒就是不一样啊。它从徐中兴的嘴一直烫到他的胃、他的肠、他的心、他的腿还有十个脚趾尖尖。徐中兴"呃"的一声将女人抱了起来。

徐中兴将女人抱到床上,那样雪白精美的一个身子,犹如玉做的一般。徐中兴吻遍她的全身,进入女人身体时,女人"啊"的一声尖叫。

是与以往任何一次都不同的欢爱。以往,有的只是欲望,现在却是无限的疼爱、无限的感激、无限的怜惜。既想把女人压扁了,揉碎了,一口不剩地吃进嘴里,又怕伤了女人。那种坚硬而又柔软的感觉,言语无法形容。女人似乎也变了样子,她不像以往那样癫狂、风骚,一味地享受肉欲的快乐,她变得无比体贴,无比温柔,将徐中兴当成自己男人那样地疼着,爱着。

欢爱过后,徐中兴哭起来。脑子和身子像被水洗过一般变得澄明。从前的他,可是按照自己的内心生活过一天吗?从前的他可曾感受到生活的美好吗?徐中兴"呜呜"痛哭起来,一边哭,一边说:"为什么不让我早点遇到你？为什么不在一出清水河村的时候就遇到你？"

徐中兴在女人家里住了下来。两人正值年轻，又初尝爱情的滋味，恨不能分分秒秒黏在一起，恨不能时时刻刻化成一个人。女人问徐中兴为什么喜欢她。原因实在太复杂，徐中兴无法总结成一句或者两句话，就反问女人为什么喜欢他。女人说："很奇怪的，与你欢爱到最高兴的时候，仿佛有根针一头插在我的心尖尖上。这针一窜一窜地动，刺得这心尖尖又疼、又酸、又软，我是又想哭，又想笑，又想叫，心里爱你就爱得不行。"

徐中兴对女人没有研究，女人的理论叫他感觉奇怪。可是他知道女人阅男人无数，女人对别的男人没有这种感受，对他却有这种感受，如此看来，女人喜欢与爱的男人只有他了。

徐中兴感动得不行，对女人越发好起来。他知道伺候好了女人，女人就越发离不开他，于是日日想办法叫女人高兴。女人果真喜爱他喜爱得不得了，常常流着眼泪对他说："恨不能死在你的身上。恨不能化成水窝在你的肚脐眼里。"

那天，徐中兴叫女人洗干净身子，躺到床上。他拿起毛笔，蘸饱墨，在女人身上写诗。徐中兴第一次在人体上写诗，是写在费力克斯身上的，就是那个晚上，费力克斯拒绝了他，使他的自尊受到严重的伤害。今天，他要把在费力克斯身上失去的，在女人身上找回来。

毛笔落到身上，女人"咯咯"笑起来，身子动来动去，笔锋就走偏了。徐中兴找了两条布带子，将女人的手脚绑到床头、床尾。女人这下老实了。徐中兴从女人的左肩开始，写下：蒹葭苍苍，白露为霜。所谓伊人，在水一方。溯洄从之，道阻且长。溯游从之，宛在水中央……一首诗正好写满整个身子。

徐中兴退后两步欣赏，飘逸的字体，乌黑的墨迹，配了女人如同绸缎一般光滑雪白的身体，真是人间绝美的景致。徐中兴起了与女人欢好的欲望，可是又怕破坏了这难得的美。他转身拿起一枝没有用过的毛笔，用毛笔尖，一下一下，变化着方向，在女人的身上扫来扫去。

女人被撩拨得仿佛要死去一般，闭着眼睛，咬着嘴唇，费尽千辛万苦地吐出一个字一个字，"要死了，亲亲，肉肝肝。受不了，要死了……"

又酥又痒又麻的感觉顺着徐中兴的指尖传遍全身。徐中兴知道，这也是女人的感觉，他们彼此心灵相通才能够将自身的感觉传递到对方的身上。没有实际性的身体接触，两人眼看着就要冲向幸福的顶端……

这时候，院门"嗵"的一声，被人一脚踢开。两人吃了一惊，才惊觉院门没有闩死。太平日子过久了，徐中兴与女人放松了警惕，院门经常虚掩着。即使如此，也从未有外人到家里来过。今天怎么就来人了？透过卧房的窗棂向外瞧，徐中兴与女人登时变了脸色。县太爷带着一名捕快，大踏步走了进来。

给女人解开布带已经来不及了，女人要徐中兴从厨房的窗户逃走。看着女人精美的身子，徐中兴的心痛成一团，"你怎么办？"

女人说："跟你爱了这一场，就是死，也值了。"

徐中兴顾不得再说什么，抓起被子盖到女人身上。转身跑进厨房，推开窗户，跳了出去。

3

火车站开通运营,坊子镇变得热闹起来。火车站广场上每天有人运来煤炭、粮食、棉花……运装上火车,轰隆隆地拉到青岛。以往坐着马车、骑着马、乘着轿外出的人,也改乘火车。当初拼命抵制修建铁路的人尝到乘坐火车的好处后,坦然接受了这个新生的事物。

伴随着车站的开通运营,各类商铺、旅舍、酒店、作坊,雨后春笋般冒了出来。坊子很快变得欣欣向荣,一片繁茂,气势都快超过潍县城了。

保罗神父的家虽然在坊子镇的边缘,但是紧挨着铁道,火车通过时,房屋、地皮都跟着震动,轰隆轰隆的声音震耳欲聋,仿佛火车开进了家里。碰到火车头"呜"的一声长鸣,冒出浓烈的白色蒸汽时,保罗神父的家就整个笼罩在白雾之中。每到这时,保罗神父就异常兴奋,手在胸前画着十字,"感谢主,感谢主,使我见证了德国的强盛与伟大。"

徐龙吟却心烦得要命,感觉火车要硬生生地将他的身体,他的心脏碾碎。他一天甚过一天地认为:火车就是一个巨大的妖怪,它摇动了大地的根基,惊扰了大地的平静,终有一天,它会吸干大地的精髓,吸干大地的血液,将坊子、将潍县城、将整个中国吃垮。

与坊子镇的兴旺不同，曾经名声远扬的"潍县煤"被德国人开采的"坊子煤"代替，德国人、中国人都到坊子采购"坊子煤"，宁家沟村的煤矿眼看就要衰败了。

叫徐龙吟心烦的还有陆飞鸣的母亲。陆飞鸣的母亲隔三四天就来找他一次，哀求他将陆飞鸣救出牢狱。即使徐龙吟外出传教，她也有办法找到他，影子一样跟在身后，苦苦哀求他。

听着陆飞鸣母亲的哀求，徐龙吟常常走神。他怀疑自己是否真的爱过陆飞鸣的母亲。那个娴静、优雅、美丽，叫他牵肠挂肚的女人已经消失不见了，眼前的女人衰老、憔悴，眼睛因为哭泣而红肿变形，苍白干裂的嘴唇哆哆嗦嗦地说着重复了无数次的话。徐龙吟记得，陆飞鸣第一次到费力克斯家中"久住不归"的时候，陆飞鸣的母亲坐在他的面前一言不发，那般的端庄，那般的沉静，那般的凛然。虽然没有一句话，却好似说了千言万语，使徐龙吟感到山一样大的压力。现在，陆飞鸣的母亲已经说了千言万语了，为何，他却觉得那话轻飘飘的，如同风吹起的一根羽毛。

徐龙吟叹了一口气，仰起头来。天空飘着几丝白云，没有叶子的树枝在微风的吹拂下晃来晃去，远远传来嘈杂的人声。立春些许日子了，天气越来越暖和，走路走得急时，都要将棉衫脱掉。春天，是个万物生发、爱情萌生的季节呀，他的爱情却活生生地消失了。面对陆飞鸣的母亲，他像看陌生人一样冷静与疏远起来。

徐龙吟并没有不救陆飞鸣，即使陆飞鸣的母亲不来求他，他也会想办法救陆飞鸣的。不仅因为陆飞鸣的母亲曾经和他情同夫妻，更因为陆飞鸣居住在清水河村，作为清水河村的族长，他有理由拯救和保护他的村民。

徐龙吟所能求的人只有保罗神父。保罗神父拒绝了他。保罗神父告诉他，刺杀事件实在太重大，影响实在太恶劣，德国人不会轻易放过任何人。他们不仅关押了陆飞鸣，就连费力克斯也被软禁了起来。费力克斯之所以没有入监，是因为中国没有德国人建立的监狱。德国人即使犯了法也高中国人一等，不能与中国人关在一个地方。德国官员正在详尽调查事件的经过，如果费力克斯参与刺杀行动，会被押回德国接受审判。

费力克斯都如此，就更不用说陆飞鸣了。徐龙吟只有日夜虔诚地向上帝祷告，祈求上帝拯救陆飞鸣。

然而形势日益严峻起来。随着朱宏与徐中兴的久不归案，县太爷改变了策略。他每天将一名抓捕的"义和团"成员斩首，扬言要杀到朱宏与徐中兴主动归案。如果朱宏与徐中兴主动归案，他将从轻处罚那些"义和团"成员。更叫人接受不了的是，县太爷竟然又抓捕了一名女"义和团"成员。丁红杏还在牢狱里好好活着，那女人却被剥光衣服，绑在木桩子上示众。女人一身精美的皮肉，肌肤雪白、光滑如同绸缎，乳房肥美如同刚刚蒸出的胶东大馒头，一张红唇没抹任何脂膏，却红润得使人想亲两口。那样美貌的一个女人不好好过日子，为何要参加"义和团"？弄得被赤身示众，连个妓女都不如。那样美貌的一个女人，县太爷为什么不私藏起来，自己享用，却要铁面无私地进行处罚？男人、女人无不摇头叹息。白日，女人被绑在木桩上示众，晚上就被放下来，不知是县太爷安排的，还是真有恶魔一般的男人，他们轮流在女人身上发泄着兽欲，几日下去，女人像花一样地萎谢了。再一日，太阳升起来时，女人的两只乳房被齐刷刷地割掉，两条大腿血肉模糊。两腿之间成为一摊烂酱。

徐龙吟看了，几乎要昏死过去。这个世道怎么了？那些人怎么了？折磨这个女人的人是魔鬼？

没有人回答他，四周只有死一样的寂静。徐龙吟从屋子里走出来。夜幕深沉，四野苍茫，万事万物似乎沉浸在深刻的思考当中。徐龙吟抬头看天，天上星光暗淡。星光之上有什么？有上帝吗？上帝在那里看着他吗？

一个男人仿佛从地底下冒出来，他张皇失措地四处张望，似乎在确定行走的方向。可是他的大脑好像出了问题，偌大的空地，却一头撞到了徐龙吟身上。

徐龙吟伸手扶住他，男子转身就跑。可是他又停住脚步。他回头望着徐龙吟，身子哆嗦着跑了回来。他一把抓住徐龙吟的手，"族长，救我。"

4

徐中兴从女人家里逃出来，不敢停留，抄了小巷，匆匆向县城外跑去。县城的每个胡同，每条街道，每堵墙上都贴着告示，上面画着他与朱宏的画像，写着举报或是抓捕他们将会获得的银两数目。朱宏的银两比徐中兴的多，这使徐中兴有点小气愤，他马上批评自己：这等关键时刻还计较谁的头更值钱，可见是活得不耐烦了。

潍县城已不如往常繁华、热闹，大多数店铺关了门，街道上行人稀少，个个面色紧张，行色匆匆。每隔几个路口就有捕快设岗检查，他们不管男人、女人，俱双手齐下，将全身摸个遍，摸到好的东西就占为己有。被他们占尽便宜的女人，一句话不敢讲，两眼噙着泪水快快离开。

仗着熟悉地形，徐中兴左拐右拐，日落时分来到了城门口。城门口的情形令他倒吸一口凉气，那里不仅设立了仅容一人出入的木头架子，并且站着十几名捕快和十几名身强力壮的男子，此时仅有三五个人出城，进城的人一个没有，徐中兴如果过去，等于自投罗网。

徐中兴连忙返回城里，偌大的一个县城，真真正正没有他的一丝立足之地。在条偏僻的巷子里，徐中兴发现一个废弃的院子，院子里三间塌了顶的房屋，房屋的墙角放着一个柴草垛。徐中兴扒开柴草垛藏了进去。黑暗里，他弄明白了两件事情，一件是县太爷仍旧大肆搜捕"义和团"成员，女人为了试探他是不是爱她，骗他说"外边平安无事"。如果徐中兴不走，就说明徐中兴爱他。徐中兴不知女人这样做是帮他还是害他。不过，他清楚的是，女人非常爱他，她在第一天就知道县太爷四处抓捕他，但是冒着死的危险收留他、侍奉他，使他享受了天上才有的幸福、快乐的生活。女人，女人，现在怎么样了……想到女人被布带子绑在床上的情景，徐中兴心如刀绞，眼泪大颗大颗地流下来。第二件事是朱宏没被县太爷抓获。既然朱宏没被抓获，他们就有东山再起的机会.他记得朱宏对他描述的那些神功，仗着那些神功，不愁为女人报仇雪恨。

为了表达决心，徐中兴将下嘴唇含在嘴里，狠狠咬了一口。咸腥的血流进了嘴里，徐中兴一口一口将血咽进肚子里，他叫自己记住这鲜血的滋味，血债定要血来偿还。

月亮升起来了，透过柴草的缝隙，徐中兴看到院子里清亮亮的月光。这月光多么美呀。"月色醉远客，山花开欲然""梨花院落溶溶月，柳絮池塘淡淡风"。月色如此纯净，如此澄明，如此美好，都想不出用什么样的词语来形容它了。可是，它为何不洗净这世间的丑恶？不涤清这世间的罪恶？还万物一个清白呢。可是，这世间谁又是有罪的？谁又是无罪的？想到自己的所作所为，徐中兴闭上眼睛，将月光挡在了外头。

不知道过了多久，徐中兴迷迷糊糊地睡了过去，可是他又被人惊醒了。他睁开眼睛，屏住呼吸，看到两个人轻手轻脚地走进院子，清亮亮的月光将他们的面目照得一清二楚，徐中兴的心狂跳起来，其中一人是朱宏。

另一个是谁？是朱宏带了捕快来捉他的吗？怎么可能？朱宏怎会知道他藏在这里。徐中兴细细打量，确认那人是朱宏的一名手下。等到两人进了房屋，徐中兴扒开柴草垛，钻了出来。

四下静悄悄的，根本不像有人的样子。徐中兴轻轻走进屋子。屋内一团漆黑，根本看不到人藏在什么地方。可是，徐中兴感觉到了紧张的呼吸，它们惊扰了空气，将人的气息，活生生地传递出来。

徐中兴轻声喊："大师兄，是我，徐中兴。"

一双手捂住徐中兴的嘴巴，朱宏的声音在耳边响起，"别出声。"

朱宏将他带到屋子的角落。三个人，如同落魄的狗相对而坐。朱宏问徐中兴这段时间去了什么地方。徐中兴说在"义人"家里藏了起来。

"义人？"朱宏冷笑起来，"是县太爷的女人吧？"

"你怎么知道？"

"我怎么知道？那女人被脱光了衣服，绑在木桩子上示众。现在，正被一帮男人糟蹋。"

"这个老混蛋。"徐中兴捏着嗓子叫了一声，"总有一天，我会揪下他的头，塞进女人的裤裆里。"

朱宏连声叹气，"没有想到，县太爷会这样狠毒。今天又杀了一名兄弟。我不能眼睁睁地看着他们死，我要去救他们。"

"救？怎么救？"那名男子说。

"师兄，你不是会神功吗？使出神功，哪个人是你的对手？恐怕德国鬼子的枪都不好使。"

"什么神功？那都是骗人的。我也就只会硬气功而已。"

一股恶气从徐中兴小腹直冲胸腔，简直要将他的胸腔撞破了，他抓住朱宏的脖子拼命摇晃，"早知道是骗人的，我为什么要跟着你做？为什么要许诺我做什么潍县城的父母官？不是因为你，我的日子会过得多么舒坦，你，你，你，都是你害的，害得我狼狈逃窜，害得我女人遭受侮辱……"

朱宏身子一晃，将徐中兴晃倒在地上，"关键是你的内心充满了怨恨，充满了贪婪，不遇到我，你也会遇到另外的人，也会发生这样的事，也会落个这样的下场，因为你就是这样的人。"

徐中兴不知道应该如何反驳朱宏，他只觉得又悲又愤，满腔情绪无处发泄，索性大声哭喊起来。

那名男子扑过来，捂住他的嘴，"这样哭喊会引来捕快。即使死，也不能这样死，要救出所有的兄弟才死。"

男子力大无比，将徐中兴的口鼻捂得严严实实的，徐中兴差点背过气去，男子的手拿开后，徐中兴哭喊的欲望也被捂没了。

朱宏与徐中兴在屋子里趴了数日，那名男子日日出门打探消息，带回来的消息全都血淋淋的。"义和团"成员接二连三被斩首，今天竟然一口气斩了三个。女人被割去了双乳，双腿被狼狗咬得稀烂，县太爷还偏偏不叫她死，每顿叫人喂下参汤，保存她的气息。

这一晚，乌云密布，夜色浓郁得仿佛在人的眼前蒙上一条黑布子。徐中兴走出院子，穿过无数条小巷，来到了菜市上。他不敢靠前，躲在一棵树后远远观看。菜市上燃了一个大火堆，将四下照得亮堂堂的。火堆的后面，是个木头桩子，桩子上绑着一个血肉模糊的人，他（她）的旁边立着一个架子，架子上挂着一排人头。

徐中兴定睛细瞧，勉强认出被绑的是个女人。那哪里还叫人啊，但凡有皮肉的地方都被咬烂、撕烂了，两个原来长着乳房的地方成为黑乎乎的窟窿。这就是那个无比娇艳的女人吗？这就是那个给他带来无限欢乐的女人吗？这就是那个爱他爱得宁肯不要性命的女人吗？

徐中兴捂住嘴巴哭了起来，他盼望手里有一支利箭，一箭结束了女人的性命。如此，女人会舒服和幸福得多。可是，他的手里没有利箭。他甚至没有跑到前面一刀扎死她的勇气。天呀，天呀，有什么办法能叫女人快点死去吗？有什么办法叫他为女人报仇雪恨吗？

徐中兴回到院子，趴在地上无声地痛哭，他哀求朱宏告诉他一个办法，一个可以帮助女人快死，一个杀了德国人，杀了县太爷，为女人报仇的办法。

朱宏说："我有一个办法，可以叫县太爷杀了女人。可以叫县太爷从轻处罚'义和团'成员。这个办法是：我去投案自首，而你，必须死。"

5

徐龙吟将徐中兴带到保罗神父家里。保罗神父去了潍县城,屋里只有徐龙吟与徐中兴两个人,他们对面的墙上贴着耶稣钉在十字架上的画像,上面写着"神爱世人"。徐中兴冲着画像跪了下来,一边"嗵嗵"磕头,一边痛哭流涕地说道:"都是我的错,都是我的错,叫你受苦了,叫你受苦了。神啊,救救她,救救她。"

徐龙吟诧异徐中兴何时成为天主教徒,可是天主教徒是不磕头的,可见他将耶稣当成中国的神仙了。

徐龙吟慌忙将他拉起来。徐中兴嘴里叫着"族长",跪下冲他磕了三个响头。

徐龙吟看着徐中兴,他无法相信这个清水河村的读书人,这个在费力克斯家中做教书先生,曾经志气昂扬,正眼都不瞧他的男人变成如此狼狈的模样。他头发蓬乱,面庞肮脏、衣衫破烂,一只脚上的鞋子都跑掉了。他战战兢兢地站在徐龙吟的面前,浑身哆嗦,泪流不止。徐龙吟端了一碗热水,找来一些吃食,伺候徐中兴吃下。徐中兴神色这才安定下来。他将参加"义和团",策划参与、刺杀海因里希亲王,到县太爷的女人家中躲避,从女人家中逃出后遇到朱宏的事情原原本本地告诉了徐龙吟。

徐龙吟的嘴巴半天没有合上，他无法相信，这些事情是徐中兴做出来的。这哪是清水河村的人做的事？这哪是读书人做的事？这分明是说书人嘴里的草莽英雄做的事。

徐中兴告诉徐龙吟，为了救被抓捕的"义和团"成员，朱宏决定自首，但是他要求徐中兴活着，活着给他和女人报仇。徐中兴不明白朱宏的话，朱宏明明要他死，为何又要叫他活。朱宏说，徐中兴的性情不适合跟县太爷打交道，他只可以当幕后军师，使阴招，放暗箭，不适合冲锋陷阵当英雄。况且他睡了县太爷的女人，县太爷不会跟他讲任何条件，只会一刀结果了他的性命，所以徐中兴要活着，伺机为他们报仇。

死的人是跟随朱宏的手下，他先自尽，再叫朱宏毁掉他的身体和脸面，冒充徐中兴，扛到县衙门去自首。

徐中兴大叫："我不能做这种不仁不义的事情，叫我死，叫我死。"

朱宏说："叫你死，是白死。"

那名男子拉住徐中兴，"嗵"地给他磕了一个头，"大哥，日后为我们报了仇，我们的死就值得了。"

朱宏也转身向徐中兴跪下，说："兄弟，我们这样做有自己的打算，你就成全了我们。日后，杀上一个德国人或是杀了县太爷，就是给我们报了仇了。"说完，"嗵嗵嗵"给徐中兴磕了三个响头。

徐中兴不知道应该听从他们的安排，还是继续坚持自己的做法。他心里清楚的是，朱宏与那名男子的主意很难改变，想要"坚持自己的做法"只有当即死去，可是他实在缺乏死的勇气。

第二日傍晚，徐中兴他们栖身的屋子起了一场大火，将那名男子烧得面目全非，被烟熏得乌黑的朱宏扛着那名男子的尸体，大摇大摆地来到街上，他站在街口大喊："我朱宏来了，我朱宏带着徐中兴投案来了。"

徐龙吟手放在徐中兴的肩上，说："愿神保佑你。"

"族长，我是清水河村的村民，你要救我。"

"唉！"徐龙吟叹一口气，脸转到一边，看到被钉在十字架上的耶稣。

"我救不了你，只有上帝才能救你。祈求上帝饶恕你，赦免你的罪过吧。"

徐龙吟话音刚落，就听"嗵"的一声，他以为徐中兴又在磕头，回头一看，徐中兴倒在了地上。

徐中兴病倒了，身热如炭，躺在床上胡言乱语。徐龙吟心下着急，又不敢请郎中为他诊治。这坊子，四处贴满捉拿朱宏与徐中兴的告示，郎中一来，必定认出徐中兴，徐中兴哪里还有活路。

徐龙吟只好拿最原始的办法给徐中兴降温，凉水浸了毛巾盖在他的额头，用冷毛巾擦身子，跪在上帝面前祷告，祈求上帝赦免他的罪行。正在祷告着的时候，徐中兴听到一个男人对他说："火，火，火，地狱之火。"

"谁？"

徐龙吟睁开眼睛，四下里无人。"谁在跟我说话？"没有人回应他，徐龙吟闭了眼睛，继续祷告，这时，他又听到一个男音说："火，火，火，地狱之火。"徐龙吟又睁开眼睛，四下里仍然没人，他站起身，到房前屋后寻找，仍然没有其他人。

可是，"火，火，火，地狱之火"是什么意思呢？徐龙吟百思不得其解。夜间，为了照顾徐中兴，他在徐中兴的床边搭了一个地铺。朦朦胧胧睡去后，眼前突现一个巨大的深坑，里面燃烧着熊熊烈火。一个男人被人从空中抛下，尖叫着向火坑坠去，毒蛇一般的火焰立即吞噬了他。徐龙吟"啊"的一声坐了起来，火焰不见了，眼前只有暗淡、昏黄的灯光，徐中兴躺在床上，嘴里喃喃出声。徐龙吟侧耳倾听，却听不清他在说什么。徐龙吟站起来，到床边摸摸徐中兴的额头，依然热得吓人，如同放了一只火炉子在上面。火炉子？！"火，火，火，地狱之火。"徐龙吟的耳边又响起了男音。

徐中兴在床上又喃喃出声。

徐龙吟打了一个激灵，回身望着徐中兴，难道坠入深坑，被火焰吞噬的那个男人是徐中兴吗？难道要用地狱之火烤炙徐中兴的身体与灵魂，使他获得新生吗？是的，是这样的，要不，徐中兴好端端的，为何会身热如炭呢？

徐龙吟浑身打着哆嗦，站起身来。他找了一个浸满水的毛巾，叠成长条，绑在徐中兴的眼睛上。他找了一个铁盆，在盆里放进木柴，滴上油汁，燃起了一堆旺火。

徐龙吟将徐中兴的腿、屁股绑到床上，他抱起了徐中兴的半个身子，探身床外。病中的徐中兴绵软无力，如同一只布口袋。徐龙吟抱着他，将他的脸悬在火盆的上方。火苗如同有了生命，"呼"的一声向徐中兴扑了过来，它围绕着徐中兴的脸庞，炙烤着徐中兴脸上的每一寸皮肤，每一丝肌肉。徐中兴"啊、啊"大叫，拼死向后挣去。徐龙吟紧紧地按住他。徐龙吟感到一股巨大的力在挣扎，在冲撞，在与他博弈。徐龙吟死命地按住徐中兴，重心不稳，徐中兴"噗"的一声，整个头掉进了火盆里面。

6

盛夏,陆飞鸣从牢狱里走了出来。站在白花花的阳光底下,他有种恍然隔世的感觉。入狱的时候是隆冬季节,现在烈日如火。他伸出手指,想算一下在狱中待了多少日子。可是,他看着自己细得如同竹片的手指,泪水模糊了双眼。这如同一辈子一样漫长的日子,能够数得过来吗?即使他的全身长满手指,也数不过来啊。

行人来来往往,没有人注意陆飞鸣,没有人看陆飞鸣,仿佛身边根本没有陆飞鸣这个人,仿佛陆飞鸣就是一棵树,一根柱子,一根旗杆,根本不值得注意。陆飞鸣一屁股坐在地上,他感觉自己像个小小的蚂蚁在空旷无边的大地上孤独爬行,任何一点微不足道的力就可以将他置于死地。这就是他,就是他的生活,这就是他的人生。

陆飞鸣捂住脸,眼泪从手指缝,大颗大颗地滴了下来。

一个男人从人群中走了出来,他那样另类,跟身边的所有人不同。所有人见了他,都弯着腰避开。他走了过来,蹲下身,向陆飞鸣伸出了手。他的手轻轻地放在陆飞鸣的下巴上,接住了陆飞鸣滴下来的眼泪。

陆飞鸣放下手,睁开了眼睛。是费力克斯,这个对他有着说不清道不明的感情，一直与他纠缠的德国男人，他蹲在他的面前，清澈得犹如湖水一般的眼睛温柔地看着他。

陆飞鸣的手伸出来，费力克斯一下子抓住了它们。费力克斯的手依旧宽大、厚实，可是它们不再温热，它们凉凉的，仿佛在冷水里面浸泡了太久。它们为什么这样凉？是因为承接了陆飞鸣的眼泪吗？

陆飞鸣眼泪汪汪地看着他，"是你救的我吗？"

"你根本没有罪，"费力克斯手上用力，紧紧地握着陆飞鸣的双手，"你根本没有罪，何来'救'之有？他们根本就是冤枉你。"

陆飞鸣扑进费力克斯的怀里，他闻到了费力克斯身上那种暖融融、热乎乎的味道。这味道令他踏实、令他心安，令他感到自己的身子是温的，血是流的，人是活着的。

眼泪从陆飞鸣的眼中再一次流出来。他趴在费力克斯的怀里，哭得一塌糊涂。

朱宏、丁光明、丁红杏全部被斩首，并且被悬首示众三个月之久。他们的头颅高高悬挂在木头架子上，沐浴了一场罕见的桃花雪。潍县城的人说："从未看过桃花盛开的时候，下这样的大雪。"他们纷纷跑到朱宏、丁光明、丁红杏被悬首示众的地方观看。那里种着三株桃树，纷纷扬扬的大雪里，桃花艳丽地开放着，每一朵桃花都饱含了汁水，每一朵桃花都鲜艳得过分，每一朵桃花都仿佛一碰就会流出血来。人们惊叹着，感慨着，有人说："这雪是专为朱宏下的，这桃花是专为朱宏开的。朱宏是条汉子。丁光明、丁红杏是沾了朱宏的光了。"

朱宏的死可谓轰轰烈烈，在刑场上，在潍县城的百姓面前，他要县太爷兑现自己的诺言——处斩了他后，从轻处罚被抓捕的"义和团"成员。县太爷一口答应，一声令下，朱宏人头落地。它骨碌一声滚到县太爷的脚下，一口咬住县太爷官服的衣角。县太爷并不害怕，说："守着全潍县城百姓的面，我不可能食言，你要是条汉子，就放心地去吧。"人头一下子松开口，闭上了眼睛。

县太爷果然没有食言，全部放了被抓捕的"义和团"成员，只是命人挑断了他们的脚筋、手筋，绝了他们"东山再起"的念头。对那个已经被烧死的"徐中兴"，县太爷狠了一些，他把"他"与那个赤身裸体示众的女人绑在一起，放到饿急了的狼狗群里。

陆飞鸣没被斩首，也没被挑断脚筋、手筋，只是在牢狱里面待了漫长的时光。在牢狱里，狱卒对他还算客气，除了冷面冷脸、恶语相向，没有叫他吃什么苦头。之所以在牢狱里待了这么长时间，是因为被刺杀的对象——蒙纳乐上校决意要杀死他，之所以没死，是因为费力克斯力保他，费力克斯拿出所有的钱财保全了陆飞鸣的性命，并且使他在牢狱里没受什么苦头。

费力克斯的家，已经从潍县城搬到了坊子。是靠近张路院火车站的德国侨民居住区，那里有宽大的草坪，漂亮的房子。每座房子的外边都有木头栅栏围成的花园，里面种着各种颜色的鲜花。

从马车里下来，费力克斯将一个箱子塞到了陆飞鸣的手里，那个箱子很轻，适合陆飞鸣羸弱的身体。费力克斯冲他眨眨眼睛，"现在，你是我的中国用人。"

陆飞鸣跟在费力克斯的身后，走进了费力克斯的家。

那是完全不同于中国建筑的房屋，墙壁全部是厚实的大理石，狭长的枣红色的窗户上镶着一尘不染的玻璃。热烈的阳光透过玻璃洒到屋子的地板上。地板是厚厚的长条木块，木块上的纹理组成了云的形状、花的形状、山的形状，走在上面，仿佛走在山林里面。

陆飞鸣小心翼翼地跟在费力克斯的身后，一个一个房间地看。这些房间不像中国的房间那样曲折、隐秘，有时从一个房间到另一个房间，必须通过长长的走廊。这些房间为了生活上的方便，简单明快地连在一起，客厅、厨房、卫生间、卧室……在一个小的房间里，陆飞鸣看到了令他日思夜想的东西——古琴。它静静地摆放在窗户下面，仿佛陆飞鸣被掏出来的心，只等着他过来，将它重新塞回身体里面。

陆飞鸣扑了过来，他的手指搁在琴弦上，他的手指与琴弦一碰，仿佛游荡已久的灵魂终于找到了他所归属的身体。他的手指立刻在琴弦上游动起来，那种能够使人身体澄清、灵魂轻盈的音乐立刻飘满整个屋子，整个房子，整个院子。

一曲弹罢，陆飞鸣又弹一曲……他足足弹了十首曲子。

陆飞鸣的心无比澄明，陆飞鸣的心无比轻松，陆飞鸣的心无比喜悦。他回过头来，他知道费力克斯爱极了中国文化，他知道费力克斯爱极了古琴音乐，费力克斯一定如他一样沉浸在乐曲之中，无法自拔。

陆飞鸣张大了嘴巴。他的脸上浮现出惊喜、惊讶、幸福、痛楚……种种复杂的感情。

费力克斯夫人站在费力克斯的身旁。

陆飞鸣的身体弯了下来，陆飞鸣倒在地上，他头趴在地板上，向前伸出两只手，一只手抓住了费力克斯的脚，一只手抓住了费力克斯夫人的脚，他一边流着泪，一边说："对不起，对不起，对不起。"

7

晚上，陆飞鸣睡在费力克斯为他安排的房间。月光从玻璃窗透进来，静静地洒在古琴上面。陆飞鸣躺在床上，无论如何都睡不着觉。房间里到处是费力克斯夫人的气息，费力克斯夫人就在他的隔壁，他甚至能够听到她的呼吸，她的肚子里怀着他的孩子，那个孩子马上就要来到这个世上。可是，他却无法与她交流，无法将她拥入怀抱，无法告诉她，他是如何地思念她，就是靠着这份思念，靠着活着出来见她的信念，他才等到了出狱这一天。

陆飞鸣从床上下来，坐在古琴的前面。他推开了窗户，满院子的月光呀，洒在碧绿色的草坪上，洒在娇艳的花朵上，洒在黄色的屋顶上。满院子的月光呀，照着他，也照着她，照着他无比心爱的女人。陆飞鸣的手放到了琴弦上，这样美丽的月光，这样与她相近的地方，他应该弹一曲献给她的，弹一曲，告诉她：他爱她，像爱心尖尖一样，永远地爱她。

可是……这夜深人静的时刻，所有人都入睡了，他怎么能够弹琴呢，怎么能够惊扰了他们的美梦呢。

陆飞鸣叹了一口气，低头看着古琴。这是费力克斯的琴，他记得琴底上写着中国字，那些字与他家古琴琴底的字十分相似。这两把古琴之间有什么渊源吗？难道他与费力克斯、费力克斯夫人之间复杂的关系是天生注定的吗？

房门"吱呀"一声被推开了，有人走进了房间。陆飞鸣盼望来的人是费力克斯夫人，可是，他转过头来，看到的是费力克斯。

费力克斯走到他的身旁，跪了下来，他抓起陆飞鸣的手，放到自己的脸上，他来回摩擦着那只手，他说："我为什么会这样喜欢你？中国少年，瘦弱的、沉默的中国少年，我为什么会这样喜欢你？如果我的祖上没有来过中国，如果我不到中国来，我就不会遇到你，就不会有这些烦恼。可是，就是为了寻找你，我才来到中国……如果不是在这个时候，不是以这种身份，而是在我祖上那个时代，以游客或是文化寻访者的身份来找你，我们就会快乐一些……"

"你的祖上来过中国？"

"是的，是的，他带回去很多中国的东西，陶瓷、丝绸、茶叶，还有古琴与字、画。有一幅画上有个少年，那个少年，像极了你。"

陆飞鸣不知道说什么好了，祖上、古琴、画，画上的少年，一切早已注定，他们只不过是按照上天的安排一步一步地行走。是这样吗？真的是这样吗？他惶惑地站起来，挣脱了费力克斯，他连连后退，一不小心，将古琴碰到了地上。

古琴落地的巨大声响惊动了费力克斯，他如同梦醒一样，瞪大着眼睛看着陆飞鸣，他说："我是不是吓着你了？是的，你刚刚从牢狱中出来，我不应该这个样子。可是，你放心，以后再也不会这样了，再也不会有了。"

费力克斯捂住脸哭了起来。

强烈的内疚涌上陆飞鸣的心头。他叫费力克斯伤心了。费力克斯虽然喜爱他，可是他确实对他没有任何的非分之举，他只是看着他，欣赏着他，保护着他，没有一点点地伤害他。费力克斯对他这样好，他为什么要躲他？要避他？要伤他的心？

陆飞鸣走了过去，他抓住费力克斯的手。费力克斯立刻将那只手攥紧了，贴在了自己的脸上。泪水立刻将陆飞鸣的手浸湿了。

费力克斯告诉陆飞鸣，他已经失去了德国政府的信任，德国政府免去了他在潍县城铁路的管理权力，安排他在张路院火车站做一名普通工作人员，地位仅仅高于被雇用的中国人。他在中国待的时间不会太长，费力克斯夫人生下孩子后，他就与费力克斯夫人乘船离开中国，返回德国。

是这样的。费力克斯要离开，费力克斯夫人也要离开。陆飞鸣的心颤抖起来。他刚刚见到费力克斯夫人，就要与她永远分别。这怎么可能？怎么可能呢？

费力克斯将手从脸上拿开，看着陆飞鸣，说："即使离开中国，我也会想念你。想念你这个中国少年。况且，况且，夫人的肚子里还有你的孩子……"

陆飞鸣的嘴张大了，久久才说出一句话，"原来你知道……"

"我自然知道。我自然知道。和她在一起，看着她走来走去的样子，闻着她的味道，就感觉你还在身边，还在眼前。我从前从不拥抱她的。我从未喜欢过她一分一毫，我甚至恨过她，恨这个父母硬塞给我的、妄图叫她破坏我幸福的女人。可是，你在牢狱的这段时间里，我竟然喜欢她，竟然感谢她，竟然拥抱过她。她的身上有你的气息，她的肚子里有你的骨肉，跟她在一起，就像跟你在一起……"

"可是……"

"你不会懂，你不会懂。你这个少年啊，你怎么会懂？"

费力克斯蹲下身子，抱起了古琴，他如同安置一个婴儿，无比温柔地将古琴安置在琴桌上。他的手指在古琴上轻轻滑过。琴弦许是排斥他的，它们没有发出一点声音。

费力克斯说："我会好好对待孩子。回德国后，我会找中国乐师教孩子弹奏古琴，我会把他培养成另一个弹奏古琴的中国少年。"

陆飞鸣的脑子乱哄哄一片，他被费力克斯弄糊涂了。费力克斯知道他与他的妻子欢好，费力克斯知道夫人肚子里的孩子是他的，可是他不恨他，不骂他，还要把孩子带到德国，好好地抚育孩子。

这是怎么了？这是怎么了呀？

陆飞鸣在古琴前呆坐了一个晚上，天刚刚放亮，便打开门，走了出去。他需要找一个地方静静心，在事情没有想明白之前，他无法面对费力克斯与费力克斯夫人。

街道上静悄悄的，没有一辆马车，没有一个行人。陆飞鸣快步行走，他已经想好了要去的地方，清水河村。他要回家，见自己的母亲。

马路的两旁开了很多店铺，布店、茶叶店、药店、包子铺、肉饼铺……这些铺子的门前挂着各种颜色的幌子，夏日的微风中，幌子轻轻摇晃着，渲染出繁华、热闹的景象。陆飞鸣快步从店子前经过，突然，一家店门"吱呀"一声打开了，一盆凉水哗地倒出来，不偏不倚，全部倒到陆飞鸣的身上。

陆飞鸣大叫一声，倒水的人也大叫："这么早就有人？"他们同时向对方望去，陆飞鸣又大叫，那边却没有一丝声音。

晨光中，陆飞鸣看到一张面目丑陋，如同恶鬼一样的脸。

那人怔怔地看着陆飞鸣，突然，如同突然出现一样，转身回屋，关闭了店门。

陆飞鸣无法相信眼前所见，那人是人还是鬼？如果是人，为何有一张恶鬼一般的面孔？如果是鬼，为何要在天明时分出现？陆飞鸣看看自己身上，衣服水淋淋的，袖口、衣摆往下滴答着水。那人是人无疑，只有人才会将一盆水哗啦啦地泼出来。

可是，他为什么变成这个样子？

陆飞鸣抬头看去，店门的上方，一条暗黄色的幌子轻轻摇晃着，上面写着五个黑色大字——彼得剃头店。

8

"彼得剃头店"里,"布小生"的手艺最好,很多人专门叫"布小生"剃头、修面,"布小生"手上不得闲,他们也愿意坐在长板凳上等。大家都说"布小生"的手会说话,他的手摸在顾客的头上、脸上,那头、脸就不属于顾客而是属于"布小生"了,它们都有了单独的生命,单独的胳膊与腿,"布小生"叫它们怎么样,它们就怎么样。还有,"布小生"侍弄头发的手势、眼神,他撩起一缕长发,将它们搁在两指之间,侧着脸细瞧,然后手指松开,头发一根一根地散开。那眼神,那手势,那哪叫伺候头发呀,那就是伺候女人。那头发哪叫头发呀,那就是娘娘,就是皇后。人们都说,这"布小生"如果伺候起女人来,这"布小生"的手如果在女人的身上滑过去,女人保准像水一样,一下子就化了。可是,"布小生"似乎不近女色,有男人专门找了妓女来挑拨"布小生","布小生"毫不心动。不近女色,那就近男色了,可是"布小生"也不近男色,那些男顾客,有来骚扰他的,还有一个男顾客竟然因为他的手爱上了他,跑到店门口嚷嚷着为他殉情,可是"布小生"微微一笑,话都不吭一声。

不熟悉"布小生"的人是看不出他的笑的,因为"布小生"的脸天天蒙着一块布子，布子上画着一幅好看的京剧小生脸谱，剑眉秀目、粉面红唇，那番精致，那番美貌，真是天下第一，世上无双。也就是因为这张脸谱，大家才喊他"布小生"，原来的姓名反倒没有人知道。"布小生"的脸整天蒙着布子，人们能够看到的，唯有他的那双眼睛，不熟悉他的人，透过这双眼睛，只能够看到平淡、空洞与虚无，熟悉他的人，才捕捉到偶尔滑过的一丝微笑、欢喜或者生气。

没人说得上"布小生"来历，即使"彼得剃头店"的店主，他也只说：有一日，"布小生"来到店里恳求做剃头师傅，店主用自己的头、脸试他的手艺，一试就相中了。问他姓什么叫什么，家住何方，"布小生"只说来自青岛，别的一概不说。店主寻思他必有难言之隐，就不再问，留他在店里做了剃头师傅。

因为"布小生"，"彼得剃头店"的生意十分兴隆，可是再兴隆，来的也只是中国顾客。那些在坊子做官、做生意、管理铁路的德国人从来不到剃头店来。大家都说，德国人不到中国的剃头店，是因为害怕剃头师傅手中的刀子，那刀子一偏，德国人就人头落地，比"义和团"还要厉害。

可是，哪个剃头师傅有这样的胆量。又有人说，中国人有这样胆量的话，那德国人还能跑到中国修铁路、挖煤、做生意、居住、生孩子？可见中国人胆子太小了些。

这一天，一位德国人出人意料地来到了"彼得剃头店"，正在店子里理发的中国人分外吃惊，瞪大眼睛，怔怔地看着那个德国人。过了十几秒的时间，他们仿佛听到集合号令一般，"呼"的一声全部跑出了剃头店，其中一位男子的头发刚刚剃了一半，他也不在乎，顶着一半的头发就跑到了日头底下。在店外，那些人并没有走远，而是站在店子对面，远远地看着店里的一切。

店主反应灵敏，满脸笑容地迎上来，"德国大爷，我叫店里最好的师傅给您修理头发，保准您来第一回就来第二回。"

德国人摇摇头，一脸苦笑，张嘴是生硬的中国话，"就要离开中国了。

这次离开，怕是再也不来了。所以找中国的剃头师傅修修头发，用你们中国话说：将这烦恼丝修剪整齐，就再也不会烦恼了。"

店主笑道："这位爷是中国通啊，不仅会说中国话，还懂中国文化。好嘞，这就叫我们最好的剃头师傅修理您这三千烦恼丝。"

通常这种时候，不用店主招呼，"布小生"就会主动走过来。然而，这一次"布小生"却没动。店主转头，看见"布小生"拿着剃头刀在一块牛皮上用劲地磨着。

店主过去推了他一把，"这刀子够快的。别叫这位德国爷等急了。你可拿出最好的手艺伺候好德国爷爷。"

"布小生"抬头看了店主一眼，目光中包含了千万种内容。店主被他的目光弄糊涂了，站在那里一时回不过神来。

"布小生"来到德国人身前。德国人躺在椅子上，闭着眼睛，看上去十分虚弱，十分憔悴。

"布小生"的手轻轻搁在德国人的头上，十指弯曲，伸进德国人浓密的金色头发里面，他轻轻地揉着德国人的头皮。德国人的嗓子发出"哦"的一声，"布小生"的身子抖了一下。他的手顺着德国人的头皮向下，一丝丝一寸寸，温柔地抚摸着，德国人的耳朵、脸、脖子，他的手顺着衣服领子探进了德国人的身体里面……德国人一下子睁开了眼睛，他盯着"布小生"那张无与伦比的脸谱，盯着那个美艳无比的京剧小生，声音颤抖地说："是你。"

"布小生"的手抬了起来，没有人知道，他的手里何时握上一把剃头刀。他将剃头刀搁在德国人的脖子上，他的眼睛一眨不眨地盯着德国人，他说："对，是我。"手下用力，一股鲜血从德国人的脖子上冒出来，他说："这一刀是给你们德国人的。"他又划了一刀，"这一刀是给潍县城的县太爷的。"

德国人并没有当场死去。可是他完全失去反抗能力，他躺在椅子上，瞪着眼睛，看着自己的鲜血源源不断地从脖颈处冒了出来，看着"布小生"在布上擦干净剃刀头。"布小生"拿起剪子，他没有去剪德国人的脖子，他仔仔细细给德国人修剪起了头发。

那大约是"布小生"修剪得最认真、最精美的一个发型，修剪头发后的德国人一扫进剃头店时的虚弱、憔悴，变得十分精神，十分英俊。

"布小生"冲着德国人鞠了一个躬，转身走出了剃头店。那些围观的男人纷纷给他让路，等到"布小生"走远，他们不约而同地鼓起了掌。

9

见到母亲时,陆飞鸣大吃一惊。母亲满头白发坐在院子里,盯着一院子的阳光发呆。陆飞鸣扑上前,跪下来,叫了一声"母亲"。

母亲转头看着陆飞鸣,抬起手来,摸摸他的头,说:"你是谁啊?"

陆飞鸣泪水长流,双手摇着母亲,"我是飞鸣啊,母亲,你怎么了?"

"你是飞鸣?不,你不是飞鸣,飞鸣在屋子里弹琴呢。我家飞鸣呀,从小喜欢弹古琴,他除了吃饭、睡觉,就是弹奏古琴。飞鸣像他父亲,他父亲是一名古琴艺人,他父亲天天教他习琴,要他成为一名古琴大师。嘘……"陆飞鸣母亲将食指竖在唇边,"听,他在练琴呢。"

"母亲。"

母亲站起身,来到屋内。屋内所有的东西都蒙着一层灰尘,唯有那架古琴,摆在窗户下面,被擦得一尘不染,阳光洒在上面,透出玛瑙一般的光泽。母亲指着古琴,"看,弹琴的那个人,就是我家飞鸣。"

陆飞鸣内心百感交集,不知道应该说些什么,不知道应该做些什么,他的心像被人紧紧攥了一把,挤成了一个硬疙瘩。他有说不出来的难受,透不过气来。母亲啊,母亲,你怎么变成了这个样子。

陆飞鸣抱紧了母亲,"母亲,母亲,我在这里。"

母亲拖着陆飞鸣一步一步走到古琴前面,她双手抚摸着琴弦,琴弦发出风吹溪水一般好听的声音,母亲说:"飞鸣,歇歇吧,别累坏了。"

"母亲,"陆飞鸣的手盖在母亲手上,母亲带着他的手在琴弦上滑动,琴弦发出的声音变了,是桃花落在溪水上的声音,是月光落在江水上的声音,是一叶孤舟在夕阳中从江面驶过的声音。母亲的眼睛亮了,晶莹的泪光在她眼里闪烁,她说:"是飞鸣的声音,是飞鸣的琴音。"

陆飞鸣坐在琴凳上,双目紧闭,手起手落,《春江花月夜》应声而出。"春江潮水连海平,海上明月共潮生。滟滟随波千万里,何处春江无月明……"随着琴音,陆飞鸣一句一句唱着:"江流宛转绕芳甸,月照花林皆似霰;空里流霜不觉飞,汀上白沙看不见。江天一色无纤尘,皎皎空中孤月轮。江畔何人初见月?江月何年初照人?人生代代无穷已,江月年年只相似。"

"飞鸣。"母亲抱住了陆飞鸣。陆飞鸣回身紧紧与母亲抱在一起,母子二人泪水长流。

第二日。午饭时分,县太爷突然带了一帮捕快来到清水河村,他们将村里的所有男人集中到清水河边的沙滩上,说要搜查一个名叫徐中兴的案犯。村里人迷惑不解,徐中兴不是被烧死了吗?尸体都喂了狼狗,为何又成了案犯?

县太爷说:"徐中兴没有死,他毁容后,潜伏在'彼得剃头店',杀害一名德国人后逃走了。那德国人临死前用手蘸了鲜血,在衣服上写下了'徐中兴'三个字。这徐中兴十分狡猾,按照我对他的了解,他必定藏在清水河村。搜查出来倒罢,搜查不出,便是你们顾念同乡情谊,将他藏了起来。如果这样,本老爷就对不住你们了,你们全村的男人都要替徐中兴偿命。"

这叫什么话,这叫什么理论啊。清水河村的男人、女人,包括陆飞鸣和他的母亲,都呸呸往地上吐唾沫,这不是跟抓捕朱宏和徐中兴时一样的手段吗?朱宏、徐中兴和那帮"义和团"成员是一伙的,相互株连,情有可原。他们跟徐中兴可不是一伙的,他们中有人还跟徐中兴有过节呢。切,就这水平还审案，还当父母官啊，快回家搂老婆，抱孩子吧。

县太爷看到村民吐唾沫，当即大怒，命令捕快抓起一名村民暴打一顿，其他一看，全都噤了声，县太爷再说什么也不敢有不敬的动作了。

捕快将村子搜查了一遍，弄得鸡飞狗跳猪叫，最终没有搜查到徐中兴。县太爷命令捕快把男人们绑了，押到坊子镇去。捕快一动手，便有男人反抗，可是他们哪能打得过日日进行武功操练的捕快，反抗的人被捕快打得差点昏死过去，剩下的人，乖乖地被绳子缚了，押到了坊子镇。

"彼得剃头店"变成了刑场。县太爷和德国官员坐在剃头店内，面前燃着一支香，香尽的时候，便命刽子手砍掉一名清水河村男人的头。清水河村的男人像羊一样被绑在"彼得剃头店"前的马路上，有的哇哇大哭，有的破口大骂，有的两腿打着哆嗦，将屎和尿拉到了裤子里面。

陆飞鸣也被绑在人群里，他抬头望着青白的天空，计算着自己什么时候会被斩首。他一点不害怕，只是感觉临死之前，没有看到费力克斯夫人，没有看到即将出生的孩子是个莫大的遗憾。他后悔没将费力克斯夫人和费力克斯夫人怀孕即将生子的事情告诉母亲，如果告诉母亲，母亲会想办法保全和抚育这一血脉。

人群中发生了骚乱，陆飞鸣听到一个男人大声喊道："老爷，青天大老爷，放了这些可怜的人吧，放了清水河村这些无辜的民众吧。徐中兴犯下的过错，由上帝来惩罚他，怎能叫清水河村的民众替他受过呢？"

透过人群的缝隙，陆飞鸣看到徐龙吟跪在地上，他的脸上布满尘土、泪痕和血迹，这个清水河村的最高首领，这个虔诚的天主教徒，为了清水河村男人的性命，向县太爷、向德国官员磕头哀求。可是县太爷不为所动，他大喝一声："对了，他也是清水河村的男人，将他也绑了。"

两名捕快应声而出。这时保罗神父从围观的人群中冲出来，他拦住捕快，用德语叽里咕噜地说着什么。那名德国官员冲着翻译说了一通德语，翻译又冲县太爷耳语一番，县太爷一挥手，捕快放开徐龙吟。

徐龙吟跪在地上，眼望青天，手在胸前画着十字，"上帝啊，我所敬奉的神，求您伸出大能之手，救了这些无辜的民众吧。"

没有人回应徐龙吟，保罗神父搀起他，两人跌跌撞撞地离开了。

一天之内，九名清水河村的男人失去了性命。晚上，剩下的男人被关在"彼得剃头店"两边的店铺里，那些店铺都被县衙门无偿租用，当作临时牢房。经过一天的折磨，恐惧、劳累、饥饿袭击了这些男人，他们倒在地上沉沉睡去，有些人睡着睡着突然大叫起来，喊道："不要杀我，不要杀我。"被惊醒的人怔怔地看着他，不知道应该安慰他还是应该呵斥他。

陆飞鸣也被惊醒，靠着墙呆呆地坐着。皓月当空，月光将室外、室内照得亮堂堂的。周围，男人的呼吸声、哭泣声、虫子的嘶鸣声此起彼伏，更加衬托了夜的虚空和宁静。陆飞鸣叹了一口气，这时，室外突然传来杂乱的脚步声，随即喊叫声、厮打声夹杂在一起传了过来，红通通的火把闪来闪去。有人在砸屋门的锁，"嗵，嗵，嗵"。

屋子里的男人全部惊醒了，他们趴在窗户上，趴在门缝上向外瞧。"轰隆"一声，屋门被推倒了，一个男人拿着火把站在门口大喊："不怕死的，跟着造反，打死那些狗娘养的洋人。怕死的，回家，滚蛋。"

陆飞鸣夹在人群中，从屋子里滚爬了出来。他定定神，瞅准一条道路跑了过去。他记得那个男人的话——"跟着造反，打死那些狗娘养的洋人。"他要去救费力克斯夫人，他不能叫自己心爱的女人被人打死。

10

钉在十字架上的耶稣，神情忧郁地看着徐龙吟。徐龙吟跪在地上，仰望着耶稣，眼中热泪滚滚，嘴里一遍一遍地祈祷耶稣依旧神情忧郁地看着他，没有任何言语，没有任何指示，仿佛沉浸在自己的思考中，无暇顾及徐龙吟的提问。

徐龙吟跪在地上，放声大哭，他实在无法明白，他的祈祷向来应验，他祈求上帝的帮助，向来得到回应，上帝总是伸出大能之手，成全他的愿望，可是这次，上帝为何拒绝了他？

徐龙吟想起白日所见，清水河村的男人如同羔羊一般，一个一个被拖出来斩首，他们被斩下来的头一个一个排在"彼得理发店"的墙脚，脸上挂满惊恐的表情。即使已经死去，他们也无法停止内心的惊恐。为何要让他们如此惊恐？难道他们是恶人吗？不，不，他们只是老实、普通的中国民众，为何要承受如此的惩戒？这到底是怎么了？到底是怎么了？

徐龙吟揪着自己的头发，内心的狂乱令他焦躁无比，他无法控制自己，揪头发，挖眼睛，咬手指，满地板地打滚。他碰翻了屋里的桌子、凳子，一次又一次撞到墙上，他妄图将挂在墙上的耶稣画像撞下来，可是画像纹丝不动。

保罗神父跑进屋来，一把抱住徐龙吟，大叫道："这样不行，这样不行。"

徐龙吟的眼睛通红，看到保罗神父，一口向他的手背咬下去。就在刚刚，他祈求保罗神父与他一起祷告，可是保罗神父拒绝了他。保罗神父说："神所做的一切，都有他的安排。我们不能违背神的旨意。"

"神的旨意就是叫我的族人白白送死吗？"徐龙吟无法接受，他第一次对保罗神父产生了怨恨和怀疑。现在，他要尽情发泄他的怨恨和怀疑。他要用力地咬，咬下保罗神父的一块皮肉，嚼碎了，咽在肚里。可是保罗神父没叫徐龙吟得逞，他的手及时躲开了，徐龙吟一口咬到砖地上，将门牙撞断，登时一嘴的鲜血。徐龙吟张着血盆大口，回过头来，冲着保罗神父大喊："我要吃了你，我要吃了你，吃掉你这个恶魔。"

"主啊，他太软弱了，撒旦占据了他的心。主啊，原谅我对他所做的一切吧。"

保罗神父转身出了屋子，回来时，手里多了一根绳子，他将徐龙吟的手脚缚住，绑在了床腿上。他说："上帝将撒旦驱逐后，我就会放了你。"

徐龙吟的脑子乱成一团，无数个声音在他的脑子里回响，无数双手在他的身上抓来抓去，无数双脚在他的身上踢来踢去，他只想大喊，只想大叫，只想，有一把火，有一场大火，烧了保罗神父，烧了这个世界，烧了这个可恶的世界。

院门被人"啪啪"地拍响了。半夜时分，谁来访？保罗神父看了一眼徐龙吟，徐龙吟已经陷入狂乱之中，他确认徐龙吟不会挣脱绑缚，站起身，去开院门。

院门打开，陆飞鸣、费力克斯夫人与一名中国男仆出现在眼前。三人全部大汗淋漓，费力克斯夫人一头栽进保罗神父的怀里。保罗神父与陆飞鸣同时去扶费力克斯夫人，陆飞鸣背的一件东西掉下来，砸到了保罗神父。保罗神父叫了一声"痛"。陆飞鸣说："对不起，是费力克斯的古琴。"

费力克斯夫人马上要生产。保罗神父与陆飞鸣还有男仆一同将她抬到了床上，他准备接生的用具，吩咐男仆烧开水，陆飞鸣准备毛巾等物。陆飞鸣一边忙活一边告诉保罗神父，坊子的街道上、德国侨民居住区里挤满了愤怒的中国人，他们扬言要打死德国人，烧了德国人的煤矿、火车站。

仿佛为了验证陆飞鸣所言的真实性，夜空中，"咚"地传来一声枪响。在坊子，只有德国人才有火枪，半夜时分，枪响，必是发生了万分紧急的事情。

"我赶在中国人前头冲进德国侨民居住区，将费力克斯夫人接了出来。否则的话，夫人必死。"

费力克斯夫人用力生产，一张脸浸满了汗水。她不说话，随着宫缩一下一下用力。保罗神父用德语为她鼓着劲。眼见着孩子的头顶露了出来。这个时候，"嗡嗡嗡嗡"，一种奇怪的声音贴着地皮从室外传了进来，好像千万只虫子在天空飞舞，又好像地底下炸响了一个闷雷。

保罗神父从未听过这种声音，他看着陆飞鸣，诧异地问："什么声音？"

陆飞鸣陡然紧张，一张脸变得雪白，"不好了，他们到这来了。神父，您也是洋人，他们怎么会放过您？"

"这是神的殿堂，他们怎敢冲击神的殿堂？"

保罗神父的话音刚落，"嗡嗡嗡嗡"的声音变成了嘈杂的人声，那些声音仿佛滚动的雪球，越来越大，越来越清晰，越来越响亮。随着声音的靠近，院外的天空映出点点红光，不久，变成红通通的一片。

"神父？"陆飞鸣祈求地看着保罗神父，费力克斯夫人也停止了用力。保罗神父摸摸费力克斯夫人的头发，温柔地对她说着什么。费力克斯夫人点了点头，咬了牙，继续用力。

在嘈杂的人声中，在纷乱的火光中，在辨不出是一百只、一千只还是一万只脚踩踏出的轰鸣声中，"哇"的一声，婴儿清脆的啼哭，犹如点燃的爆竹，猛地炸响了。孩子诞生了。是个黑头发、白皮肤、绿眼睛的男婴。

陆飞鸣的眼泪唰地流了下来。费力克斯夫人也是泣不成声。

保罗神父吃惊地看着孩子。费力克斯夫人冲陆飞鸣抬了抬手。陆飞鸣跑过去，将费力克斯夫人的手紧紧握在手里。那双手上全是汗水。费力克斯夫人将头转向保罗神父，用德语说着什么，而后，在陆飞鸣的脸上吻了一下。

保罗神父依旧满脸惊讶，说："我从未遇到这种事情。我不知道该说些什么，我也不知道主会怎样安排你们。不过，新生命的诞生总是给我们带来欢乐和喜悦。"他用布子包好婴儿，交到了陆飞鸣的手里。

抱着这个无比柔软的婴儿，抱着这个经历了惊险来到世上的孩子，陆飞鸣百感交集，他再一次热泪滚滚，他抱着婴儿冲着保罗神父，冲着费力克斯夫人跪了下来，他说："神父，谢谢你。最爱的人，我会永远永远爱你，永远永远爱你与孩子。"

"火，火，哈哈，哈哈，火，火，火。"徐龙吟举着一根蜡烛突然冲进屋来，他不知何时挣脱了绳子的绑缚，他的脸绯红，仿佛染了过多的胭脂，他的眼神依旧狂乱，似乎看不到任何东西。他站在屋子中间，举着燃烧的蜡烛，身后是凶猛燃烧的烈火，火焰将他的身影投到墙壁上，看上去就像一个张牙舞爪的恶魔。

徐龙吟点燃了他屋子里的窗帘、床单，窗帘、床单又引燃了其他东西，徐龙吟的屋子已经成为一片火海。现在，此刻，徐龙吟举着蜡烛来到保罗神父屋子的窗户底下，一伸手，将窗帘点燃了。

保罗神父扑过去，徐龙吟一闪身，跑了出去。窗帘嗞嗞啦啦地烧起来，青烟立刻溢满屋子。保罗神父一把将窗帘扯下来，几脚将火踩灭。可是，另一间屋子的火烧得更旺了，滚滚浓烟蹿进了这间屋子。保罗神父打开窗户，对陆飞鸣说："抱着孩子，快走。"

"我不走，我要和你们在一起。"

"新生命是最重要的，我们要保护这新鲜、弱小的生命。"

费力克斯夫人躺在床上大声用德语说着什么。保罗神父说："夫人要你快走。"

保罗神父转身摸起一样东西，是古琴，他将古琴背到陆飞鸣的身上，他说："夫人要我告诉你。将孩子培养成会弹古琴的中国少年。这是她的愿望，也是费力克斯的愿望。夫人还说，"保罗神父看着费力克斯夫人，费力克斯夫人用热切的眼神回望着他,"夫人还说,她永远爱你。"

陆飞鸣抱着孩子扑到费力克斯夫人的身上,他抱着费力克斯夫人,他热烈地吻着费力克斯夫人,他要把这个女人吃进肚子里,他要永远记住她的模样,永远记住她的嘴唇,永远记住她的味道。这个女人啊,这个女人,是他第一个,也是唯一的妻子。

院子外边,嘈杂的人声犹如烧开的热水,翻滚的水花随时随地会从大锅里跳出来。似乎愤怒的人群已经冲到了院门口,似乎他们一脚就会踢开院门,冲进来。陆飞鸣知道再犹豫下去,他会失去离开的机会。他咬了牙,又看了费力克斯夫人一眼,抱着孩子,从窗户跳了出去。

月光如水,月色清凉,这应该是个宁静而又美丽的夜晚呀,他应该和心爱的女人坐在一起,他抚琴,女人倾听,享受这世间最好的月光,享受这世间最好的时光。可是,现在,他却抱着刚刚出生的孩子与心爱的女人硬生生地分离。此一别,不知何年何月才能相见。

陆飞鸣打开了院门,一大群人举着火把正冲保罗神父的家跑过来,他们心头的愤怒如同熊熊燃烧的烈火照亮了天空。一旦与这烈火相撞,它们会毫不犹豫地吞噬掉他,它们会将他烧得一干二净,连骨头渣都不留下。

陆飞鸣转身向相反的方向跑去。声音渐渐地远了,火光渐渐地淡了,茫茫的夜色中,空寂的天地间,苍茫的田野里,陆飞鸣如同一只张皇失措的蚂蚁,跟跟跄跄地奔向未知的远方。